LA PATROUILLE DU TEMPS

Poul Anderson (1926-2001) a publié sa première histoire en 1947. Son diplôme de physique en poche, il devient l'un des auteurs majeurs de la science-fiction américaine des années 1950 et 1960. Seul ou en compagnie de sa femme Karen, qu'il a épousée en 1953, Anderson a écrit une centaine de romans, souvent inspirés des légendes venues de Scandinavie, dont sa famille est originaire. Au cours de sa carrière, il a remporté sept fois le prix Hugo et trois fois le prix Nebula.

Paru au Livre de Poche :

POUL ANDERSON

La Patrouille du temps

NOUVELLES TRADUITES PAR C. ARCILLA-BONAZ,
M. DEUTSCH, R. DURAND ET B. MARTIN

TRADUCTION REVUE PAR P.-P. DURASTANTI

LE BÉLIAL'

Titre original :

TIME PATROL

BRAVE TO BE A KING

GIBRALTAR FALLS

THE ONLY GAME IN TOWN

DELENDA EST

Cet ouvrage a été publié sous la direction de Gérard Klein.

ISBN : 978-2-253-11877-0 – 1re publication LGF

La Patrouille du temps

Nouvelle traduite de l'américain par Bruno Martin.
Traduction révisée par Pierre-Paul Durastanti.

1.

ON DEMANDE HOMMES, 21-40, de préf. célib., exp. mil. ou tech., bonne cond. phys., pour travail bien rémunéré av. voyages à l'étranger. Bureau d'Ingénierie SA, 305 E. 45, 9-12 & 2-6.

« Vous comprenez qu'il s'agit d'un travail assez inhabituel, dit M. Gordon. Et confidentiel. J'imagine que vous savez garder un secret ?

– En temps normal, répondit Manse Everard. Et tout dépend du secret. »

M. Gordon sourit — d'un sourire bizarre, une courbe des lèvres serrées telle qu'Everard n'en avait jamais vu. Il parlait un américain courant et portait un complet banal, mais il dégageait une étrangeté qui ne venait pas seulement de son teint bistre, de ses joues imberbes ou de l'incongruité de ses yeux mongols, effilés de part et d'autre de son nez mince et caucasien. C'était difficile à définir.

« Nous ne sommes pas des espions, si c'est ce que vous pensez », dit-il.

Everard sourit. « Excusez-moi. Ne croyez pas que je me laisse gagner par l'espionnite, comme tout le reste du pays. De toute façon, je n'ai jamais eu accès à des données confidentielles. Mais votre annonce parle d'outre-mer et, dans la situation actuelle… Je tiens à conserver mon passeport, vous comprenez. »

C'était un homme de haute taille, aux épaules carrées, et au visage marqué sous ses cheveux bruns en brosse. Il avait ses papiers devant lui : sa feuille de démobilisation, des certificats d'employeur où il apparaissait comme ingénieur mécanicien. M. Gordon avait à peine semblé les effleurer du regard.

La pièce était simple, un bureau et deux fauteuils, un classeur et une porte donnant sur l'arrière. La fenêtre ouvrait sur la bruyante circulation de New York six étages plus bas.

« Esprit d'indépendance, dit l'homme installé au bureau. Ça me plaît. Trop de gens viennent ici en rampant, comme prêts à recevoir un coup de pied et à en éprouver de la gratitude. Bien sûr, avec votre formation, tous les espoirs vous sont permis. Vous pouvez encore trouver du travail, même en… euh… je crois que le terme usité actuellement est : *période de réadaptation générale.*

– Votre annonce m'a intéressé. Comme vous pouvez le voir, j'ai travaillé à l'étranger et j'aimerais me remettre à voyager. Mais franchement, je n'ai aucune idée de vos activités.

– Elles sont multiples. Voyons… vous vous êtes battu. En France et en Allemagne. » Everard cilla ; une liste de ses citations figurait parmi ses papiers, mais il aurait juré que l'autre n'avait pas eu le temps de la parcourir. « Hum… ça ne vous ferait rien de saisir ces poignées sur les bras de votre fauteuil ? Merci. À présent… quelles sont vos réactions devant un danger d'ordre physique ? »

Everard se hérissa. « Écoutez… »

M. Gordon jeta un bref coup d'œil sur un instrument posé sur son bureau, un simple boîtier avec une aiguille et deux cadrans. « Peu importe. Quelle est votre opinion de l'internationalisme ?

– Dites donc…

– Du communisme ? Du fascisme ? Des femmes ? Quelles sont vos ambitions personnelles ?… Ce sera tout. Vous n'êtes pas obligé de répondre.

– De quoi diable s'agit-il ? s'écria Everard.

– Un petit test psychologique. N'y pensez plus. Je ne m'intéresse en rien à vos opinions, sauf dans ce qu'elles révèlent de votre orientation émotionnelle. » M. Gordon se rencogna dans son siège en joignant le bout des doigts. « Très encourageant jusqu'à présent. Bon, voici de quoi il s'agit. Nous accomplissons des tâches très confidentielles, comme je vous l'ai déjà dit. On… euh… prévoit de surprendre nos concurrents. » Il eut un petit rire. « Allez-y, signalez-moi au FBI si vous voulez. On nous a déjà soumis à une enquête et nous sommes au-dessus de tout soupçon. Vous apprendrez qu'on s'occupe *réellement* de finance et d'ingénierie dans le monde entier. Mais pour l'autre facette de notre travail, il nous faut des hommes. Je vous propose cent dollars pour passer dans la pièce de derrière et subir une batterie de tests. Il y en a pour à peu près trois heures. Si vous ne convenez pas, on en reste là. Si ça marche, on vous engage, on vous expose la situation et on entame sur-le-champ votre formation. Ça vous va ? »

Everard hésita. Il avait l'impression qu'on le bousculait. Cette entreprise, c'était plus que ce bureau et cet étranger inodore. Pourtant...

Il prit sa décision. « Je ne signe *qu'après* avoir été mis au courant de tout.

– Comme vous voudrez. » M. Gordon haussa les épaules. « D'ailleurs, les tests indiqueront la décision que vous prendrez. Nous utilisons des méthodes très avancées. »

Ça, en tout cas, c'était bien vrai. Everard avait des notions de psychologie moderne : encéphalogrammes, tests d'associations, esquisses de personnalité. Une fois dans la pièce voisine, aucune des machines bâchées qui ronronnaient et clignotaient autour de lui ne lui sembla pourtant familière. Les questions que lui posait l'assistant — d'âge imprécis, la peau blanche, le crâne chauve, avec un accent prononcé et une physionomie impassible — lui paraissaient incohérentes. Et qu'était-ce que ce casque de métal sur sa tête ? Où en aboutissaient les fils ?

Il étudia les cadrans à la dérobée, mais les lettres et les chiffres lui étaient inconnus. Ni de l'anglais, ni du français, ni du russe, ni du grec ou du chinois... rien qui appartienne à l'an 1954. Il commençait peut-être à entrevoir la vérité.

Tandis que les tests s'enchaînaient, il se découvrait, d'une étrange manière. Manson Emmert Everard, trente ans, ancien lieutenant du génie de l'armée américaine, travaux d'ingénieur en Amérique, en Suède, en Arabie ; toujours célibataire, bien que pensant de plus en plus souvent avec une certaine nostalgie à ses amis mariés ; pas de liaison, ni d'attaches d'aucune sorte ; bibliophile, joueur de poker entêté, amateur de voile, d'équitation, de tir, campeur et pêcheur à ses heures de loisir... Il le savait déjà, bien sûr, mais sous la forme de traits distincts. Curieux : il se voyait soudain comme un organisme intégré, où chaque élément composait une facette unique et inévitable d'un ensemble donné.

Il sortit des tests épuisé, trempé de sueur. M. Gordon lui offrit une cigarette et parcourut la liasse de feuillets codés que lui avait remis l'assistant. Parfois, il marmonnait quelques mots : « Zeth-20 cortical... estimation indifférenciée ici... réaction psychique à l'antitoxine... faiblesse de la coordination centrale... » Il se laissait aller à un accent, un chantonnement, une prononciation des voyelles qui ne ressemblait à rien de ce qu'Everard avait pu connaître au cours d'une carrière où il avait entendu massacrer l'anglais de toutes les façons possibles.

Il se passa une demi-heure avant qu'il relève les yeux. Everard commençait à s'agiter et à s'irriter de ces façons cavalières, mais la curiosité le poussait à se tenir tranquille sur son siège. M. Gordon découvrit des dents d'une blancheur insolite en un large sourire de satisfaction. « Ah, enfin ! Vous savez, j'ai déjà dû repousser vingt-quatre candidatures ? Mais vous ferez l'affaire. Sans conteste.

– L'affaire pour quoi ? » Everard se pencha ; il sentit son pouls s'accélérer.

« Pour la Patrouille. Vous allez devenir une sorte de policier.

– Ouais ? Où ça ?

– Partout. Et en tout temps. Préparez-vous à une surprise.

» Voyez-vous, notre société, quoique légale, ne constitue qu'une façade... et une source de fonds. Notre vraie fonction, c'est de patrouiller le temps. »

2.

L'Académie se situait dans l'ouest de l'Amérique. Elle se situait aussi à l'Oligocène, une époque chaude de forêts et de prairies, où les tristes ancêtres de l'homme détalaient en trottinant au passage des mammifères géants. On l'avait bâtie mille ans plus tôt et on l'entretiendrait un demi-million d'années — le temps de former autant d'individus qu'il en fallait à la Patrouille — puis on la démolirait avec soin pour qu'il n'en reste aucune trace. Plus tard viendraient les glaciers, puis les hommes et, en l'an 19352 après Jésus-Christ (7841e année du Triomphe de Moren), ces hommes découvriraient le voyage dans le temps et remonteraient jusqu'à l'Oligocène pour fonder l'Académie.

Structure complexe de bâtiments longs et bas, aux courbes souples et aux couleurs changeantes, elle s'étalait dans une clairière au milieu d'arbres énormes et très anciens. Au-delà, des collines boisées se déroulaient jusqu'à la rive d'une grande rivière brunâtre et, la nuit, on entendait parfois beugler les brontothères ou rugir au loin les tigres à dents de sabre.

Everard sortit de la navette temporelle, une grande boîte en métal sans traits distinctifs, la gorge sèche. Il avait la même impression qu'à son premier jour de régiment, douze ans plus tôt — ou quinze à vingt millions d'années dans le futur, si l'on veut. Il se sentait seul, impuissant, et désireux de trouver un moyen honorable de rentrer chez lui. Ce n'était qu'une maigre consolation de voir les autres navettes débarquer un contingent d'une cinquantaine de jeunes hommes et femmes. Les recrues se rassemblèrent peu à peu, mal à l'aise. Au début, on ne se parlait pas ; on se contentait de s'entre-regarder. Everard reconnut un col dur et un haut-de-forme ; vêtements et coiffures montraient la succession des modes jusqu'en 1954 et au-delà. D'où venait la fille à la culotte collante et iridescente, avec ses lèvres vertes et ses cheveux jaunes aux ondulations fantastiques ? Ou plutôt… de quand ?

Un homme d'environ vingt-cinq ans se tenait par hasard auprès de lui — un Anglais, de toute évidence, à voir son tweed usé jusqu'à la trame et son visage long et maigre. Il semblait dissimuler, sous une apparence étudiée et maniérée, une virulente amertume. « Bonjour, lui dit Everard. Autant faire connaissance. » Et il déclina son nom et son origine.

« Charles Whitcomb, Londres, 1947, répondit l'autre timidement. Je venais d'être démobilisé… de la RAF… et ceci m'a semblé une bonne opportunité. À présent, je m'interroge.

– Ça peut l'être », dit Everard qui pensait au salaire. Quinze mille dollars par an pour commencer ! Mais comment comptaient-ils les années ? Sans doute en fonction du sentiment individuel de la durée réelle.

Un homme s'avança dans leur direction. Jeune, mince, vêtu d'un uniforme collant de couleur grise et d'une cape bleu roi qui paraissait scintiller, comme cousue d'étoiles, il arborait une expression aimable, joviale, et s'exprimait avec cordialité, d'un accent neutre. « Bonjour à tous ! Bienvenue à l'Académie. Je suppose que vous comprenez tous l'anglais ? » Everard remarqua un individu portant les vestiges d'un uniforme allemand, un Hindou et d'autres individus originaires de divers pays étrangers.

« On utilisera donc l'anglais, jusqu'à ce que vous ayez appris le temporel. » Le nouveau venu adopta une posture décontractée, les mains sur les hanches. « Je m'appelle Dard Kelm. Je suis né en… voyons… 9573 de l'ère chrétienne, mais je me spécialise dans votre période. Laquelle, à propos, va de 1850 à 2000, ce qui signifie que vous provenez tous d'une époque située entre ces deux dates. Je suis votre mur des lamentations officiel, si quelque chose cloche.

» Cet endroit est régi par des règles sans doute différentes de ce que vous attendiez. On ne forme pas nos hommes en masse, et on n'a donc pas besoin de la discipline complexe d'une école ou d'une armée. Chacun d'entre vous recevra un enseignement personnel en dehors de l'instruction générale. Il ne nous est pas nécessaire de sanctionner l'échec dans les études, car les tests préliminaires nous garantissent qu'il n'y en aura pas… et ne prédisent que peu de chances d'échec dans le travail proprement dit. Chacun de vous possède un quotient de maturité d'esprit élevé au sein de sa propre culture. Toutefois, la variabilité des aptitudes signifie que, pour pousser chaque individu au maximum de son potentiel, on doit le guider personnellement.

» Peu de formalités ici, en dehors de la courtoisie élémentaire. Vous aurez l'occasion de vous distraire comme d'étudier. On n'attend jamais plus de votre part que vous ne pouvez fournir. J'ajoute que la pêche et la chasse sont assez intéressantes dans les environs immédiats, et deviennent fantastiques à quelques centaines de kilomètres de vol.

» Si personne n'a de questions, veuillez me suivre ; je vais vous présenter la maison. »

Dard Kelm leur fit la démonstration des appareils en usage dans une pièce modèle, d'un type qu'on se serait attendu à voir, par exemple, en l'an 2000 ; un mobilier discret, adapté d'avance pour un confort parfait, des distributeurs de rafraîchissements, des écrans reliés à une immense bibliothèque audiovisuelle. Rien de trop futuriste jusqu'à présent. Chaque étudiant avait sa propre chambre dans le bâtiment « dortoir » ; on prenait les repas dans un réfectoire central, mais on pouvait organiser des réunions privées. Everard sentit sa tension refluer.

Le banquet de bienvenue offrit un menu classique, servi par des machines silencieuses qui l'étaient beaucoup moins. Il y avait du vin en abondance, de la bière et du tabac. Peut-être avait-on ajouté quelque chose dans la nourriture, car Everard éprouva, comme tous, un sentiment d'euphorie. Il finit par jouer un *boogie* endiablé au piano, tandis que six ou sept autres emplissaient l'air de leurs chants discordants.

Seul Charles Whitcomb se tenait sur la réserve, sirotant un verre d'une mine maussade, seul dans un coin. Dard Kelm s'abstint avec tact de s'efforcer de l'attirer parmi les autres.

Everard se dit que ça allait lui plaire. Toutefois, le travail, l'organisation et le but poursuivi demeuraient encore brumeux.

« On a découvert le voyage temporel vers la fin de l'Hérésiarchie Chorite, expliqua Kelm dans la salle de conférences. Vous en étudierez les détails par la suite. Pour le moment, croyez-moi sur parole : c'était une époque turbulente où les rivalités commerciales et raciales engendraient des luttes féroces entre de gigantesques combinats, où tous les moyens étaient bons, où les gouvernements n'étaient qu'autant de pions sur l'échiquier galactique. L'effet temporel résulta par hasard des recherches entreprises pour trouver un moyen de transport instantané, dont certains d'entre vous comprendront que la description exigerait des fonctions mathématiques discontinues à l'infini... de même que pour les voyages dans le passé. Je ne traiterai pas cet aspect théorique, car on vous en donnera une idée au cours de physique, mais je tiens à vous dire qu'il met en jeu le concept de relations à valeurs infinies dans un continuum à 4N dimensions, où N représente le nombre total des particules de l'Univers.

» Évidemment, le groupe qui effectua cette découverte, les Neuf, se rendait compte de ses possibilités commerciales... négoce, exploitation minière et toute autre transaction que vous pouvez imaginer... mais aussi techniques : porter à ses ennemis un coup mortel. Voyez-vous, le temps est variable ; on peut changer le passé...

– Une question ! » lança la fille de 1972, Elisabeth Gray, jeune physicienne d'avenir dans sa période.

« Je vous en prie, répondit poliment Kelm.

– Je trouve que vous décrivez une situation logiquement impossible. Je vous accorde la possibilité de voyager dans le temps, puisque nous sommes ici, mais un événement ne peut pas à la fois *avoir* et *ne pas avoir* eu lieu.

– La logique aristotélicienne ne s'applique pas à de telles situations. Voilà ce qui se passe : imaginez que je remonte le temps et que j'empêche votre père de rencontrer votre mère. Vous ne seriez jamais venue au monde. Cette portion de l'histoire universelle ne serait plus la même ; elle aurait toujours été différente, bien que je doive garder le souvenir de la situation "originelle".

– Et si vous en faisiez autant pour vous-même ? Vous cesseriez d'exister ?

– Non, parce que j'appartiendrais au secteur de l'histoire antérieur à mon intervention. Appliquons l'exemple à vous. Si vous retourniez en, disons, 1946, et que vous vous efforciez d'empêcher le mariage de vos parents en 1947, vous n'en auriez pas moins existé cette année-là ; vous ne cesseriez pas d'exister du seul fait que vous auriez influé sur le cours des événements. Ce serait valable même si vous n'étiez apparue en 1946 qu'une microseconde avant de tuer l'homme qui serait autrement devenu votre père.

– Mais alors j'existerais sans... sans origine ! protesta-t-elle. J'aurais la vie, des souvenirs... tout... et pourtant *rien* ne les aurait causés. »

Kelm haussa les épaules. « Et alors ? Vous prétendez que la loi de causalité ou, à proprement parler, la loi de conservation de l'énergie, n'implique que des fonctions continues. En réalité, la discontinuité est tout à fait possible. » Il rit et s'appuya à son pupitre. « Bien entendu, il subsiste des impossibilités. Vous ne pourriez pas être votre propre mère, par exemple, à cause de la génétique. Si vous retourniez épouser votre ancien père, les enfants seraient différents, aucun ne serait vous, car chacun n'aurait que la moitié de vos chromosomes. »

Il s'éclaircit la gorge. « Ne nous écartons pas du sujet. Vous apprendrez les détails dans d'autres cours. Je ne donne que l'idée d'ensemble. Je continue : les Neuf entrevirent la possibilité de remonter le temps et d'empêcher leurs ennemis d'avoir commencé leurs activités, et même d'être nés. Mais alors apparurent les Danelliens. »

Pour la première fois, il se départit de son attitude débonnaire et narquoise, et il se tint comme un homme nu et seul face à l'inconnaissable. Il reprit d'une voix posée : « Les Danelliens appartiennent à l'avenir… *notre* avenir, plus d'un million d'années après mon époque. À force d'évolution, l'homme a adopté une forme… impossible à décrire. Vous ne rencontrerez sans doute jamais de Danellien. Dans le cas contraire, cela vous causera… un choc. Ils n'ont rien de malveillant… ni de bienveillant. Ils sont aussi étrangers à nos connaissances ou sentiments que nous le sommes à ces insectivores qui vont être nos ancêtres. Il n'est pas souhaitable de se trouver nez à nez avec ce genre de créatures.

» Ils n'avaient d'autre souci que de protéger leur propre existence. À leur apparition, l'exploration du temps était déjà ancienne, chez nous ; les sots, les avides, les fous avaient eu des occasions innombrables de remonter le cours de l'histoire et de la mettre sens dessus dessous. Les Danelliens ne souhaitaient pas interdire le voyage temporel, qui participait du système aboutissant à eux, mais ils devaient le réglementer. Les Neuf se virent empêchés de mener à bien leurs complots. Et on fonda la Patrouille pour faire la police sur les pistes du temps.

» Votre travail s'effectuera surtout dans le cadre de votre propre époque, à moins que vous n'atteigniez le grade de non-attaché. Dans l'ensemble, vous mènerez une vie ordinaire, avec une famille et des amis comme de coutume. Sa part secrète comprendra un bon salaire, une protection efficace, des vacances occasionnelles dans des lieux fort intéressants et un labeur suprêmement utile. Mais vous serez toujours de service. Parfois, vous aiderez des voyageurs temporels en difficulté d'une manière ou d'une autre. Parfois, on vous confiera des missions, comme l'appréhension d'ambitieux conquistadores de la politique, de la guerre ou du commerce. Parfois, la Patrouille devra s'incliner devant les dégâts déjà causés et travailler au contraire, au cours de périodes postérieures, à contrebalancer les influences pour remettre l'histoire sur la voie désirée.

» Je vous souhaite à tous bonne chance. »

La première partie de l'instruction était physique et psychologique. Everard ne s'était jamais rendu compte à quel point son mode de vie avait diminué son être, de corps et d'esprit ; il n'était que la moitié de l'homme qu'il aurait dû être. Il souffrit, mais il eut enfin la joie de se sentir pleinement maître de ses muscles, d'éprouver des émotions renforcées du fait de leur discipline, d'avoir une pensée consciente, rapide et précise.

En cours de route, on le conditionna ; devant une personne non autorisée, il ne devait rien révéler de la

Patrouille, pas même faire allusion à son existence. Quelque influence qu'on exerce sur lui, ça lui était impossible, aussi impossible que de sauter jusqu'à la lune. Il découvrit aussi dans leurs moindres détails les traits de sa personne publique du XXe siècle.

On lui enseigna le temporel, cette langue artificielle qui permettait aux Patrouilleurs de toutes les époques de communiquer entre eux sans être compris des étrangers, miracle d'expression logique et organisée.

Il croyait connaître le métier de combattant, mais il lui fallut maîtriser les stratagèmes et l'usage des armes de cinquante millénaires, du glaive de l'Âge de Bronze jusqu'à la charge cyclique capable d'anéantir un continent. À son retour dans sa propre période, on lui remettrait un arsenal restreint, mais, comme il se pouvait qu'on l'envoie à d'autres époques, il fallait, autant que possible, éviter l'anachronisme évident.

Il étudia l'histoire, la science, l'art, la philosophie, les dialectes, les mœurs. Ces derniers sujets ne concernaient que la période 1850-2000; si d'aventure on l'envoyait ailleurs, il recevrait un enseignement spécifique d'un conditionneur hypnotique. C'étaient de telles machines qui permettaient d'achever la formation des recrues en trois mois.

Il apprit l'organisation de la Patrouille. Dans l'avenir au-delà d'elle résidait le mystère que constituait la civilisation danellienne, mais on n'avait que peu de contacts directs avec celle-ci. La Patrouille se calquait sur le mode paramilitaire, avec des grades mais sans formalisme particulier. On divisait l'histoire en divers Milieux, avec un bureau central sis dans une ville importante pour une période de vingt ans (sous couvert d'une activité légitime, comme le commerce), ainsi que divers bureaux secondaires. Son époque comptait trois Milieux : le monde occidental, avec siège à Londres ; la Russie, à Moscou ; l'Asie, à Peiqing. Ces QG situaient dans les années faciles de 1890 à 1910, où on avait moins de mal à se dissimuler que par la suite, des bureaux moins importants, tel celui de Gordon, contrôlant les décennies ultérieures. L'attaché ordinaire, souvent nanti d'une occupation légitime, vivait dans son propre temps. Les communications entre années se faisaient par des navettes-robots minuscules ou par courriers, avec des dérivations automatiques pour que les messages n'affluent pas en trop grand nombre au même instant.

L'organisation était si vaste qu'Everard ne parvenait pas à en appréhender l'ampleur. Il avait rejoint un projet nouveau et passionnant, voilà tout ce qu'il comprenait pleinement… pour l'heure.

Ses instructeurs se montraient bienveillants, toujours prêts à bavarder. Le vétéran grisonnant qui lui apprit à manœuvrer plusieurs vaisseaux spatiaux avait combattu sur Mars en 3890. « Vous autres, vous pigez rapidement, dit-il, mais c'est l'enfer d'instruire ceux des ères préindustrielles. On n'essaie même plus de leur inculquer les premiers rudiments. J'ai eu un Romain, de l'époque de César, un garçon assez brillant, d'ailleurs, qui n'a jamais pu se fourrer dans le crâne qu'on ne traite pas une machine comme un cheval. Quant aux Babyloniens, le voyage dans le temps échappait tout simplement à leur conception du monde. On a dû leur fourguer une histoire de bataille des dieux.

– Quelle histoire est-ce que vous nous fourguez, à nous ? » demanda Whitcomb.

L'astronaute le regarda de près. « La vérité, finit-il par dire. Tout ce que vous pouvez en assimiler.

– Comment en êtes-vous venu à faire ce travail ?

– Oh… on m'a abattu au large de Jupiter. Il ne restait pas grand-chose de moi. Ils m'ont recueilli, m'ont refait un corps tout neuf… et comme je n'avais plus de parents vivants, et que tout le monde me croyait mort, je n'ai pas vu la nécessité de rentrer chez moi. Ce n'est pas drôle de vivre sous la coupe du Corps Directeur. Alors j'ai accepté ce poste. Bonne compagnie, vie facile, permissions dans un tas d'époques. » Il sourit. « Attendez de voir la période décadente du Troisième Matriarcat ! Vous ne savez pas ce que c'est que de rigoler ! »

Everard n'émit aucun commentaire, fasciné qu'il était par le spectacle du globe énorme de la Terre roulant devant un fond d'étoiles.

Il se lia d'amitié avec les autres étudiants — aimables et, du fait qu'on les avait choisis pour la Patrouille, audacieux et intelligents par nature. Une ou deux idylles se nouèrent. Everard se rappela *Le Portrait de Jennie*, mais il n'y avait pas ici de malédiction. Le mariage était tout à fait possible, du moment que le couple choisissait l'année où s'installer. Il aimait lui-même beaucoup les filles, mais il ne perdait pas la tête.

Fait étrange, ce fut avec le taciturne et morose Whitcomb qu'il se retrouva le plus intime. Il y avait quelque chose d'attirant chez cet Anglais — si cultivé, si brave garçon et, cependant, comme perdu.

Un jour, ils partirent se promener ; les ancêtres lointains des chevaux qu'ils montaient se sauvaient à la vue de leurs gigantesques descendants. Everard avait pris un fusil dans l'espoir d'abattre un sanglier géant qu'il avait aperçu. Tous deux portaient l'uniforme de l'Académie, un habit gris clair, frais et soyeux sous le soleil jaune et chaud.

« Je m'étonne qu'on nous laisse chasser, observa l'Américain. Supposons que j'abatte un tigre à dents de sabre… en Asie, j'imagine… destiné sur la ligne temporelle d'origine à dévorer un de ces insectivores préhumains. Ça ne change pas l'avenir entier ?

– Non. » Whitcomb avait progressé plus vite dans l'étude de la théorie du voyage temporel. « Tu vois, c'est comme si le continuum était un réseau de solides rubans de caoutchouc. Il n'est pas facile de le déformer, il tend toujours à reprendre sa forme "antérieure". Un insectivore particulier n'a pas d'importance, c'est le réservoir génétique de son espèce qui a abouti à l'homme.

» De même, si je tuais un mouton au Moyen Âge, je ne supprimerais pas du coup toute sa descendance, voire tous les moutons de 1940. Ils seraient encore là, inchangés jusque dans leurs gènes, en dépit d'une ascendance différente : sur une aussi longue période, tous les moutons, ou tous les hommes, descendent de *tous* les premiers moutons ou hommes. En un point quelconque de la chaîne, un autre ancêtre fournit les gènes que tu croyais avoir éliminés. Une compensation.

» Dans le même ordre d'idées… tiens, imaginons que je revienne empêcher Booth de tuer Lincoln. À moins que je ne prenne des précautions extrêmes, il arriverait sans doute que quelqu'un d'autre tire le coup de feu et que Booth en soit tout de même accusé.

» C'est cette résistance du temps qui permet de s'y déplacer sans dommage. Si tu veux changer l'ordre des choses, il faut utiliser une méthode rigoureuse et se donner beaucoup de mal, d'ordinaire. » Il pinça les lèvres. « Endoctrinés, tous autant que nous sommes ! On nous serine qu'une intervention de *notre* part nous vaudra une punition. Je ne suis pas autorisé à retourner tuer ce salaud d'Hitler au berceau. Je suis censé le laisser évoluer comme il l'a fait, pour qu'il déclenche la guerre et qu'il tue ma fiancée. »

Everard chevaucha en silence pendant un moment. Il n'y avait d'autre bruit que le crissement du cuir des selles et le friselis des hautes herbes. « Oh… je suis navré, finit-il par dire. Tu veux qu'on en parle ?

– Oui. Mais il n'y a pas grand-chose à dire. Auxiliaire féminine des forces aériennes… Mary Nelson. On devait se marier après la guerre. Elle se trouvait à Londres en 1944. Le 17 novembre. Une date que je n'oublierai jamais. C'est un V1 qui l'a tuée. Elle était allée chez une voisine, à Streatham… Elle passait une permission auprès de sa mère. La maison a été pulvérisée, et son propre domicile n'a même pas été touché. »

Whitcomb était livide. Son regard se perdait devant lui. « Il me sera rudement difficile de ne pas… de ne pas revenir en arrière, de quelques années seulement, pour la revoir tout au moins. Juste la revoir… Non ! Je n'ose pas. »

Everard lui posa gauchement la main sur l'épaule, et ils poursuivirent leur chemin en silence.

La classe progressait, chacun à son allure, mais, les compensations jouant, ils obtinrent leur brevet tous ensemble. Ce fut une brève cérémonie, suivie d'une grande fête et de promesses d'ivrogne concernant des réunions futures. Puis ils repartirent pour les années d'où ils étaient venus, à l'heure près.

Everard reçut, outre les félicitations de Gordon, une liste des agents qui étaient ses contemporains (certains occupaient un poste dans les services secrets militaires, par exemple), puis il rentra chez lui. Plus tard, on lui trouverait peut-être quelque travail à un poste d'observation bien situé, mais sa tâche — derrière l'emploi de « conseiller spécial du Bureau d'Ingénierie, SA » qui justifiait ses revenus aux yeux des Impôts — ne consistait qu'à parcourir une douzaine de journaux par jour pour y relever les indices de voyages temporels qu'on lui avait appris à déceler, et se tenir prêt à répondre à tout appel.

Par hasard, ce fut lui qui dénicha sa première mission.

3.

C'était une impression bizarre que de lire les titres et de savoir dans une certaine mesure ce qui allait suivre. Cela supprimait la tension nerveuse, mais cela causait de la tristesse, car il s'agissait là d'une ère tragique. Il comprenait le désir de Whitcomb de revenir en arrière et de modifier l'histoire.

Un homme seul était, bien entendu, trop limité dans ses possibilités. Il ne pouvait pas changer favorablement le monde, sauf par un hasard extraordinaire ; plus vraisemblablement, il ne réussirait qu'à tout gâcher. Retourner tuer Hitler et les chefs japonais et soviétiques… pour que quelqu'un de plus rusé les remplace. Peut-être l'énergie atomique resterait-elle en jachère et la floraison merveilleuse de la Renaissance vénusienne n'aurait-elle jamais lieu. Du diable si on savait…

Il regarda par la fenêtre. Les lumières flamboyaient devant un ciel agité ; la rue grouillait de voitures et de passants pressés et anonymes ; il ne voyait pas les gratte-ciel de Manhattan, d'ici, mais il savait qu'ils se dressaient, orgueilleux, vers les nuées. Et tout cela n'était qu'un simple remous de ce fleuve au courant irrésistible qui se précipitait dans un bruit de tonnerre depuis le paisible paysage préhumain où lui-même s'était trouvé jusqu'à l'inconcevable futur danellien. Combien de milliards et de trillions d'êtres humains devaient vivre, rire, pleurer, travailler, espérer et mourir dans ce courant bondissant !

Il soupira, bourra sa pipe et se retourna. Une longue promenade n'avait pas suffi à le calmer ; il avait l'esprit et le corps impatients de se mettre à l'œuvre. Mais il était tard et… Il s'approcha de l'étagère de livres, prit un volume plus ou moins au hasard et se mit à lire — un recueil de récits des époques victorienne et édouardienne.

Une mention le frappa, à propos d'une tragédie survenue à Addleton et de l'étrange contenu d'un tumulus breton antique. Rien de plus. Ah ! Voyage dans le temps ? Il sourit.

Pourtant…

Non, songea-t-il, *c'est insensé.*

Cela ne ferait cependant aucun mal de vérifier. L'incident remontait à 1894 en Angleterre. Il pouvait consulter les archives du *Times* de Londres. Rien d'autre à faire… C'était sans doute pour cette raison même qu'on lui avait confié ce morne travail de lecture des journaux : pour que son esprit, irrité à force d'ennui, s'aventure dans tous les coins imaginables.

Il se trouvait sur le perron de la bibliothèque publique lorsqu'elle ouvrit ses portes.

Le compte rendu datait du 25 juin 1894 ; les articles continuaient les jours suivants. Addleton était un village du Kent, notable par son château du XVIIe siècle appartenant à Lord Wyndham et par un tumulus d'âge indéterminé. Le lord, archéologue amateur mais enthousiaste, y avait procédé à des fouilles, en compagnie d'un certain

James Rotherhithe, spécialiste du British Museum qui se trouvait être son parent. Ils avaient mis au jour une chambre funéraire saxonne, sans grand intérêt : quelques objets artisanaux, presque tous pourris et rouillés, des ossements d'hommes et de chevaux. Il y avait aussi un coffre dans un état de conservation inattendu, renfermant des lingots d'un métal inconnu, qu'on présumait être un alliage de plomb ou d'argent. Mais lord Wyndham était tombé gravement malade en présentant les symptômes d'un empoisonnement mortel ; Rotherhithe, qui avait à peine jeté un coup d'œil dans le coffre, n'avait pas été affecté, et des preuves circonstancielles suggéraient qu'il avait fait absorber à son compagnon une dose d'un poison oriental mystérieux. Scotland Yard l'avait arrêté à la mort de Lord Wyndham, survenue le 25. La famille de Rotherhithe avait engagé un détective privé bien connu qui était parvenu à démontrer, par un raisonnement très astucieux suivi d'expériences sur des animaux, l'innocence de l'accusé, l'agent de la mort étant une « émanation nocive » provenue du coffre. On avait jeté la boîte et son contenu dans la Manche. Félicitations mutuelles. Et, en fondu, une fin satisfaisante.

Everard demeura assis dans la longue salle silencieuse. Le récit, avare de détails, restait très suggestif, à tout le moins.

Alors pourquoi le bureau victorien de la Patrouille n'avait-il pas enquêté ? Ou l'avait-il fait ? Sans doute. Il n'avait pas rendu ses découvertes publiques, bien entendu.

En tout cas, mieux valait envoyer un mémo.

De retour en son appartement, il prit l'une des petites navettes messagères qu'on lui avait remises, y déposa un rapport et régla les commandes pour le bureau de Londres au 25 juin 1894, jour du premier compte rendu dans le *Times.* Quand il eut pressé le dernier bouton, la boîte disparut dans un souffle d'air qui vint combler l'espace qu'elle avait occupé.

Elle revint presque instantanément. Everard l'ouvrit et en tira une feuille de papier mince couverte de caractères dactylographiés bien lisibles — oui, bien sûr, la machine à écrire était déjà inventée à cette époque. Il la parcourut avec la promptitude qu'on lui avait enseignée.

Cher Monsieur,

En réponse à votre lettre du 6 septembre 1954, nous tenons à vous en accuser réception et à vous féliciter de votre diligence. Cette affaire vient juste de commencer ici, mais nous sommes fort occupés à prévenir l'assassinat de Sa Majesté la Reine, ainsi que concernés par la question des Balkans, le commerce de l'opium avec la Chine, etc. Bien que nous puissions évidemment conclure les affaires courantes avant de revenir à celle-ci, il convient d'éviter les singularités telles que de se trouver en deux endroits en même temps, ce qui se pourrait remarquer. Nous apprécierions donc que vous-même, et un agent britannique qualifié, nous assistassiez. Sauf contrordre, nous vous attendons au 14B, Old Osborne Road, le 26 juin 1894, à minuit.

Veuillez croire, Monsieur, à nos sentiments les plus dévoués.

J. MAINWETHERING.

Suivait un tableau de coordonnées spatio-temporelles, d'un effet inattendu après ce style fleuri.

Everard appela Gordon, obtint son accord et réserva un sauteur temporel à l'entrepôt de la « société ». Il envoya ensuite une note à Charles Whitcomb en 1947, reçut une réponse d'un mot — « Volontiers » — et alla prendre livraison de l'engin.

Il rappelait une moto, sans roues ni guidon. Il comportait deux selles et un élément propulseur antigravité. Everard régla les commandes sur l'époque de Whitcomb, effleura le bouton principal et se retrouva dans un autre entrepôt.

Londres, 1947. Il resta assis un moment, songeant qu'à ce même moment, il se trouvait lui-même, de sept ans plus jeune, à l'université, aux États-Unis. Puis Whitcomb apparut et lui serra la main. « Content de te revoir, mon vieux. » Son visage hagard s'illumina de cet étrange et attirant sourire qu'Everard avait appris à connaître. « Donc… chez Victoria, hein ?

– Exact. Monte. » Everard effectua un autre réglage. Cette fois, il arriverait dans un bureau. Un bureau intérieur, tout à fait privé.

La pièce se matérialisa autour de lui. Le mobilier de chêne, l'épais tapis, les manchons incandescents au gaz donnaient une sensation inattendue de lourdeur. Les lampes électriques existaient déjà, mais Dalhousie & Roberts était une firme réputée pour sa solidité et son esprit conservateur. Mainwethering en personne se leva de son fauteuil pour les accueillir. Homme corpulent, d'aspect pompeux, aux favoris en broussaille et portant monocle, il paraissait aussi tout de force rentrée. Son accent d'Oxford était si poussé qu'Everard avait du mal à le comprendre.

« Bonsoir, messieurs. J'espère que vous avez fait bon voyage ? Oh ! oui… pardon… vous êtes nouveaux dans le métier, n'est-ce pas ? C'est toujours un peu déconcertant au début. Je me rappelle ma surprise lors d'une visite au XXIe siècle. Si peu anglais… C'est tout naturel, cependant, ce n'est qu'un autre aspect d'un univers toujours étonnant. Vous excuserez mon manque d'hospitalité, mais nous sommes vraiment très occupés. Un Teuton fanatique de 1917 a découvert le secret du voyage dans le temps, près d'un de nos agents imprudents ; il a volé une machine et gagné Londres pour assassiner Sa Majesté. Nous avons un mal du diable à le retrouver.

– Vous y parviendrez ? demanda Whitcomb.

– Certes. Mais c'est un fichu labeur, messieurs, surtout lorsqu'on est tenu d'opérer en secret. J'aimerais engager un enquêteur privé, mais le seul qui vaille la peine est beaucoup trop futé et risquerait de découvrir la vérité par déduction. Il opère selon le principe que lorsqu'on a éliminé l'impossible, tout ce qui reste, aussi improbable que ce soit, doit être la vérité absolue. Et le voyage temporel ne lui paraîtrait peut-être pas trop improbable.

– Je parie que c'est le même homme qui s'occupe de l'affaire d'Addleton ou s'en occupera demain, dit Everard. Peu importe ; nous savons qu'il prouvera l'innocence de Rotherhithe. Ce qui compte, c'est que, selon toute probabilité, on a là une trace d'un voyage temporel non réglementaire à l'époque bretonne.

– Saxonne, tu veux dire, corrigea Whitcomb qui avait vérifié les données. Bien des gens confondent les Bretons et les Saxons.

– Tout autant confondent les Saxons et les Jutes, dit Mainwethering d'un ton affable. Je crois savoir que les envahisseurs du Kent venaient du Jütland. Hum ! Voici des vêtements, messieurs, et de l'argent, et des papiers tout prêts à votre intention. Je pense parfois que vous autres, les agents de terrain, vous n'appréciez pas tout ce que les bureaux ont à fournir de travail pour l'opération même la plus infime. Hum ! Pardon. Avez-vous un plan de campagne ?

– Oui. » Everard ôtait ses vêtements du XXe siècle. « Je crois. On en sait tous les deux assez sur l'ère victorienne pour se débrouiller, mais il faudra que je reste américain… oui, je vois que vous en avez tenu compte pour mes papiers. »

Mainwethering prit un air chagrin. « Si l'incident du tumulus a trouvé place dans un ouvrage littéraire important, comme vous le dites, nous allons recevoir des centaines de notes à ce sujet, maintenant que nous entrons dans la période où il se déroule. Il appert que la vôtre est arrivée la première. J'en ai reçu deux autres depuis, de 1923 et 1960. Mon Dieu ! comme je voudrais qu'on m'autorise à avoir un secrétaire-robot ! »

Everard se débattait avec son costume inaccoutumé. Ce dernier lui allait assez bien, ses mesures étant déposées à ce bureau, mais il n'avait jamais encore apprécié à sa juste valeur le confort de la mode de son temps. Fichu gilet ! « Écoutez, reprit-il, il se peut que l'affaire soit sans danger de conséquences. En fait, puisqu'on est tous ici, elle a *dû* être sans suite. Hein ?

– Pour le moment, dit Mainwethering. Mais réfléchissez. Vous retournez tous deux à l'époque jute et vous découvrez le maraudeur. Mais vous échouez. Soit il vous tue avant que vous ayez eu le temps de tirer vous-même, soit il attire dans une embuscade ceux que nous envoyons à votre suite. Puis il entreprend sa révolution industrielle ou tout autre projet qu'il a en tête. L'histoire se modifie. Vous, vous trouvant là-bas avant le point de changement, vous existez encore... ne serait-ce qu'à l'état de cadavres... mais nous, ici, nous n'avons jamais existé. Cette conversation n'a jamais eu lieu. Comme dit Horace...

– Peu importe ! fit Whitcomb en riant. On va d'abord examiner le tumulus dans l'année présente, puis revenir ici pour décider de la suite. » Il se pencha pour transférer le contenu d'une valise du XXe siècle dans une monstruosité en étoffe fleurie, à la Gladstone : deux armes à main, quelques appareils de physique et de chimie encore à inventer en son temps, et une radio minuscule pour appeler le bureau en cas d'ennuis.

Mainwethering consulta l'indicateur Bradshaw des chemins de fer. « Vous pouvez prendre le train de 8 h 23, à Charing Cross, demain matin. Comptez une demi-heure pour vous rendre d'ici à la gare.

– Vu. » Everard et Whitcomb enfourchèrent de nouveau leur machine pour sauter jusqu'au lendemain et disparurent. Mainwethering soupira, bâilla, laissa ses instructions à son employé et rentra chez lui. L'employé était présent quand le sauteur se matérialisa, à 7 h 45.

4.

Ce fut la première fois qu'Everard prit conscience de la réalité des voyages dans le temps. Il l'appréhendait auparavant, sur le plan intellectuel, et il en avait été frappé comme il se doit, mais, du point de vue émotif, elle lui était restée étrangère. Or, à parcourir dans un vrai cab (véhicule poussiéreux, abîmé, outil de travail au lieu de curiosité pour touristes) un Londres qu'il ignorait, à respirer un air qui renfermait davantage de fumée que celui du XXe siècle, quoique aucune vapeur d'essence, à voir fourmiller des hommes en melon et en haut-de-forme, des marins couverts de suie, des femmes en jupe longue, non pas des figurants mais des êtres humains bien réels, rieurs ou sombres, qui parlaient, transpiraient, riaient, s'affairaient, il avait le sentiment brutal et violent d'être bien *là*.

En ce moment, sa mère n'était pas encore née, ses grands-parents étaient deux jeunes couples se préparant à leur union, Grover Cleveland était président des États-Unis, Victoria reine d'Angleterre, Kipling écrivait, les soulèvements ultimes des Indiens d'Amérique restaient à venir… Il crut recevoir un coup de massue.

Whitcomb acceptait la situation avec plus de calme, mais les yeux sans cesse en mouvement, comme pour absorber la gloire de l'Angleterre en ce jour. « Je commence à comprendre, souffla-t-il. On n'a jamais décidé si cette période constitue le triomphe des conventions rigides et sans naturel, ou la dernière fleur de la civilisation occidentale avant le début de sa flétrissure. Rien qu'à voir ces gens, je constate que c'était à la fois tout ce qu'on en a dit, le bon et le mauvais, car il ne s'agissait pas d'un simple fait qui concernait tout le monde, mais bien du produit de millions de vies individuelles.

– Oui. Et ce doit être vrai de chaque époque. »

L'aspect familier du train — guère différent des voitures de chemins de fer anglais de l'an 1954 — fournit à Whitcomb l'occasion de quelques observations sarcastiques sur l'inviolable tradition. Au bout de deux heures, il les déposa dans une gare de village endormie, parmi des jardins de fleurs soignés avec amour, où ils louèrent une voiture pour les conduire au château de Wyndham.

Un constable poli les introduisit après leur avoir posé quelques questions. Ils se faisaient passer pour des archéologues — Everard américain, et Whitcomb australien — fort désireux de rencontrer Lord Wyndham et durement éprouvés de sa fin tragique. Mainwethering, qui semblait avoir des accointances dans tous les domaines, leur avait remis des lettres d'introduction signées d'une personnalité du British Museum bien connue. L'inspecteur de Scotland Yard consentit à leur laisser examiner le tumulus. « L'affaire est entendue, messieurs, car il n'y a plus d'indices, même si mon collègue n'est pas d'accord, ha ! » L'enquêteur privé, grand, mince, le visage aigu, et accompagné d'un individu trapu, à moustaches, boiteux, qui paraissait jouer le rôle d'acolyte, eut un sourire acide et les observa d'un œil acéré tandis qu'ils approchaient du monticule.

Le tumulus était long et haut, couvert d'herbe, sauf à l'endroit où une entaille à vif marquait l'entrée des fouilles jusqu'à la chambre funéraire, étayée de poteaux mal équarris, depuis longtemps écroulés ; il y avait encore, dans la poussière, des fragments de ce qui avait été autrefois du bois. « Les journaux ont parlé d'un coffre de métal, dit Everard. Je me demande si nous pourrions y jeter un coup d'œil ? »

L'inspecteur hocha la tête et les emmena dans une bâtisse extérieure où les principales trouvailles reposaient sur une table. À part la boîte, il n'y avait que des morceaux de métal corrodé et des ossements écrasés.

Le regard de Whitcomb était pensif en se posant sur la surface polie et nue du coffret qui brillait d'un éclat bleuté — quelque alliage à l'épreuve du temps, non encore inventé. « Tout à fait inusité, dit-il. Rien de primitif. On penserait presque que cela a été usiné, n'est-ce pas ? »

Everard s'approcha prudemment. Il avait une idée assez juste de ce qui se trouvait à l'intérieur, et faisait montre de la circonspection naturelle en pareil cas chez un citoyen de l'ère atomique. Il tira un compteur de son sac et le braqua sur la boîte. L'aiguille oscilla, pas beaucoup, mais...

« Drôle d'appareil, dit l'inspecteur. Puis-je vous demander ce que c'est ?

– Un électroscope expérimental », mentit Everard. Avec prudence, il releva le couvercle et tint le compteur au-dessus de la boîte.

Grand Dieu! La radioactivité à l'intérieur vous tuerait dans la journée. Il entrevit à peine des lingots massifs, à l'éclat peu prononcé, avant de claquer le couvercle. « Prenez garde à ce matériau », dit-il en chevrotant. Grâce au Ciel, l'individu qui avait transporté ce fardeau mortel était venu d'une époque où l'on savait comment se protéger des radiations !

Le détective privé s'était approché sans bruit derrière eux. Son visage perspicace avait une expression de chasseur sur la piste. « Vous en identifiez le contenu, monsieur ? demanda-t-il d'une voix calme.

– Oui… je crois. » Everard se rappela que Becquerel ne découvrirait pas la radioactivité avant deux ans ; même les rayons X ne verraient le jour que dans un an. Il devait se montrer prudent. « C'est-à-dire… en pays indien, j'ai entendu parler d'un minerai qui serait un poison…

– *Très* intéressant. » Le détective bourrait une pipe à gros fourneau. « Tout comme les vapeurs de mercure, non ?

– Rotherhithe aura donc placé cette boîte dans la tombe, hein ? marmonna l'inspecteur.

– Ne soyez pas ridicule ! répliqua le détective d'un ton sec. Je peux prouver de trois façons décisives la totale innocence de Rotherhithe. Ce qui m'intriguait, c'était la cause réelle de la mort de Sa Seigneurie. Mais si, comme ce monsieur le dit, il se trouvait un poison mortel enterré dans ce tumulus… pour écarter les pilleurs de tombe ? Je me demande pourtant comment les anciens Saxons ont pu se procurer un minerai américain. Peut-être y a-t-il du vrai dans ces théories selon lesquelles les Phéniciens auraient traversé l'Atlantique dans l'Antiquité. J'ai effectué moi-même quelques recherches à propos d'une de mes marottes, selon laquelle il y aurait des éléments de chaldéen dans la langue galloise et ceci paraît appuyer ma théorie. »

Everard éprouva un sentiment de culpabilité à l'idée du tort qu'il causait à l'archéologie. Oh ! et puis cette boîte finirait jetée dans la Manche et oubliée. Whitcomb et lui-même trouvèrent un prétexte pour partir le plus vite possible.

Durant le retour à Londres, en sûreté dans la solitude de leur compartiment, l'Anglais produisit un fragment de bois pourri. « Il provient du tumulus, où je l'ai glissé dans ma poche. Cela nous servira à établir une date. Passez-moi le compteur au radiocarbone, s'il vous plaît. » Il fourra le morceau dans l'appareil, tourna des boutons et lut la réponse tout haut. « Mille quatre cent trente ans, à dix près. On a donc érigé ce tumulus aux environs de l'an... voyons... 464, soit à l'époque où les Jutes commençaient à s'installer dans le Kent.

– Pour que ces lingots restent aussi brûlants, murmura Everard, qu'est-ce que ça devait être à l'origine ? Difficile de comprendre comment il subsiste une telle radioactivité, après une aussi longue demi-vie, mais il est vrai que, dans le futur, on est capable de faire avec l'atome des choses dont ma propre époque n'a jamais rêvé. »

Après avoir remis leur rapport à Mainwethering, ils jouèrent les touristes une journée entière tandis que l'agent local envoyait des messages dans le temps pour mettre en branle l'énorme machine de la Patrouille. Le Londres victorien fascina Everard et l'enchanta presque, malgré la pauvreté et la saleté. Whitcomb avait une expression lointaine dans le regard. « J'aurais aimé vivre ici, dit-il.

– Ouais… avec leur médecine et leurs dentistes ?

– Et sans bombardements aériens. » Il y avait du défi dans la réponse.

Mainwethering avait pris ses dispositions quand ils repassèrent au bureau. Tout en fumant un gros cigare, il arpentait la pièce, ses mains potelées jointes sous les basques de son habit, et leur dévidait les résultats.

« Métal identifié selon toute probabilité. Carburant isotopique des alentours du XXXe siècle. Les recherches indiquent qu'un marchand de l'Empire Ing a visité l'année 2987 pour échanger ses matières premières contre leur synthrope, dont le secret s'est perdu au cours de l'Interrègne. Naturellement, il a pris ses précautions, tâché de se faire passer pour un commerçant du système de Saturne, mais il a néanmoins disparu. De même que sa navette temporelle. Sans doute quelqu'un de 2987 a-t-il découvert qui il était et l'a-t-il tué pour lui prendre sa machine. La Patrouille a été alertée, mais aucune trace de la machine… Elle a finalement été retrouvée dans l'Angleterre du Ve siècle par deux patrouilleurs nommés… hum… Everard et Whitcomb.

– Si on a déjà réussi, à quoi bon s'en faire ? » demanda l'Américain, tout sourire.

Mainwethering parut scandalisé. « Voyons, mon cher ami ! Vous n'avez pas déjà réussi. La tâche reste à accomplir, tant aux termes de votre sentiment de la durée que du mien. Et je vous prie de ne pas croire au succès, du seul fait que l'histoire l'a enregistré. Le temps n'a rien de rigide ; l'homme a son libre arbitre. Si vous échouez, l'histoire changera et n'aura jamais enregistré votre succès. Je ne vous en aurai jamais parlé. C'est sans doute ce qui est "arrivé", si je puis dire, dans les rares cas où la Patrouille a connu l'échec. On continue de travailler sur ces cas, et si le succès vient enfin, l'histoire sera changée et il y aura "toujours" eu réussite. *Tempus non nascitur, fit*, si je puis me permettre cette petite variante.

– Bon, bon, je plaisantais, dit Everard. Allons-y, *tempus fugit* », ajouta-t-il avec une préméditation qui fit faire la grimace à Mainwethering.

La Patrouille elle-même se révéla mal connaître la période obscure où les Romains avaient quitté la Grande-Bretagne, la civilisation bretonne romanisée s'écroulait et les Saxons commençaient de survenir. Elle n'avait jamais paru importante. Le bureau de Londres de l'an 1000 envoya les documents dont il disposait, ainsi que des vêtements qui pourraient convenir. Everard et Whitcomb restèrent inconscients une heure sous les instructeurs hypnotiques, pour ressortir en pleine possession de la langue latine ainsi que de plusieurs dialectes saxons et jutes, et avec une connaissance adéquate des mœurs et coutumes de l'époque.

Les habits étaient malcommodes : un pantalon, une chemise et un manteau de laine grossière, une cape de cuir, et une infinité de lanières et de lacets. De longues perruques blond lin recouvraient leurs cheveux à la coupe moderne. On ne remarquerait pas qu'ils étaient rasés de près, même au Ve siècle. Whitcomb portait une hache et Everard une épée toutes deux fabriquées sur mesure, d'acier à forte teneur en carbone, mais ils se fiaient davantage aux paralyseurs soniques du XXVIe siècle dissimulés sous leurs manteaux. Ils n'avaient pas d'armure, mais l'une des sacoches du sauteur contenait des casques de moto : ils n'attireraient guère l'attention en cette époque d'artisanat au foyer, et ils étaient beaucoup plus résistants et confortables que l'article authentique. Tous deux emportaient aussi un pique-nique substantiel et quelques jarres pleines de bonne bière victorienne.

« Parfait. » Mainwethering consulta sa montre de gousset. « Je vous attends ici à… disons à 4 heures ? J'aurai des gardes armés au cas où vous amèneriez un prisonnier, et nous pourrons aller ensuite prendre le thé. » Il leur serra la main. « Bonne chasse ! »

Everard enfourcha le sauteur temporel, régla les commandes sur l'an 464, au tumulus d'Addleton, par une nuit d'été, à minuit, et mit le contact.

5.

C'était la pleine lune. Sous sa clarté, le pays dormait, vaste et désert, l'horizon borné par la noirceur d'une forêt. Quelque part, un loup hurlait. Le tumulus se trouvait déjà là — ils n'arrivaient pas assez tôt.

Après avoir pris de l'altitude grâce à l'antigravité, ils scrutèrent les denses ténèbres d'un bois. Un hameau s'élevait à environ un kilomètre du tombeau : un fort en rondins et un groupe de bâtiments plus petits, autour d'une cour. Baigné par la lune, le hameau était très calme.

« Des champs cultivés », observa Whitcomb, qui parlait à voix basse dans le silence. « Les Jutes et les Saxons étaient surtout des agriculteurs, venus ici à la recherche de terres. Songe que les Bretons ont pour ainsi dire disparu de la région depuis des années.

– Il faut se renseigner sur l'inhumation. Repartir pour localiser le moment de la construction du tumulus ? Non, il vaut peut-être mieux se renseigner à cette date ultérieure, où l'effervescence qui a pu régner ici s'est apaisée. Je propose demain matin. »

Whitcomb acquiesça ; Everard posa l'engin sous le couvert d'un taillis et sauta de cinq heures en avant. Le soleil brillait, aveuglant, au nord-est, la rosée restait accrochée aux longues herbes et les oiseaux faisaient un vacarme infernal. Descendus de machine, les Patrouilleurs expédièrent le sauteur à une altitude de quinze mille mètres, où il resterait suspendu en attendant qu'ils le rappellent à eux au moyen de la radio miniature cachée dans leur casque.

Ils s'approchèrent ouvertement du hameau, chassant du plat de l'épée et de la hache les chiens quasi sauvages qui leur montraient les dents. La cour, plutôt que pavée, était couverte d'un épais tapis de boue et de fumier. Deux enfants nus aux cheveux en broussaille les regardaient du seuil d'une hutte de torchis. Une jeune fille assise dehors, occupée à traire une vache rabougrie, poussa un faible cri et un valet de ferme trapu, le front bas, qui donnait à manger aux porcs, saisit son javelot. Le nez pincé, Everard souhaita que certains fanatiques des vestiges et des traditions des Scandinaves en son propre siècle puissent visiter celui-ci.

Un homme à la barbe grise, une hache à la main, apparut à la porte du fort. Comme tous les individus de cette période, il était de quelques bons centimètres plus petit que la moyenne du XXe siècle. Il les examina avec prudence avant de leur souhaiter le bonjour.

Everard eut un sourire poli. « Je m'appelle Uffa Hundingsson, et voici mon frère Knubbi. Nous sommes des marchands du Jütland, venus ici commercer à Canterbury. (Il donna le nom de l'époque, Cant-wara-byrig.) Partis au hasard de la plage où nous avons hissé notre bateau, nous nous sommes égarés et, après avoir tourné en rond toute la nuit, nous avons aperçu vos maisons.

– Je m'appelle Wulfnoth, fils d'Ælfred, répondit le cultivateur. Entrez vous restaurer avec nous. »

La vaste salle, sombre, enfumée, regorgeait d'une foule bavarde : les fils de Wulfnoth, leurs épouses et leurs enfants, les serfs et leur famille. Le repas, servi dans de grandes écuelles de bois, consistait en viande de porc à demi cuite. Il ne fut pas difficile de lancer la conversation : ces gens étaient aussi potiniers que les paysans isolés de partout ailleurs. La difficulté était d'inventer des comptes rendus vraisemblables sur ce qui se passait au Jütland. Wulfnoth, qui n'était pas sot, releva une fois ou deux des erreurs, mais Everard lui affirma : « On vous a raconté des choses fausses. Les nouvelles se déforment quand elles traversent la mer. » Il fut surpris d'apprendre combien il subsistait de rapports entre le vieux pays et le nouveau. Quant à la conversation sur le temps et les récoltes, elle ne différait guère de ce qu'il avait entendu dans le Middle West, au XXe siècle.

Il dut patienter pour glisser une question au sujet du tumulus. Wulfnoth se rembrunit, et son épouse grassouillette et édentée esquissa un signe de protection dans la direction d'une grossière idole de bois. « Il n'est pas bon de parler de ces choses, murmura le Jute. Je regrette que le sorcier soit enterré sur mon domaine. Mais c'était un proche de mon père, mort désormais, et il n'a pas voulu se laisser dissuader.

– Le sorcier ? » Whitcomb dressa l'oreille. « Quelle histoire est-ce là ?

– Bah ! autant que vous le sachiez, grommela Wulfnoth. C'était un étranger appelé Stane, arrivé à Canterbury il y a six ans. Il devait venir de fort loin, car il ne parlait ni l'anglais ni les langues bretonnes, mais le roi Hengist l'accueillit et bientôt il apprit. Il donna au roi des présents étranges mais bénéfiques, et c'était un devin habile auquel le roi eut de plus en plus souvent recours. Nul n'osait le contrarier, car il possédait un bâton qui lançait la foudre… on l'avait vu fendre des roches… et une fois, dans une bataille contre les Bretons, il avait calciné des hommes. Si certains le prenaient pour Wotan, cela ne se peut, puisqu'il est mort.

– Ah bon ! dit Everard, intéressé. Et que fit-il encore de son vivant ?

– Oh… il donna au roi de sages conseils, comme je l'ai dit. C'était son idée que nous autres du Kent nous devions cesser de repousser les Bretons et de faire venir sans cesse nos parents en plus grand nombre du vieux pays ; au contraire, nous devions faire la paix. Il pensait qu'avec notre force et leur science romaine, nous pourrions constituer ensemble un puissant empire. Il avait peut-être raison, bien que, pour ma part, je ne voie guère l'utilité de tous ces livres et ces bains, sans parler de ce dieu bizarre en forme de croix qu'ils ont… En tout cas, il a été tué par deux messagers inconnus, il y a trois ans, et enterré ici avec des animaux sacrifiés et celles de ses possessions que ses ennemis n'avaient pas pillées. Nous lui offrons un sacrifice deux fois l'an et je dois avouer que son fantôme ne nous a pas causé d'ennuis. Mais cela continue à me déplaire.

– Depuis trois ans, hein ? Je vois… » dit Whitcomb.

Il leur fallut une bonne heure pour prendre congé et Wulfnoth insista pour envoyer un garçon les guider jusqu'à la rivière. Everard, qui n'avait pas envie d'aller si loin à pied, sourit et appela à terre le sauteur. Tandis qu'il l'enfourchait avec Whitcomb, il dit d'un ton grave à l'adolescent qui écarquillait les yeux : « Sache que tu as accueilli Wotan et Thunor qui préserveront désormais les tiens contre tout mal. » Puis il sauta de trois ans en arrière.

« Et voici le moment difficile », dit-il en observant le hameau de derrière le taillis. Le tumulus, cette fois, n'était pas là. Le sorcier Stane vivait encore. « Ce n'est pas bien difficile de mystifier un gamin, mais il nous faut maintenant extirper cet individu d'une ville solide et guerrière, où il est le bras droit du roi. Et il possède un désintégrateur.

– Apparemment, nous avons réussi… ou nous allons réussir, dit Whitcomb.

– Non. Tu sais que ça n'a rien d'obligatoire. Si on échoue, Wulfnoth nous racontera une autre histoire dans trois ans… et il est probable que Stane sera là ! Il pourrait nous tuer deux fois ! Et l'Angleterre, arrachée aux temps obscurs pour passer à une culture néoclassique, évoluera d'une manière qu'on ne risque guère de reconnaître en 1894… Je me demande où Stane veut en venir. »

Il fit prendre de la hauteur au sauteur et le dirigea vers Canterbury. Le vent de la nuit lui soufflait au visage, menaçant. Bientôt le bourg apparut ; Everard se posa dans un bosquet. La clarté blanche de la lune se reflétait sur les murs à demi ruinés de la Durovernum romaine, mouchetée de noir aux endroits que les Jutes avaient réparés avec du bois et de la terre. Nul n'avait le droit d'y pénétrer après le coucher du soleil.

De nouveau le sauteur les mena en plein jour — vers midi — et fut renvoyé dans le ciel. Le déjeuner qu'il avait pris deux heures plus tôt et trois ans plus tard pesait sur l'estomac d'Everard tandis qu'il se dirigeait vers une voie romaine en ruine, puis vers la ville. La circulation était assez intense, des cultivateurs, pour la plupart, qui menaient en chars à bœufs leurs produits au marché. Deux brutes à l'air farouche les arrêtèrent à la porte et s'enquirent de leurs intentions. Cette fois, Everard et Whitcomb étaient les représentants d'un négociant de Thanet qui les envoyait interroger divers artisans de l'endroit. Les gardes restèrent hargneux jusqu'au moment où Whitcomb leur glissa dans la main deux pièces romaines ; alors les javelots s'abaissèrent et ils poursuivirent leur chemin.

La ville s'agitait et bruissait autour d'eux, mais une fois de plus, c'était la vive puanteur qui frappait le plus Everard. Parmi les Jutes qui se bousculaient, il apercevait parfois un Breton romanisé qui se frayait un chemin dans la boue, l'air dédaigneux, en écartant sa tunique effrangée pour éviter tout contact avec ces sauvages. Ç'aurait pu être comique si ce n'avait été pathétique.

Il y avait une auberge extraordinairement sordide installée dans les ruines d'une ancienne maison de ville en marbre. Everard et Whitcomb découvrirent que leur argent avait une grande valeur ici, où les échanges se faisaient encore en nature dans la plupart des cas. En offrant quelques tournées générales, ils obtinrent tous les renseignements désirés. Le fort du roi Hengist s'élevait près du centre de la ville… pas vraiment un fort, mais un vieux bâtiment embelli de façon déplorable sous l'influence de cet étranger. Stane… non que notre roi bon et fort soit une fillette, ne vous méprenez pas, étranger… tenez, rien que le mois dernier… oui, Stane !

Il habite la maison voisine. Un homme bizarre, certains le qualifient de dieu… en tout cas, il sait choisir les filles… oui, on dit que c'est lui qui manigance toutes ces histoires de paix avec les Bretons. Il nous en arrive de plus en plus, de ces malins, au point qu'un honnête homme ne peut plus faire couler un peu de sang… bon, Stane est très sage, je ne voudrais rien dire contre lui, comprenez-moi bien, après tout, il peut lancer la foudre…

« Alors ? demanda Whitcomb quand ils eurent regagné leur chambre. On va l'arrêter ?

– Non… je doute que ce soit possible. J'ai un vague plan, mais il faudrait deviner ses intentions réelles. Voyons si nous pouvons obtenir audience. » En se levant de la paillasse qui lui servait de lit, Everard se grattait. « Diable ! Ce n'est pas de l'instruction qu'il faut à cette époque, c'est de la poudre insecticide ! »

La maison, sa façade blanche à colonnes d'une propreté presque pénible au milieu de toute cette saleté, avait été rénovée avec soin. Deux gardes, debout sur les degrés, se mirent sur la défensive à l'approche des Patrouilleurs. Everard leur donna de l'argent et leur raconta qu'il avait des nouvelles qui ne manqueraient pas d'intéresser le sorcier. « Dites-lui : “L'homme de demain”. C'est un mot de passe. Compris ?

– Ça ne veut rien dire, protesta le garde.

– Un mot de passe n'a aucun besoin de signifier quoi que ce soit », répondit Everard d'un ton hautain.

Le Jute s'éloigna dans un cliquetis métallique en secouant tristement la tête. Toutes ces idées nouvelles !

« Tu es sûr de ton coup ? demanda Whitcomb. Il va se tenir sur ses gardes, à présent.

– Un personnage important ne perdra pas son temps pour un inconnu quelconque. L'affaire presse, mon vieux ! Jusqu'à présent, il n'a rien accompli de permanent, pas même assez pour que sa légende se perpétue. Mais si le roi Hengist réalisait une véritable alliance avec les Bretons… »

Le garde revint, grogna quelque chose et les conduisit en haut des marches, puis à travers le péristyle. Au-delà se trouvait l'atrium, une pièce de bonne taille où des tapis modernes en peau d'ours contrastaient avec le marbre ébréché et la mosaïque décolorée. L'homme, debout devant un grossier lit de bois, leva la main à leur entrée. Everard aperçut le fin canon d'un désintégrateur du XXXᵉ siècle.

« Gardez vos mains bien en vue et à l'écart de votre corps, suggéra l'autre. Sans quoi il me faudra sans doute vous anéantir en jouant les lanceurs de tonnerre. »

Whitcomb ravala une exclamation dépitée, mais Everard s'attendait assez à cette réception. Néanmoins, il se sentait l'estomac noué.

Stane le sorcier était un homme de petite taille, vêtu d'une belle tunique brodée qui devait provenir de quelque villa bretonne. Son corps mince était musclé, sa tête volumineuse et ses traits d'une laideur assez plaisante sous une masse de cheveux noirs. Un sourire pincé se dessinait sur ses lèvres.

« Fouille-les, Eadgar, ordonna-t-il. Prends tout ce qu'ils peuvent avoir dans leur vêture. »

Malgré la gaucherie de sa palpation, le Jute trouva les paralyseurs et les jeta sur le sol. « Tu peux partir, lui dit Stane.

– Vous ne risquez rien de leur part, maître ? » demanda le soldat.

Stane sourit plus largement. « Avec ceci dans ma main ? Non, va. » Eadgar s'éloigna en traînant les pieds. *Au moins, on a encore l'épée et la hache*, se dit Everard. *Mais elles ne nous serviront à rien face à cette arme braquée sur nous.*

« Ainsi vous venez de demain », murmura Stane. Une pellicule de sueur brilla soudain à son front. « Cela m'intriguait. Vous parlez l'anglais futur ? »

Whitcomb ouvrit la bouche, mais Everard le devança, en improvisant, car sa vie était en jeu. « Quelle langue voulez-vous dire ?

– Celle-ci. » Stane passa à un anglais accentué, mais reconnaissable à des oreilles du XXe siècle. « Je veux savoir d'où et quand vous venez, vos intentions et tout le reste. Dites-moi la vérité ou je vous réduis en cendres. »

Everard secoua la tête. « Non, répondit-il en jute. Je ne comprends pas. » Whitcomb lui jeta un coup d'œil mais se tut, prêt à suivre son exemple. L'esprit d'Everard fonctionnait activement, sous l'aiguillon du désespoir ; il comprenait que la mort le guettait à la première erreur. « À notre époque, on parlait ainsi. » Et il débita une tirade de jargon hispano-mexicain.

« Une langue latine ! » Stane avait les yeux brillants. Le désintégrateur tremblait dans sa main. « De *quand* venez-vous ?

– Du XXe siècle après Jésus-Christ. Notre pays s'appelle Lyonesse. Il se trouve de l'autre côté de la mer occidentale…

– L'Amérique ! » C'était un soupir. « L'a-t-on *jamais* appelé Amérique ?

– Non. J'ignore de quoi vous parlez. »

Stane ne put réprimer un frisson. Il se domina. « Vous connaissez la langue romaine ? »

Everard opina du chef.

Stane éclata d'un rire nerveux. « Dans ce cas, utilisons-la. Si vous saviez combien je suis écœuré de ce langage de porcs qu'est le saxon ! » Son latin était un peu décadent, appris en ce siècle, de toute évidence, mais assez courant. Il agita son arme. « Pardonnez mon manque de courtoisie. Mais je dois me montrer prudent.

– Bien sûr, dit Everard. Ah… je m'appelle Mencius et mon ami Iuvelanis. Nous venons du futur, comme vous l'avez deviné. Nous sommes historiens, et notre époque vient juste d'inventer le voyage temporel.

– À proprement parler, moi, je suis Rozher Schtein, de l'année 2987. Vous avez… entendu parler de moi ?

– Question superflue ! dit Everard. Nous sommes revenus à la recherche de ce mystérieux Stane qui paraît être l'un des personnages essentiels de l'histoire. Nous soupçonnions que ce pouvait être un… *peregrinator temporis.* À présent, nous le savons.

– Trois ans. » Schtein se mit à arpenter fiévreusement la pièce, bras ballant, mais trop loin pour qu'Everard lui saute dessus. « Trois ans que je suis ici. Si vous saviez combien de fois j'ai connu l'insomnie, à me demander si j'allais réussir… Dites-moi, votre monde est-il uni ?

– Le monde et les planètes, dit Everard. Depuis longtemps. » Il dissimula un frisson. Sa vie dépendait de son habileté à deviner les plans de Schtein.

« Et vous êtes un peuple libre ?

– Nous le sommes. C'est-à-dire que l'empereur préside, mais c'est le Sénat qui fait les lois, et il est élu par le peuple. »

Le visage de gnome affichait une ferveur sacrée qui le transfigurait. « Tel que je l'ai rêvé, murmura-t-il. Merci.

– Vous êtes donc venu de votre époque pour… créer l'histoire ?

– Non, dit Schtein. Pour la changer. »

Les paroles lui venaient, précipitées, comme s'il souhaitait parler depuis de nombreuses années sans jamais l'oser. « J'étais historien, moi aussi. Par hasard, j'ai croisé un homme qui se prétendait commerçant et venu des lunes de Saturne, mais comme j'y avais moi-même séjourné, je l'ai percé à jour. En faisant des recherches, j'ai appris la vérité. C'était un voyageur temporel venu de très loin dans l'avenir.

» Il vous faut comprendre que l'époque où je vivais était atroce et, en tant qu'historien psychographe, je me rendais bien compte que la guerre, la misère et la tyrannie qui nous accablaient ne provenaient pas d'un mal inné chez l'homme, mais de la simple loi de causalité. Il y avait eu des périodes de paix, même assez prolongées : mais le mal était trop profondément enraciné, l'état de conflit faisait partie de notre civilisation même. Un raid vénusien avait anéanti ma famille. Je n'avais rien à perdre. J'ai pris la machine temporelle après avoir… disposé de son propriétaire.

» La grande erreur, me disais-je, remontait aux siècles obscurs. Rome avait unifié un vaste empire qui connaissait la paix, et de la paix peut toujours naître la justice. Mais Rome s'était épuisée dans l'effort et désagrégée. Les barbares nouveaux venus étaient vigoureux, ils avaient beaucoup de possibilités, mais ils ne tardèrent pas à se corrompre.

» Mais prenons l'Angleterre, isolée de l'influence délétère de la société romaine. Les Germains entrent en scène ; ce sont des paresseux dégoûtants, mais ils sont forts et ne demandent pas mieux que de s'instruire. Dans mon histoire, ils avaient simplement anéanti la civilisation bretonne puis, intellectuellement impuissants, s'étaient fait absorber par la nouvelle… et maléfique… civilisation qualifiée d'occidentale. Je désirais qu'il arrive quelque chose de meilleur.

» Cela n'a pas été facile. Vous seriez surpris de la difficulté qu'on éprouve à vivre à une époque différente, avant d'avoir appris à s'acclimater, même si on dispose d'armes modernes et de présents pour le roi. Mais je me suis assuré le respect de Hengist, et je gagne de plus en plus la confiance des Bretons. Je peux unir les deux peuples dans une guerre commune contre les Pictes. L'Angleterre deviendra un royaume unique, riche de la force saxonne et des connaissances romaines, assez puissant pour repousser tous les envahisseurs. Bien entendu, le christianisme est inévitable, mais je ferai en sorte que ce soit le bon, celui qui instruira et civilisera les hommes sans entraver leur esprit.

» Un jour ou l'autre, l'Angleterre sera en mesure de prendre la direction des événements sur le continent. Enfin, un monde uni. Je resterai ici assez longtemps pour assurer l'alliance contre les Pictes, puis je disparaîtrai en promettant de revenir plus tard. Si je reparais, disons à des intervalles de cinquante ans pendant les quelques siècles à venir, je deviendrai une légende, un dieu, qui pourra veiller à ce que ces gens restent dans le droit chemin.

– J'ai beaucoup lu au sujet de saint Stanius, dit lentement Everard.

– J'ai donc gagné ! s'écria Schtein. J'ai donné la paix au monde ! » Les larmes lui coulaient sur les joues.

Everard se rapprocha. Schtein lui braqua son arme sur le ventre, encore méfiant. Everard tourna autour de lui, d'un air détaché, et Schtein pivota pour le couvrir. Mais, troublé par la preuve apparente de son succès, il en oubliait la présence de Whitcomb. Everard adressa un regard à l'Anglais.

Whitcomb lança sa hache. Everard s'aplatit sur le sol. Schtein hurla et le désintégrateur cracha. La hache lui avait fendu l'épaule. Whitcomb bondit et lui empoigna la main qui tenait l'arme. Schtein cria, en s'efforçant de redresser celle-ci. Everard sauta dans la mêlée. La confusion s'ensuivit.

Puis le désintégrateur cracha une nouvelle fois et Schtein ne fut plus qu'un poids inerte dans leurs bras. Le sang qui s'écoulait de l'affreuse blessure ouverte dans sa poitrine se répandit sur leurs vêtements.

Les deux gardes accoururent. Everard s'empara de son paralyseur toujours au sol et le régla sur l'intensité maximale. Un javelot lui effleura le bras. Il tira par deux fois et les brutes s'abattirent, assommées pour des heures.

Accroupi, il tendit l'oreille. Un cri de femme jaillit des pièces intérieures, mais personne ne se présentait à la porte. « Je crois qu'on a réussi, haleta-t-il.

– Oui. » Whitcomb contemplait d'un air sombre le cadavre étendu à ses pieds et qui paraissait pitoyablement petit.

« Je ne désirais pas sa mort, dit Everard. Mais le moment était… difficile. C'était écrit, sans doute.

– Cela vaut mieux pour lui que le tribunal de Patrouille et la planète d'exil.

– D'un point de vue pratique, c'était un voleur et un meurtrier. Mais il avait un bien beau rêve.

– Un rêve que nous avons brisé.

– L'histoire en aurait fait autant. Sans doute. Un seul homme ne saurait être assez puissant ni assez sage. Je pense que la plus grande part de la misère humaine vient de fanatiques bien intentionnés comme celui-ci.

– Par conséquent, nous nous en lavons les mains et nous acceptons la suite.

– Pense à tous tes amis de 1947. Ils n'auraient même jamais existé. »

Whitcomb ôta son manteau et tenta d'essuyer le sang qui avait coulé sur ses vêtements.

« En route », dit Everard. Il franchit la porte de derrière d'un pas pressé. Une concubine effrayée le fixait de ses grands yeux.

Il dut fracasser la serrure d'une porte intérieure. La pièce au-delà contenait la navette temporelle de l'époque Ing, des livres et des caisses d'armes et d'approvisionnements. Everard chargea le tout sur la navette, sauf le coffre de combustible radioactif. Ce dernier devait en effet rester sur place afin que lui, Manse Everard, apprenne son existence dans le futur et revienne détruire l'homme qui voulait être Dieu.

« Tu devrais livrer le tout au dépôt de 1894, dit-il. Je ramène notre sauteur et je te retrouve au bureau. »

Whitcomb lui décocha un long regard. Il avait les traits tirés. Sous les yeux de son compagnon, son expression se fit résolue.

« D'accord, mon vieux. » L'Anglais sourit avec un peu de tristesse et serra la main d'Everard. « Adieu, et bonne chance. »

Everard le regarda s'installer dans le grand cylindre d'acier. Drôle de salut, si l'on songeait que dans deux heures ils prendraient le thé ensemble, en 1894.

Un souci le rongeait quand il sortit de la maison pour se mêler à la foule. Charlie était un original…

Personne ne s'occupa de lui quand il sortit de la ville et pénétra dans le bosquet. Il rappela le sauteur temporel et, en dépit de la nécessité de se hâter au cas où un curieux se serait approché pour voir cet oiseau géant au sol, il ouvrit une cruche de bière. Il en avait grand besoin. Puis, après un dernier regard à la Vieille Angleterre, il bondit en 1894.

Mainwethering était là, avec ses gardes, comme promis. Il eut l'air inquiet en voyant arriver un seul homme aux vêtements tachés de sang. Mais Everard le rassura.

Il lui fallut un moment pour se laver et se changer, avant de dicter un rapport détaillé au secrétaire. Whitcomb aurait déjà dû arriver en cab, or il n'en était rien. Mainwethering appela le dépôt par radio et revint, les sourcils froncés. « Il n'est pas encore là, dit-il. Un incident mécanique, peut-être ?

– J'en doute fort. Ces machines sont à l'épreuve des pannes. » Everard se mordit la lèvre. « Je ne sais pas ce qui se passe. Il aura peut-être mal compris et sera reparti en 1947. »

Un échange de notes révéla que Whitcomb ne s'était pas présenté là-bas non plus. Everard et Mainwethering sortirent prendre le thé. Whitcomb n'avait toujours pas donné signe de vie à leur retour.

« Il vaut mieux que j'informe le service de terrain, dit Mainwethering. Qu'en pensez-vous ? Ils devraient réussir à le retrouver.

– Non... attendez. » Everard réfléchit un instant. Une pensée le travaillait depuis un moment. Elle était terrible.

« Vous avez une idée ?

– Oui... un germe. » Il entreprit de se débarrasser de son attirail victorien. « Demandez mes vêtements du XXe siècle, s'il vous plaît. Je le retrouverai peut-être tout seul.

– La Patrouille va réclamer un rapport préliminaire sur votre idée et vos intentions, lui rappela Mainwethering.

– Au diable la Patrouille. »

6.

Londres, 1944. La nuit d'hiver était tombée tôt. Un vent froid et coupant soufflait dans les tunnels ténébreux des rues. Quelque part retentit une explosion assourdie ; un incendie dressait de grandes bannières rouges au-dessus des toits.

Everard laissa son sauteur sur le trottoir — nul ne se risquait dehors quand il pleuvait des V1 — et se faufila dans l'obscurité. Le 17 novembre ; sa mémoire entraînée avait bien retenu la date. Mary Nelson était morte aujourd'hui.

Il trouva une cabine téléphonique au coin de la rue et consulta l'annuaire. Il y avait des tas de Nelson, mais une seule Mary pour la région de Streatham. Ce devait être la mère — il lui fallait supposer que la fille portait le même nom. Il ne savait pas à quelle heure tomberait la bombe, mais il existait des moyens de le découvrir.

Le feu et le tonnerre se précipitèrent en grondant sur lui quand il ressortit. Il se jeta à plat ventre tandis que des débris de verre passaient en sifflant au-dessus de lui. Le 17 novembre 1944. Manse Everard, de dix ans plus jeune, lieutenant du génie de l'armée des États-Unis, était quelque part de l'autre côté de la Manche, à portée des canons allemands.

Il ne parvenait pas à se rappeler où exactement, à ce moment précis, et il ne s'y efforça guère. Pas d'importance. Il savait qu'il survivrait à ce péril-*là*.

Le nouvel incendie dansait, rouge et sinistre derrière lui, quand il fonça vers sa machine, l'enfourcha et décolla. À haute altitude au-dessus de Londres, il ne distingua que de vastes ténèbres mouchetées de flammes. La nuit de Walpurgis et l'enfer tout entier déchaîné sur la terre !

Il se rappelait bien Streatham, une triste étendue de brique habitée par de petits employés, des épiciers, des mécaniciens, la toute petite bourgeoisie qui s'était levée pour bloquer la puissance qui avait conquis l'Europe. Une jeune fille qu'il avait connue y avait vécu, en 1943... Par la suite, elle avait épousé quelqu'un d'autre.

En volant bas, il essaya de trouver l'adresse. Il y eut à proximité comme une éruption de volcan. Sa machine se cabra et il faillit se laisser désarçonner. Il se hâta vers l'endroit et vit une maison écroulée, détruite, en flammes. Il arrivait trop tard.

Non ! Il regarda l'heure — 10 h 30 précises — et il sauta de deux heures en arrière. C'était déjà la nuit, mais la maison se dressait solidement dans l'ombre. Pendant un bref instant, il caressa l'idée d'avertir tous ses occupants. Mais non... à travers le monde, des millions d'êtres mouraient. Il n'était pas Schtein pour se charger du fardeau de l'histoire.

Il grimaça un sourire froid, descendit et franchit la grille. Il n'était pas non plus un de ces sacrés Danelliens. Il frappa à la porte qui s'ouvrit. Une femme d'âge moyen le dévisagea dans l'ombre et il comprit qu'elle trouvait bizarre de voir un Américain en civil à ce moment.

« Je vous demande pardon, dit-il, connaîtriez-vous Miss Mary Nelson ?

– Mais… oui. » Une pause. « Elle habite tout près. Elle ne va pas tarder. Vous êtes un ami ?

– C'est elle qui m'envoie vous porter un message, Mrs… ?

– Enderby.

– Ah oui ! Mrs Enderby. J'ai une très mauvaise mémoire. Écoutez, Miss Nelson désire vous faire savoir qu'elle regrette beaucoup, mais qu'elle ne pourra pas venir. Toutefois, elle voudrait que vous alliez, au contraire, chez elle avec toute votre famille avant 10 h 30.

– Nous tous, monsieur ? Mais les enfants…

– Je vous en prie, les enfants aussi. Tous. Elle a préparé une surprise tout à fait spéciale, quelque chose qu'elle ne peut vous montrer qu'à ce moment-là. Il faut que vous y soyez tous.

– Eh bien, entendu, monsieur, puisqu'elle le demande.

– Tout le monde, avant 10 h 30 sans faute. Je vous reverrai à cette heure-là, Mrs Enderby. » Everard hocha la tête et repartit dans la rue.

Il avait fait son possible. Ensuite venait la maison des Nelson. Il trouva l'adresse à deux rues plus loin, gara son engin à l'entrée d'une impasse sombre et s'approcha de la maison. Il était coupable, lui aussi, à présent. Aussi coupable que Schtein. Il se demanda à quoi ressemblait la planète d'exil.

Aucune trace de la navette Ing, pourtant trop grande pour qu'on la cache. Charlie n'était donc pas encore arrivé. Il allait devoir improviser en attendant.

En frappant à la porte, il se demandait quels effets aurait le sauvetage de la famille Enderby. Ces enfants grandiraient, auraient à leur tour des enfants — des Britanniques tout à fait insignifiants, de la classe moyenne, sans aucun doute. Mais à un moment quelconque dans les siècles à venir, un homme important pourrait naître ou ne pas naître. Bon, le temps n'était pas trop inflexible. Sauf en de rares cas, l'hérédité précise n'avait pas d'importance, seul comptait le vaste réservoir des gènes humains et de la société humaine. Pourtant, ce serait peut-être un de ces rares cas.

Une jeune fille lui ouvrit la porte. Elle était jolie, sans ostentation, mais plaisante sous son uniforme bien repassé. « Miss Nelson ?

– Oui ?

– Je m'appelle Everard. Je suis un ami de Charlie Whitcomb. Puis-je entrer ? J'ai des nouvelles assez surprenantes à vous communiquer.

– J'étais sur le point de sortir, dit-elle comme en s'excusant.

– Mais non. » Une erreur : elle se raidit d'indignation. « Pardonnez-moi. Je vous en prie, permettez-moi de m'expliquer. »

Elle le conduisit dans un salon triste et encombré. « Asseyez-vous donc, M. Everard. Je vous prierai de ne pas parler trop fort. Toute la famille dort. Ils se lèvent tôt. »

Everard s'installa confortablement. Mary se posa au bord d'un divan et ouvrit de grands yeux. Il se demanda si Wulfnoth et Eadgar comptaient parmi ses ancêtres. Oui… sans aucun doute, après tous ces siècles écoulés. Peut-être Schtein, aussi.

« Vous appartenez aux Forces aériennes ? C'est là que vous avez connu Charlie ?

– Non, je suis dans les Services de renseignement, ce qui explique ma tenue civile. Puis-je vous demander quand vous l'avez vu pour la dernière fois ?

– Oh… il y a des semaines. Il est en France pour le moment. J'espère que la guerre finira bientôt. C'est idiot de leur part de continuer alors qu'ils doivent bien savoir que c'est la fin, n'est-ce pas ? » Elle inclina la tête d'un air intrigué. « Mais quelles sont ces nouvelles ?

– Je vais y venir dans un moment. »

Il se mit à bavarder autant qu'il l'osait, évoquant la situation de l'autre côté de la Manche. C'était étrange de parler à un fantôme. Et son conditionnement l'empêchait de dire la vérité. Il le désirait, mais quand il essayait, sa langue s'immobilisait.

« Et ce que coûte une simple bouteille de vin rouge…

– Je vous en prie, coupa-t-elle impatiemment, voulez-vous en venir au fait ? J'ai ma soirée prise.

– Oh ! je suis vraiment navré. Voyez-vous, c'est… »

Un coup à la porte le délivra. « Excusez-moi », murmura-t-elle avant de se glisser sous les rideaux sombres du black-out pour ouvrir. Everard la suivit à pas de loup.

Elle recula en trébuchant et poussa un cri : « *Charlie !* »

Whitcomb la serra dans ses bras, sans prendre garde au sang encore humide qui venait d'éclabousser dix siècles plus tôt ses vêtements saxons. Everard parut dans l'entrée et l'Anglais le regarda avec une expression horrifiée. « Toi ! »

Il voulut saisir son paralyseur, mais Everard braquait déjà le sien. « Ne fais pas l'idiot, dit l'Américain, je suis ton ami. Je veux t'aider. Quel plan insensé as-tu conçu, hein ?

– Je… la garde ici… pour l'empêcher d'aller…

– Et tu crois *qu'ils* n'ont pas les moyens de te repérer ? » Everard passa au temporel, seule langue utilisable en la présence de Mary apeurée. « Quand j'ai quitté Mainwethering en 1894, il commençait à nourrir de vilains soupçons. Si on s'y prend mal, toutes les unités de la Patrouille seront alertées. On rectifiera l'erreur, sans doute en tuant Mary, et on te condamnera à l'exil.

– Je… » Whitcomb déglutit. Son visage était un masque de terreur. « Tu… ne la laisserais tout de même pas mourir ?

– Non, mais il faut s'y prendre avec plus de soin.

– Nous allons fuir… trouver une période loin de tout… retourner à l'âge des dinosaures, s'il le faut. »

Mary s'écarta de lui. Elle avait la bouche ouverte, prête à crier. « Taisez-vous ! lui dit Everard en anglais. Votre vie est en danger et nous nous efforçons de vous sauver. Si vous n'avez pas confiance en moi, faites au moins confiance à Charlie. » Il reprit en temporel, à l'adresse de l'autre : « Écoute, mon vieux, il n'y a pas d'endroit ni d'époque où vous puissiez vous cacher. Mary Nelson est morte ce soir, un fait historique. Elle n'était pas là en 1947, autre fait historique. Moi, je me suis déjà fourré dans le pétrin… la famille à laquelle elle allait rendre visite ne sera pas dans sa maison quand la bombe tombera. Si tu essayes de t'enfuir avec elle, on vous retrouvera. C'est une chance incroyable qu'un agent de la Patrouille ne soit pas déjà là. »

L'autre se força au calme. « Et si je sautais en 1948 avec elle ? Comment savoir qu'elle n'a pas soudain reparu en 1948 ? Ça appartient peut-être aussi à l'histoire.

– Tu ne *peux pas*, mon vieux. Essaie. Vas-y, dis-lui que tu l'amènes quatre ans dans l'avenir. »

Whitcomb gémit. « Ce serait me trahir… et je suis conditionné…

– Ouais. Tu as tout juste la possibilité de lui apparaître comme à l'instant, mais si tu devais lui en parler, tu devrais mentir faute de pouvoir faire autrement. D'ailleurs, comment expliquerais-tu son existence ? Si elle reste Mary Nelson, elle aura déserté des Auxiliaires féminines des forces aériennes. Si elle change de nom, où son acte de naissance, son livret de famille, ses tickets de rationnement, tous ces morceaux de papier que les gouvernements du XXe siècle révèrent à un si haut point ? C'est sans espoir, mon vieux.

– Alors, que peut-on faire ?

– Affronter la Patrouille et nous défendre. Attends là une minute. » Everard était d'un calme glacial. Il n'avait pas le temps de s'effrayer ni de s'étonner de son comportement.

Dans la rue, il retrouva son sauteur et le régla de façon à l'expédier cinq ans plus tard, en plein midi, à Picadilly Circus. Il appuya sur le disjoncteur principal, vit disparaître la machine, puis rentra dans la maison. Mary, frissonnante et en larmes, était dans les bras de Whitcomb. Ces malheureux enfants perdus !

« C'est bon. » Everard les ramena dans le salon et s'assit l'arme au poing. « Maintenant, attendons. »

Cela ne dura guère. Un sauteur apparut, avec à bord deux hommes en gris de la Patrouille, armés. Everard les balaya d'un rayon paralysant à basse tension. « Aide-moi à les ficeler, Charlie », dit-il.

Mary, sans voix, se tassait dans un coin.

Quand les hommes reprirent leurs esprits, Everard se pencha sur eux avec un sourire froid. « De quoi nous accuse-t-on, les gars ? demanda-t-il en temporel.

– Je pense que vous le savez, énonça l'un des prisonniers. Le bureau central nous a chargés de vous retrouver. En étudiant la semaine prochaine, on a vu que vous avez fait évacuer une famille qui devait disparaître dans un bombardement. Le dossier de Whitcomb nous a indiqué que vous aviez dû venir ici pour l'aider à sauver cette femme qui devait mourir ce soir. Vous devriez nous relâcher, ou ça aggravera encore votre cas.

– Je n'ai pas transformé l'histoire, dit Everard. Les Danelliens sont toujours là-bas, n'est-ce pas ?

– Oui, naturellement, mais…

– Comment saviez-vous que la famille Enderby devait périr ?

– Leur maison a été touchée et ils ont dit qu'ils ne l'avaient quittée que…

– Oui, mais le fait est : ils l'ont quittée. C'est écrit. Et c'est *vous* qui tentez de changer le passé, à présent.

– Mais la femme que voici…

– Vous êtes sûrs qu'il n'y a pas *eu* une Mary Nelson qui s'est établie… à Londres, disons, en 1850… pour mourir de vieillesse autour de 1900 ? »

L'autre sourit grand. « On se donne du mal, hein ? Ça ne marchera jamais. Vous ne pouvez pas lutter contre toute la Patrouille.

– Ah bon ? Je peux vous abandonner ici, où les Enderby vous retrouveront dans deux heures. J'ai réglé mon sauteur pour qu'il apparaisse en un lieu public à un moment que je suis seul à connaître. Quel effet cela aura-t-il sur l'histoire ?

– La Patrouille prendra des mesures correctives pour renverser la vapeur, comme vous-même l'avez fait au ve siècle.

– Peut-être ! Mais je peux lui faciliter drôlement le travail, si on consent à écouter ma requête. Je veux un Danellien.

– *Quoi ?*

– Vous m'avez bien entendu. S'il le faut, j'enfourche votre propre sauteur et j'avance d'un million d'années. Je leur exposerai à quel point la situation sera simplifiée s'ils nous accordent une chance. »

Ce ne sera pas nécessaire.

Everard pivota, le souffle coupé. Le paralyseur lui tomba des mains.

Il ne pouvait pas regarder la silhouette qui brillait devant lui. Il avait des sanglots dans la gorge en reculant.

Votre requête a été examinée, dit la voix silencieuse. *Elle était connue et pesée des millénaires avant votre naissance. Mais vous demeuriez néanmoins un maillon indispensable dans la chaîne du temps. Si vous aviez échoué ce soir, il n'y aurait pas eu de pitié.*

Pour nous, il était déjà écrit qu'un certain Charles et une certaine Mary Whitcomb vivaient en Angleterre victorienne. Il était également écrit que Mary Nelson était morte avec la famille à laquelle elle avait rendu visite en 1944, et que Charles Whitcomb avait vécu célibataire pour finir par mourir en service commandé dans la Patrouille. On avait pris note de cette anomalie, et comme le plus infime paradoxe constitue une faille dans la trame de l'espace-temps, nous devions le rectifier en éliminant du cours des choses l'un ou l'autre de ces faits. Vous avez décidé de celui qu'on éliminerait.

Everard sut dans un coin de son esprit ébranlé que les deux Patrouilleurs étaient soudain libérés. Il sut que son sauteur avait été… était… serait subtilisé à l'instant même de sa matérialisation. Il sut que l'histoire se lisait à présent ainsi : Mary Nelson, Auxiliaire féminine des forces aériennes, disparue, présumée tuée par la chute d'une bombe près du foyer des Enderby, qui se trouvaient tous chez elle quand leur propre maison avait été détruite ; Charles Whitcomb, disparu en 1947, présumé noyé accidentellement. Il sut qu'on expliquait la vérité à Mary, avant de la conditionner pour qu'elle ne la révèle jamais, et qu'on l'envoyait en 1850 avec Charlie. Ils mèneraient leur existence dans la classe moyenne, sans se trouver jamais très à l'aise sous le règne de Victoria, et Charlie aurait souvent la nostalgie de la Patrouille… puis il se tournerait vers son épouse, ses enfants, et se dirait qu'après tout le sacrifice n'était pas si considérable.

Il sut tout cela, puis le Danellien disparut. Quand les tourbillons ténébreux s'apaisèrent dans sa tête et que sa vue s'éclaircit, révélant les deux Patrouilleurs libérés, il ignorait cependant ce que serait son propre destin.

« Venez, dit le premier. Partons d'ici avant que quelqu'un se réveille dans la maison. On vous ramène à votre année. 1954, c'est ça ?

– Et ensuite ? » demanda Everard, étonné.

L'autre haussa les épaules. Son air dégagé cachait mal le choc qui l'avait saisi en présence du Danellien. « Présentez-vous à votre chef de secteur. Vous avez démontré à l'évidence qu'on ne peut vous employer régulièrement.

– Donc… je suis viré ?

– On se calme. Vous vous croyez unique, en un million d'années de travail de la Patrouille ? Le règlement en tient compte. Il vous faudra un complément de formation, bien sûr. Ce qui convient à votre personnalité, c'est le statut de non-attaché : n'importe quelle ère, n'importe quel endroit, où et quand on pourra avoir besoin de vous. Je pense que ça vous plaira. »

Les jambes molles, Everard enfourcha le sauteur. Quand il mit pied à terre, dix ans avaient passé.

Le Grand Roi

NOUVELLE TRADUITE DE L'AMÉRICAIN PAR MICHEL DEUTSCH.
TRADUCTION RÉVISÉE PAR PIERRE-PAUL DURASTANTI.

1.

Ce soir-là — à New York, au cœur du XXe siècle —, Manse Everard, dans une tenue usée jusqu'à la corde, se préparait un cocktail quand la sonnette de la porte d'entrée retentit. Il jura. Les derniers jours avaient été harassants et il ne désirait d'autre compagnie que celle des récits perdus du Dr Watson.

Pourvu qu'il parvienne à se débarrasser de l'importun ! Il alla ouvrir, en pantoufles, avec une expression butée. « Bonsoir », dit-il sèchement.

Soudain, il crut se trouver dans un vaisseau en chute libre des débuts de la conquête spatiale ; dénué de poids, il restait aveuglé par l'éclat des étoiles.

« Oh… je ne vous attendais… Entrez. »

Cynthia Denison resta un moment sur le seuil, les yeux braqués sur le bar que surmontaient un casque à crinière achéen et deux javelots en croix datant de la même époque : sombres, luisants, d'une beauté incroyable. « Puis-je avoir un verre, Manse ? Tout de suite ? » Malgré ses efforts, Cynthia Denison n'arrivait pas à maîtriser le tremblement de sa voix.

« Bien sûr. » Sans poser de question, il aida sa visiteuse à ôter son manteau. Après avoir refermé la porte, elle se laissa tomber sur un canapé moderne de fabrication suédoise, aussi fonctionnel et immaculé que les armes homériques au mur, et fouilla son sac à la recherche de ses cigarettes. Pendant un instant, elle et lui évitèrent de se regarder.

« Un whisky irlandais avec glace, comme d'habitude ? » demanda Manse. Ses propres paroles semblaient venir de loin. À le voir manier sans adresse les bouteilles et les verres, on aurait juré que rien ne subsistait de l'entraînement que lui avait prodigué la Patrouille du temps.

Le briquet de Cynthia claqua, un bruit incongru. « Tu as bonne mémoire.

– Cela ne fait jamais que quelques mois », dit-il, faute de mieux.

« En temps entropique classique, intact, de vingt-quatre heures par jour. » Elle souffla un nuage de fumée et le contempla. « Pour moi aussi, à peu près. Je suis restée dans le présent depuis… depuis mon mariage. Huit mois et demi de mon temps biologique individuel ont passé depuis que Keith et moi… Mais quel intervalle pour toi, Manse ? Combien d'années as-tu vécues, en combien d'ères, depuis que tu lui as servi de garçon d'honneur ? »

Elle avait la voix grêle (le seul défaut qu'il lui ait jamais trouvé, à moins de considérer comme tel sa petite taille — un mètre cinquante-deux) et son timbre manquait donc de richesse. Mais il entendait qu'elle luttait pour ne pas hurler.

Il lui tendit un verre. « Allez… cul sec. » Elle obéit, non sans s'étrangler un peu. Il lui servit un nouveau scotch et en profita pour se mixer son whisky-soda avant de s'installer dans un fauteuil et d'extraire une pipe de sa veste d'intérieur mangée aux mites. Ses mains tremblaient, mais à peine : elle ne le remarquerait sans doute pas. Judicieux de la part de Cynthia de ne pas avoir lâché tout à trac la raison de sa visite. Ils avaient besoin l'un et l'autre de ce répit pour recouvrer leur sang-froid.

À présent, il pouvait se risquer à l'étudier. Elle n'avait pas changé. La robe noire soulignait la délicatesse d'une silhouette presque parfaite. Ses cheveux qui lui tombaient jusqu'aux épaules étaient comme une coulée de soleil, ses yeux, immenses et bleus, sous l'arc des sourcils, éclairaient un visage au nez retroussé et aux lèvres toujours entrouvertes. Elle portait un maquillage trop léger pour que Manse puisse affirmer avec certitude qu'elle avait pleuré récemment — mais c'était plus que vraisemblable.

Il se concentra sur l'opération consistant à bourrer sa pipe. « Alors, Cyn ? Tu veux m'en parler ? »

Elle frissonna. Enfin, elle parvint à dire : « Keith… Il a disparu.

– Hein ? » Everard se redressa. « Disparu ? En service commandé ?

– Évidemment. Dans l'Antiquité. En Iran. Il est parti il y a une semaine. Et n'est jamais revenu. » Elle posa son verre sur l'accoudoir et se tordit les doigts. « La Patrouille a effectué des recherches, bien sûr, et je n'ai eu connaissance des résultats qu'aujourd'hui. Il reste introuvable. Ils n'ont pas même pu apprendre ce qui lui est arrivé.

– Diable !

– Keith t'a toujours… toujours considéré comme son meilleur ami », dit-elle, vibrante. « Ton nom revenait sans cesse dans la conversation, tu ne peux pas savoir, Manse. C'est vrai, on t'a négligé ; mais tu n'étais jamais là, et puis…

– Dame ! Tu me crois si puéril ? J'avais à faire. Et après tout, vous étiez de jeunes mariés. »

Et c'est moi qui vous ai présentés l'un à l'autre au clair de lune devant le Mauna Loa. La Patrouille du temps ignore le snobisme : une jeune fille comme Cynthia Cunningham, simple employée fraîchement émoulue de l'Académie et affectée à titre d'agent attaché à son propre siècle est absolument libre de sortir avec un vétéran et un supérieur, moi, par exemple, aussi souvent que les besoins de leur service le permettent. Rien n'empêche son compagnon de mettre à profit son art du déguisement pour l'emmener au bal dans la Vienne de Strauss, au théâtre dans le Londres de Shakespeare, dans les drôles de petits bars du New York de Tom Lehrer, ou sur Hawaï faire du surf un millénaire avant l'arrivée des premiers habitants sur leurs canoës. Ni un autre patrouilleur de se joindre à eux. Et de finir par épouser la jeune fille. Bien sûr que non.

Everard tira sur sa pipe. Une fois son visage voilé par la fumée, il dit : « Commence par le commencement. Je vous ai perdus de vue depuis… deux ou trois ans de mon temps individuel, et j'ignore au juste de quoi Keith s'occupait.

– Si longtemps ? Tu n'as jamais passé tes permissions dans cette décennie ? On aurait bien aimé avoir ta visite.

– Arrête de t'excuser ! jeta-t-il d'un ton rogue. J'aurais pu faire un saut si je l'avais voulu. » Elle leva vers lui son visage angélique comme s'il l'avait giflée en pleine face. Il se reprit, consterné. « Pardonne-moi. J'aurais bien aimé. Mais tu sais, nous, les non-attachés, on a du pain sur la planche. Toujours à sauter ici et là dans l'espace-temps tels des poux dans une poêle. Et puis, zut ! » Il se força à sourire. « Tu me connais, Cyn : je n'ai aucun tact, mais ça ne veut rien dire. Je suis à l'origine d'un monstre chimérique légendaire de la Grèce classique où je passais pour le *dilaïopode* : un monstre curieux qui a deux pieds gauches. »

Elle salua la boutade d'un rictus contraint et reprit sa cigarette qui fumait dans le cendrier. « Je reste simple employée du Bureau d'Ingénierie. Mais, grâce à mes attributions, je suis en contact étroit avec tous les bureaux de ce Milieu, y compris le QG. Je sais donc très bien ce qu'on a fait pour Keith… Pas assez ! Ils le laissent tomber purement et simplement. Manse, si tu ne l'aides pas, c'est un homme mort ! »

Frissonnante, elle se tut. Désireux de leur accorder un sursis à tous deux, Everard se remémora la carrière de Keith Denison.

Né en 1927 à Cambridge, au Massachusetts, d'une famille aisée. Doctorat d'archéologie avec mention à vingt-trois ans après un titre de champion de boxe universitaire et la traversée de l'Atlantique sur un ketch de neuf mètres. Mobilisé en 1950, il avait servi en Corée avec une bravoure qui lui aurait valu la gloire dans une guerre plus populaire. Mais il fallait le connaître de longue date avant d'apprendre ces détails. Il parlait en général de choses impersonnelles avec une sorte d'humour froid, jusqu'à ce qu'il y ait du travail à accomplir. Alors il se mettait à l'œuvre sans baratin inutile. *Le type qu'il fallait à Cynthia. S'il l'avait voulu, il aurait facilement pu être promu agent non attaché. Mais il avait ici des racines que je n'ai pas. Plus stable que moi, j'imagine.*

Démobilisé, en 1952 et, à cette date, dépourvu d'occupation précise, il avait été contacté et enrôlé par un membre de la Patrouille. Il avait accepté l'existence du voyage temporel plus facilement que bien d'autres. Il avait l'esprit agile et, après tout, il était archéologue. Sa période d'instruction achevée, il avait trouvé une harmonieuse concordance entre ses goûts personnels et les exigences de la Patrouille. Devenu spécialiste de la protohistoire indo-européenne, il avait fini par prendre, de bien des façons, plus d'importance qu'Everard.

Un non-attaché avait pour rôle de parcourir sans répit les routes du temps pour porter secours aux naufragés, arrêter les délinquants et pérenniser la trame de l'histoire humaine. Mais comment savoir ce qu'il faisait sans archives ? Bien avant les premiers hiéroglyphes, il y avait eu des guerres et des migrations, des découvertes et des hauts faits dont les conséquences se diffusaient dans tout le continuum. Ces conséquences, il fallait que la Patrouille les connaisse. Établir la carte de leurs cheminements, telle était la tâche du spécialiste qualifié.

Et puis, surtout, Keith était un copain.

Everard retira sa pipe de sa bouche. « D'accord, Cynthia. Raconte-moi. »

2.

Elle mettait tant d'énergie à se maîtriser que sa voix fluette prenait un ton sec. « Il repérait les migrations des divers clans aryens. Ces mouvements de population sont très obscurs, tu sais. Il faut plonger dans le passé à partir d'un niveau historique connu. Pour sa dernière mission, Keith est allé en Iran. En 558 avant notre ère. À peu près à la fin de la période médique, m'a-t-il précisé. Il comptait se renseigner sur place, se familiariser avec les traditions en vigueur, effectuer d'autres relevés à une période antérieure, et ainsi de suite. Mais tout ça, tu dois le savoir, Manse. Tu l'as aidé une fois, avant qu'on ne se rencontre, lui et moi. Il m'en parlait souvent.

– Je l'ai accompagné au cas où il aurait eu des ennuis. » Everard haussa les épaules. « Il étudiait le voyage préhistorique d'un groupe qui, parti du Don, avait atteint l'Indus. On s'est présentés au chef comme des chasseurs de passage, on lui a demandé l'hospitalité et on a suivi le convoi de chariots quelques semaines. C'était marrant. »

Il se rappelait les steppes, l'immensité des cieux, les chevauchées dans le vent à la poursuite des antilopes, les danses autour du feu de camp, une certaine jeune fille, aussi, dont la chevelure était imprégnée de l'odeur douce-amère des fumées. Pendant un temps, il avait eu envie de vivre et de mourir parmi la tribu.

« Cette fois, il est parti seul, continua Cynthia. On manque de personnel dans cette branche, et dans la Patrouille entière, je crois. Il y a tant de millénaires à surveiller et si peu d'années de vies humaines pour le faire ! Ce n'était pas la première fois qu'il partait en franc-tireur. Ça m'inquiétait, mais il prétendait que, déguisé en berger nomade, dépourvu de tout objet qui vaille la peine d'être volé, il était plus en sécurité sur les hauts plateaux de Perse que sur Broadway. Mais, ce coup-ci, il s'est trompé !

– Si je comprends bien, se hâta d'enchaîner Everard, il est parti... il y a une semaine... dans l'intention d'obtenir des informations qu'il aurait transmises au bureau des études de sa spécialité, comptant revenir ici le jour même de son départ ? » *Car seul le dernier des crétins laisserait perdre un fragment de son existence.* « Mais il n'est pas revenu.

– Non. » Elle alluma une nouvelle cigarette à son mégot. « Je me suis tout de suite inquiétée. J'ai vu le patron qui a bien voulu se renseigner auprès de lui-même une semaine plus tard, soit aujourd'hui. Toujours pas de Keith. Le bureau d'études et de documentation affirme qu'il ne s'est jamais présenté au rapport. On a alors effectué des recherches aux Archives du QG de Milieu. Ils ont dit que... que Keith n'est jamais revenu et qu'on n'a jamais retrouvé sa trace. »

Everard hocha la tête avec beaucoup de retenue. « Et puis on a ordonné la recherche dont le QGM a conservé une archive. »

La mutabilité du temps entraîne une foule de paradoxes, songeait-il pour la millième fois.

Quand un homme était porté manquant, ce n'était pas parce que, quelque part, des archives disaient que vous étiez parti à sa recherche qu'il vous fallait vous mettre en chasse. Mais si vous ne le faisiez pas, quelle chance auriez-vous eue de le retrouver ? Vous *pouviez* vous mettre en chasse, changer le cours des événements et récupérer le disparu en définitive. En ce cas, votre rapport avait « toujours » consigné votre succès, et vous seul aviez connaissance de la vérité « antérieure ».

Cela risquait de créer des situations fort embrouillées : rien d'étonnant si la Patrouille faisait un foin terrible, même pour de minuscules changements qui n'altéraient pas les fils principaux de la trame historique.

« Le bureau a averti le Milieu de la Perse antique, devina Everard, qui a envoyé une mission sur les lieux. On ne connaissait qu'approximativement le point où Keith comptait se matérialiser, hein ? Je veux dire que, ne sachant pas de façon exacte où il pourrait cacher son sauteur, il n'avait pas donné de coordonnées précises. » Cynthia hocha la tête. « Ce que je ne comprends pas, c'est qu'ils n'aient pas retrouvé son appareil. Quoi qu'il ait pu arriver à Keith, le sauteur aurait dû être quelque part, dans une grotte ou je ne sais où. La Patrouille a des détecteurs : ils auraient dû mettre la main sur l'engin et, en remontant sa piste, parvenir à localiser Keith. »

Elle tira sur sa cigarette au point de creuser ses joues. « Ils ont essayé, mais d'après ce que j'ai compris, c'est un pays sauvage et tourmenté, difficile à passer au crible. Les recherches n'ont rien donné. Aucun signe de Keith. Peut-être une fouille serrée kilomètre par kilomètre et heure par heure aurait-elle abouti. Mais ils n'ont pas osé. Il s'agit d'un Milieu particulièrement critique. M. Gordon m'a montré l'analyse. Je n'ai pas saisi tous les symboles, mais il m'a affirmé que ce siècle-là est dangereux à manipuler. »

La large main d'Everard se referma sur le fourneau de sa pipe dont la tiédeur avait quelque chose de rassurant. Les ères critiques lui donnaient la chair de poule.

« Je vois, murmura-t-il. Ils n'ont pas pu enquêter aussi sérieusement qu'ils l'auraient voulu de crainte de secouer un trop grand nombre de rustauds du cru qui auraient peut-être alors agi autrement qu'ils ne l'ont fait lorsque la grosse crise est survenue. Ouais... Mais pourquoi n'ont-ils pas travaillé déguisés, en se mêlant à la population ?

– Plusieurs experts l'ont fait. Pendant des semaines du temps local. Et les indigènes ne leur ont donné aucun indice. Ce sont des tribus barbares, méfiantes. Peut-être ont-elles cru que nos agents étaient des espions au service du roi des Mèdes ? D'après ce que j'ai entendu dire, les Perses n'aimaient guère sa loi... Bref, la Patrouille n'a pas trouvé la moindre trace de Keith. En outre, rien ne permet de penser que la trame de l'histoire a été altérée. La Patrouille pense que Keith a été assassiné et que son véhicule s'est volatilisé Dieu sait comment. » Soudain, elle se dressa d'un bond. « Un squelette de plus ou de moins au fond d'un ravin, quelle importance, n'est-ce pas ? » cria-t-elle.

Everard se leva à son tour et elle se jeta dans ses bras. Il ne pensait pas qu'il aurait eu mal à ce point-là. Il avait cessé d'y penser — à part une dizaine de fois par jour — et il allait devoir se remettre à l'oublier.

« Ils ne peuvent pas revenir en arrière, ici ? implora-t-elle. Remonter d'une semaine, juste pour lui dire de ne pas partir ? C'est trop demander ? Quels sont les monstres qui l'interdisent ?

– Des gens ordinaires, Cyn. Si on se mettait à tripoter son passé personnel, tout deviendrait vite si embrouillé qu'aucun d'entre nous n'existerait plus.

– Mais dans un million d'années et plus, il y a bien des exceptions ! »

Everard ne répondit pas. Il y en avait, il le savait. Mais il savait aussi que le cas de Keith Denison ne pouvait en constituerait une. À la Patrouille, on n'était pas des saints, mais on ne transgressait pas ses lois pour des motifs personnels. On y acceptait les pertes comme dans tout corps constitué, on levait son verre à la mémoire des morts et on se gardait de remonter les voir de leur vivant.

Cynthia se glissa hors des bras de Manse et alla vider son verre d'un trait. Ses boucles dorées frémirent. « Pardon, dit-elle en se tamponnant les yeux avec son mouchoir. Je n'avais pas l'intention de brailler comme ça.

– Ne te casse pas la tête.

– Toi, tu pourrais essayer de sauver Keith, reprit-elle en scrutant le parquet. Les agents ordinaires ont abandonné, mais tu pourrais essayer. »

Comment résister à une telle supplique ? « C'est vrai. Mais il se peut que j'échoue. D'après les documents existants, si j'ai essayé, je n'ai pas réussi. En outre, toute altération de l'espace-temps est mal vue, même insignifiante.

– Pour Keith, ce n'est pas insignifiant.

– Tu sais, Cyn, murmura-t-il, il n'y a pas beaucoup de femmes qui auraient parlé ainsi. La plupart auraient dit : pour moi, ce n'est pas insignifiant. »

Elle chercha son regard. « Pardon, Manse, souffla-t-elle. Je ne m'étais pas rendu compte… je croyais qu'après tout ce temps écoulé pour toi, tu ne… »

Il se mit aussitôt sur la défensive. « De quoi est-ce que tu parles ?

– Les psys de la Patrouille ne peuvent pas t'aider ? » Elle laissa retomber sa tête. « Puisqu'ils sont capables de nous conditionner de sorte qu'on ne puisse rien révéler du voyage temporel aux profanes, je me demandais s'ils n'ont pas les moyens de conditionner quelqu'un de façon à ce qu'il cesse de…

– Laisse tomber », dit-il avec hargne. Il mordilla le tuyau de sa pipe un long moment. « Bon, reprit-il, j'ai une ou deux idées personnelles qu'on n'a peut-être pas essayées. S'il y a moyen de sauver Keith, tu le reverras d'ici demain midi.

– Manse, tu pourrais m'y transporter ? » Elle commençait à trembler.

– Oui, mais je n'en ferai rien. N'importe comment, tu as besoin de repos. Je te raccompagne pour être sûr que tu prends un somnifère. Puis je rentre réfléchir à la situation. » Il esquissa une sorte de sourire. « Arrête de te trémousser, hein ? Je t'ai dit que j'ai besoin de réfléchir.

– Manse… » Les mains de Cynthia étreignirent les siennes.

Everard maudit l'espoir qui naissait en lui.

3.

Un jour d'automne de l'an 542 avant Jésus-Christ, un homme seul arriva des montagnes qui dominaient la vallée de la Kour. Il chevauchait un hongre bai, plus grand que ne le sont en général les chevaux de cavalerie, et qui, n'importe où ailleurs, aurait été une invite aux bandits. Mais la loi du Grand Roi inspirait un tel respect que, disait-on, une vierge aurait pu sans crainte traverser la Perse de bout en bout en portant un sac d'or. C'était une des raisons qui avaient décidé Manse Everard à se matérialiser à cette date, seize ans au-delà du point temporel visité par Keith.

Il avait d'ailleurs eu d'autres motifs pour se résoudre à ce choix : il voulait apparaître quand l'excitation que le voyageur du temps avait peut-être suscitée en 558 se serait depuis longtemps éteinte. Quel qu'ait pu être le destin de Keith, c'était à rebours qu'il fallait tenter de l'atteindre, les méthodes directes s'étant soldées par un échec complet.

Selon le bureau du Milieu achéménide, l'automne 542 était la première période de tranquillité relative depuis la disparition du mari de Cynthia. De 558 à 553 s'étaient écoulées des années inquiètes au cours desquelles la tension n'avait cessé de monter entre le roi perse d'Anshan, Kourouch (que la postérité devait connaître sous les noms de Kaikhosrou et de Cyrus) et son suzerain, le Mède Astyage. Puis il y avait eu trois années de troubles : Cyrus s'était révolté, la guerre civile avait embrasé l'empire ; à la fin, les Perses avaient écrasé leurs voisins septentrionaux. Mais pour conforter sa victoire, Cyrus avait dû réduire les foyers de rébellion et mettre un terme aux incursions touraniennes. Pendant quatre ans, il avait lutté pour assurer la pacification et étendre sa domination à l'ouest, ce qui n'était pas allé sans alarmer les monarques d'alentour : Babylone, l'Égypte, la Lydie et Sparte s'étaient coalisées pour le détruire. En 546, sous le commandement du roi de ce dernier pays, Crésus, ça avait été l'invasion. Mais les Lydiens furent vaincus et annexés. Ils se révoltèrent : il fallut à nouveau les combattre et en même temps refréner les mouvements belliqueux des colonies grecques d'Ionie, de Carie et de Lycie. Tandis que ses généraux se livraient à ces tâches à l'ouest, Cyrus devait en personne lutter à l'est pour repousser les cavaliers barbares qui menaçaient de réduire les cités perses par le feu.

Mais, en 542, il y avait eu un moment de répit. La Cilicie devait tomber sans coup férir, voyant que les Perses traitaient les vaincus avec une humanité et une tolérance envers les usages locaux jusque-là inconnues. Cyrus confierait l'administration des marches orientales à ses satrapes, se réservant pour lui la charge de consolider ses victoires. Ce ne serait qu'en 539 que la guerre reprendrait contre Babylone et que l'empire avalerait la Mésopotamie. Le Grand Roi bénéficierait alors d'une nouvelle période de paix avant que les barbares de l'autre côté de la mer d'Aral ne soient devenus trop puissants et qu'il lui faille repartir en guerre et trouver la mort à la tête de ses cavaliers.

Pasargades s'ouvrit devant Manse Everard tel un printemps d'espérance.

Certes, il n'est pas d'époque qui justifie métaphore aussi fleurie… Sur des kilomètres, il ne croisa que des paysans courbés, faucille à la main, ou chargeant des charrettes à bœufs en bois brut, et les nuages de poussière qui montaient des chaumes lui piquaient les yeux. Devant les masures de torchis dépourvues de fenêtres, les enfants en haillons le regardaient passer en suçant leur pouce. Un poulet traversa et retraversa la route en caquetant jusqu'à tomber sous les sabots du cheval au galop qui l'avait effrayé ; le courrier royal poursuivit sa course sans y prendre garde. Un escadron passa au trot, des lanciers, pittoresques avec leur culotte bouffante, leur armure à écailles et leur casque à pointe ou à cimier, mais couverts de poussière, de sueur, et échangeant des plaisanteries immondes. Les vastes demeures aux riches jardins des nobles s'étendaient derrière des murs en adobe, mais l'économie supportait peu de ces propriétés. Pasargades était dans sa presque totalité une ville orientale : rues boueuses serpentant entre des taudis aveugles, coiffes graisseuses, tuniques crasseuses, bazars aux marchands criards, mendiants paradant leurs ulcères, négociants menant des files de chameaux entravés et de bourricots surchargés, chiens fouillant les monceaux d'ordures, tavernes d'où émanait une musique aussi harmonieuse que les miaulements d'un chat enfermé dans une machine à laver, hommes agitant les bras en poussant des malédictions — d'où venait la blague sur le mystère impénétrable de l'Orient ?

« L'aumône, seigneur ! L'aumône au nom de la Lumière ! L'aumône… et Mithra te sourira.

– Regarde, seigneur ! Je jure, par la barbe de mon père, que tu ne trouveras jamais pièce plus merveilleusement ouvrée que cette selle que je t'offre, ô le plus heureux des hommes, pour la somme ridicule de…

– Par ici, mon maître, par ici ! À moins de quatre maisons, tu trouveras le sérail le plus splendide de toute la Perse, que dis-je ? du monde entier ! Les couches regorgent de duvet de cygne, mon père sert des vins dignes d'un Déva, la renommée du pilaf de ma mère s'étend aux limites de la terre et mes sœurs sont trois lunes de délice dont tu pourras disposer pour la modique… »

Everard ignorait les petits racoleurs qui s'époumonaient à ses côtés. L'un d'eux lui saisit la cheville. Manse poussa un juron et le garçon se contenta de grimacer sans honte. Il voulait éviter tout séjour à l'auberge : les Perses étaient plus propres que la plupart des gens de cette époque, mais cela n'empêchait pas les parasites.

Il s'efforçait de ne pas se croire sans défense. D'ordinaire, les agents en mission avaient un atout dans la manche, disons un paralyseur du XXXe siècle et une radio miniature sous leurs habits pour pouvoir appeler si besoin en était le véhicule spatio-temporel à antigravité qu'ils avaient camouflé quelque part. Mais ils n'emportaient rien de tel s'ils couraient le risque d'une fouille. Everard était vêtu à la grecque : tunique, sandales, long manteau de laine, glaive au côté, casque ; en outre, un bouclier était fixé sur la croupe de sa monture. Seul l'acier de ses armes était anachronique. S'il avait des ennuis, pas question de chercher de l'aide auprès du bureau local. Cette période de transition turbulente et plutôt pauvre n'attirant aucun commerce temporel, le détachement de la Patrouille le plus proche était le QGM de Persépolis, à une génération de là.

Les rues s'élargirent, les bazars se raréfièrent et les demeures se firent plus spacieuses. Le voyageur finit par atteindre une place encadrée par quatre palais. Des pruniers dominaient le faîte des murailles. De minces adolescents équipés d'armes légères surveillaient la place accroupis sur leurs talons, le garde-à-vous n'étant pas encore inventé. Mais à l'approche d'Everard, ils se levèrent, bandant leur arc. Il aurait pu simplement traverser la place ; il préféra se tourner vers celui qui paraissait le capitaine.

« Je te salue, sire, dit-il. Puisse le soleil briller sur toi. » Le persan appris en une heure sous hypnose coulait facilement de ses lèvres. « Je cherche un grand homme qui accorderait l'hospitalité à un étranger en échange du médiocre récit de ses voyages.

– Que tes jours soient nombreux », répondit le garde. Everard se rappela qu'il ne fallait pas lui offrir de bakchich : les hommes de Cyrus étaient un peuple fier et hardi de chasseurs, de bergers et de guerriers. Ils s'exprimaient avec la cérémonieuse politesse habituelle à ce type historique. « Je sers Crésus le Lydien, serviteur du Grand Roi. Il ne refusera pas l'abri de son toit à…

– Méandre l'Athénien », acheva Everard. Ce pseudonyme éviterait qu'on s'étonne de son ossature massive, son teint clair et ses cheveux coupés court. Il avait d'ailleurs par surcroît de précaution orné son menton d'une barbe à la Van Dyck. Hérodote n'était pas le premier globe-trotter grec : un Athénien n'avait rien de particulièrement extraordinaire, tandis que les Européens, cinquante ans avant la bataille de Marathon, étaient assez peu communs pour que la présence de l'un d'entre eux excite la curiosité.

Un esclave mena Manse auprès du majordome qui fit escorter le visiteur par un second esclave. Au-delà des murs s'étendait un parc aussi vert et frais qu'on pouvait l'espérer. Dans cette demeure où il n'y avait rien à craindre des voleurs, la nourriture serait bonne et Crésus souhaiterait sans doute converser avec le voyageur. *Tu as de la chance, mon gars*, se dit Everard. Il accepta un bain chaud et une friction aux huiles embaumées, puis des vêtements propres, du vin et des dattes dans l'austère chambre qu'on lui attribua et dont le mobilier se réduisait à une couche et une vue agréable. Il ne lui manquait qu'un cigare.

De ce qu'il pouvait obtenir, tout du moins.

Bien sûr, si Keith était mort sans espoir de retour…

« Enfer et crapauds pourpres ! murmura-t-il. Arrête un peu, tu veux ? »

4.

Au crépuscule, l'atmosphère se rafraîchit. On alluma cérémonieusement les lampes (le feu étant sacré) et les brasiers ronflèrent. Un esclave s'agenouilla pour annoncer à l'étranger que le souper était servi. Everard le suivit par le long couloir orné de fresques vivaces représentant le Soleil et le Taureau de Mithra, passa devant deux sentinelles armées d'épieux et pénétra dans une petite pièce éclairée a giorno qui fleurait l'encens, au plancher couvert de somptueux tapis. À la mode hellène, on avait disposé deux lits devant une table garnie de vaisselle d'or et d'argent qui, elle, n'avait rien de grec ; des esclaves serveurs se tenaient en retrait, et une musique aux sonorités chinoises filtrait de la pièce voisine.

Crésus de Lydie salua le nouveau venu d'un signe de tête. Jeune, il avait dû être beau à en juger par ses traits réguliers, mais il semblait avoir vieilli rapidement depuis que sa richesse et sa puissance étaient devenues proverbiales. Sa barbe et ses cheveux longs grisonnaient. Il portait une chlamyde grecque et arborait des lèvres peintes à la mode perse. « La joie soit sur toi, Méandre d'Athènes », dit-il en haussant son visage vers l'étranger.

Everard baisa la joue que Crésus lui tendait, insigne honneur impliquant que le potentat considérait que le rang de Méandre était à peine inférieur au sien. Dommage que le Lydien ait mangé de l'ail ! « La joie soit sur toi, maître. Sois remercié pour la bonté de ton accueil.

– Ce repas solitaire qui te fut réservé lors de ton arrivée n'avait rien d'un affront, répondit l'ancien roi. Je me demandais seulement… » Il hésita. « Je me suis toujours senti très proche des Grecs et je pense que nous pourrions avoir une conversation intéressante…

– Seigneur, tu m'honores au-delà de mon mérite. »

Les politesses rituelles se poursuivirent encore quelque temps ; enfin les deux hommes se mirent à table et Everard débita le récit qu'il avait préparé de ses voyages supposés. Crésus, de temps à autre, l'interrompait par une question précise, mais un Patrouilleur apprend vite à éluder.

« Les temps changent, en vérité, et tu es fortuné de venir à l'aube d'une ère nouvelle, dit Crésus. Jamais le monde ne vit plus glorieux monarque que… » Et ainsi de suite, ces propos étant, de toute évidence, destinés aux serviteurs qui étaient les espions du roi. Néanmoins, ils exprimaient la vérité. « Les dieux ont souri à notre Roi. Si j'avais su qu'ils le protégeaient pour de bon, que ce n'était pas une fable comme je le croyais alors, je n'aurais jamais osé me dresser contre lui. Car il n'y a pas de doute possible : il est l'Élu. »

Fidèle à son personnage, Everard mouillait son vin, regrettant de n'avoir pas choisi comme camouflage une patrie moins sobre que la Grèce. « De quelle fable parles-tu, seigneur ? Je sais seulement que le Grand Roi est fils de Cambyse qui régna sur cette province comme vassal d'Astyage le Mède. Y a-t-il autre chose que j'ignore ? »

Crésus se pencha vers son hôte. Dans ses yeux brillait une lueur étrange, mélange dionysiaque de terreur et de ferveur que ne connaissait plus l'époque d'Everard. « Écoute alors, et répands la nouvelle auprès de tes compatriotes. Apprends, ô Méandre, qu'Astyage, sachant que les Perses renâclaient sous son joug et étant désireux d'attacher solidement leurs chefs à sa maison, maria sa fille Mandane à Cambyse. Mais la maladie et la débilité fondirent sur celui-ci. S'il mourait et que son fils nouveau-né, Cyrus, lui succédait en Anshan, la régence serait assurée par une noblesse agitée n'ayant aucun lien avec Astyage. Par ailleurs, le roi des Mèdes fut visité par des songes lui annonçant que le règne de Cyrus serait l'arrêt de mort de son empire.

» Alors, Astyage ordonna à son parent le roi Aurvagaush... » Crésus disait *Harpage*, car il hellénisait les noms locaux. « ... de le débarrasser du prince. Harpage obéit en dépit des protestations de la reine Mandane. Cambyse n'était pas en état de s'opposer à ce dessein et il était hors de question que la Perse se révolte sans préparation. Mais Harpage ne put accomplir sa mission : il échangea le prince contre l'enfant mort-né d'un berger de la montagne à qui il fit jurer le secret. Le petit cadavre, revêtu de linges royaux, fut exposé sur une colline, puis enterré après que des représentants officiels de la cour médique eurent constaté le décès. Ainsi notre seigneur Cyrus grandit-il parmi les gardiens de troupeaux.

» Cambyse vécut vingt ans de plus sans donner le jour à d'autre rejeton et sans recouvrer la santé qui lui eût permis de venger la mort de son héritier. Lorsqu'il mourut, enfin, il ne laissait aucun successeur que les Perses se seraient vus obligés de reconnaître comme suzerain. Lors, Astyage s'inquiéta derechef. Mais sur ces entrefaites, Cyrus réapparut, prouva son identité par certains signes et Astyage, qui se repentait de son forfait, l'accueillit et salua en lui l'héritier de Cambyse.

» Cinq années durant, Cyrus accepta de tenir le rôle d'un vassal. Mais la tyrannie qu'exerçaient les Mèdes était toujours plus odieuse. Harpage, qui avait reçu la satrapie d'Ecbatane, avait lui aussi de puissants motifs de vengeance : pour le punir de sa désobéissance à propos de Cyrus, Astyage l'avait forcé à dévorer son propre fils. Harpage ourdit donc une conspiration avec quelques nobles médiques qui prirent Cyrus comme chef et la Perse se révolta. Après une guerre de trois années, Cyrus devint le maître de deux peuples auxquels, depuis, s'en sont bien sûr ajoutés un grand nombre d'autres. Les dieux ont-ils jamais plus clairement manifesté leur volonté ? »

Everard, étendu sur sa banquette de festin, conserva quelque temps le silence. Dehors, le vent froid faisait bruire les feuilles mortes.

« Est-ce la vérité ? demanda-t-il enfin. Et non une rumeur fantaisiste ?

– Les faits m'ont été confirmés maintes et maintes fois depuis que je suis à la cour. Le Roi en personne, sans même parler de Harpage et d'autres personnes qui ont été directement mêlées aux événements m'ont juré leur véracité. »

Le Lydien ne mentait pas : il invoquait le témoignage de ses chefs, et les classes dirigeantes de la Perse professaient un amour fanatique de la sincérité. Pourtant, jamais depuis qu'il était Patrouilleur, Everard n'avait entendu une histoire aussi incroyable : car il ne s'agissait ni plus ni moins, à quelques détails près, que du récit d'Hérodote. Un récit que n'importe qui pouvait identifier comme un mythe typique du héros. Les mêmes mésaventures avaient pour l'essentiel été attribuées à Moïse, à Romulus, à Sigurd, à des centaines de grands hommes. Il n'y avait aucune raison de croire qu'elles correspondaient à des faits historiques, de douter que Cyrus ait été élevé de façon absolument normale chez son père, lui ait succédé de plein droit et se soit révolté pour des raisons banales.

Or des témoins oculaires se portaient garants de la véracité de la fable !

Il y avait là un mystère.

Ces méditations ramenèrent Everard à des préoccupations plus immédiates. Après avoir proféré les quelques commentaires émerveillés qui s'imposaient, il reprit la conversation et, bientôt, trouva l'occasion de la faire bifurquer. « Je me suis laissé dire qu'il y a seize ans, un étranger vêtu comme un berger, mais qui était en réalité un mage puissant en miracles, est entré à Pasargades où, peut-être, il serait mort. En as-tu eu connaissance, gracieux Seigneur ? »

Contracté, il attendit. Tout son espoir reposait sur l'hypothèse que Keith Denison n'avait pas été assassiné par un péquenaud, ne s'était pas rompu le cou au fond d'un ravin, n'avait subi aucun accident semblable. Dans le cas contraire, son sauteur se serait bien trouvé dans le secteur fouillé par la Patrouille. Même si on avait mené des investigations par trop lâches, comment un sauteur temporel aurait-il pu échapper aux détecteurs ?

Oui, songeait Everard, il s'est produit un événement plus complexe. Et si Keith a survécu, il est allé vers la civilisation.

« Il y a seize ans ? » Crésus tira sur sa barbe. « Je n'étais pas ici à l'époque. De toute façon, le pays devait fourmiller d'oracles, car c'est alors que Cyrus a quitté la montagne pour entrer en possession légitime de la couronne d'Anshan. Non, Méandre, je ne saurais te répondre.

– J'aurais aimé retrouver ce personnage. C'est un devin qui… » Et ainsi de suite.

« Il te faudra t'enquérir auprès des serviteurs et des citadins. Je poserai la question à la cour en ton nom. Car tu resteras ici quelque temps, n'est-ce pas ? Le Roi lui-même te fera peut-être mander. Il s'intéresse aux étrangers. »

La conversation ne se prolongea guère. Avec un sourire amer, Crésus expliqua que se coucher tôt et se lever de même était une vertu prisée des Perses et qu'il lui faudrait être au palais le lendemain dès l'aurore. Un esclave ramena Everard jusqu'à sa chambre où il fut accueilli par le sourire interrogateur d'une séduisante adolescente. Il balança quelques instants, songeant à une ère distante de vingt-quatre siècles. Mais baste ! il faut profiter de ce que les dieux octroient, d'autant qu'ils sont en général plutôt pingres…

5.

Peu après le lever du soleil, une troupe de cavaliers fit halte au centre de la place, réclamant Méandre l'Athénien. Everard abandonna son déjeuner, sortit et se planta devant un officier arborant l'uniforme des gardes qu'on appelait les Immortels, un homme à barbe drue, au dur profil de faucon, juché sur un étalon gris. Les chevaux piaffaient, le vent faisait onduler les étoffes et les plumets, le métal cliquetait, le cuir grinçait et le soleil naissant faisait briller les cottes de mailles d'un éclat aveuglant.

« Le chiliarque te demande », annonça l'officier d'une voix de rogomme. Il utilisait en réalité un autre titre, perse et non pas grec, désignant le commandant de la garde et grand vizir de l'empire.

Everard évalua la situation. Il sentit ses muscles se contracter. L'invitation manquait de cordialité. Mais il se voyait mal évoquer une obligation antérieure.

« J'obéis. Laisse-moi seulement chercher dans mon bagage un présent en remerciement de l'honneur qui m'est fait.

– Le chiliarque a précisé que tu dois venir sans délai. Enfourche ce cheval. »

Un archer se baissa, les mains en coupe, mais Everard sauta en selle sans aide — un truc très pratique lorsqu'on a à voyager dans les époques qui ignorent l'étrier. La prouesse arracha un signe d'approbation au capitaine qui fit volter sa monture et s'élança au grand galop à la tête de ses hommes le long d'une avenue bordée de sphinx et de demeures d'aristocrate. Bien que la circulation soit moins dense dans cette artère que dans les venelles des bazars, grand était l'émoi parmi les cavaliers, les chars, les litières et les piétons qui se hâtaient de laisser le passage à la troupe : les Immortels ne s'arrêtaient pour personne. Le portail du palais s'ouvrit devant eux et ils s'y engouffrèrent. Les graviers giclant sous leurs sabots, les chevaux contournèrent une pelouse aux fontaines étincelantes et s'immobilisèrent devant l'aile ouest de l'édifice.

Le palais, construit en briques peintes de couleurs vives, se dressait sur une large terrasse en compagnie d'autres bâtiments de moindre importance. Le chef du détachement sauta à terre et gravit un escalier de marbre, sommant Everard de le suivre d'un signe impérieux. Manse obtempéra, encadré par les guerriers qui avaient ostensiblement sorti leurs haches de combat. On se fraya un chemin parmi les esclaves domestiques au visage inexpressif, vêtus de robes et coiffés de turbans, puis on suivit une galerie bordée de colonnades rouges et vertes qui donnait sur un hall de mosaïque dont Everard n'était pas en humeur d'apprécier la beauté ; enfin, après avoir franchi un poste de garde, il arriva dans une salle où d'élégants stylobates servaient de support à une coupole bleu de paon et dont les baies arquées laissaient pénétrer l'arôme des roses tardives.

Les Immortels se prosternèrent. *Ce qui est bon pour eux l'est aussi pour toi, fiston*, songea Everard. Et il embrassa le tapis à son tour. L'homme allongé sur le divan hocha la tête. « Relevez-vous. Qu'on fasse asseoir le Grec. » Les gardes prirent position de part et d'autre de Manse tandis qu'un Nubien se précipitait à la recherche d'un coussin qu'il posa près du sofa de son maître et où le voyageur s'accroupit en tailleur. Il avait la bouche sèche.

Le chiliarque — Harpage, selon les dires de Crésus — se pencha. Accoudé sur la peau de tigre, revêtu d'une robe somptueuse marquée à son emblème, le Mède était un homme vieillissant ; ses longs cheveux flottant sur ses épaules avaient la teinte de l'acier et son visage sombre où saillait un nez proéminent était mangé de rides. Mais le regard qu'il fixait sur Manse était perspicace.

« Ainsi, dit-il avec l'accent prononcé des provinces du Nord, c'était toi l'homme d'Athènes ? Le noble Crésus nous a ce matin parlé de ton arrivée et des questions que tu lui as posées. La sécurité de l'État étant peut-être en jeu, je veux savoir ce que tu cherches, au juste. » Il passa dans sa barbe une main où étincelaient des pierres précieuses et un sourire glacé distendit ses lèvres. « Si le but de ta quête est inoffensif, il se pourrait que je t'aide. »

Le Mède s'était bien gardé d'employer les formules de politesse habituelles ou d'offrir des rafraîchissements, bref, de conférer à « Méandre » le statut quasi sacré d'hôte. Il s'agissait là d'un interrogatoire en bonne et due forme. « Que souhaites-tu savoir, ô seigneur ?

– Tu es à la recherche d'un mage qui est apparu à Pasargades, déguisé en berger, il y a seize étés, et qui accomplissait des miracles. » La tension donnait à la voix du chiliarque un désagréable ton de fausset. « Pourquoi ? Et que sais-tu d'autre à ce propos ? Ne perds pas de temps à inventer des mensonges… parle !

– L'oracle de Delphes m'a dit que mon sort connaîtra un lustre nouveau si j'apprends le destin du berger qui entra dans la capitale de la Perse… euh… la troisième année de la première tyrannie de Pisistrate, puissant seigneur. C'est là tout ce que je sais. Tu n'ignores pas, maître, l'obscurité des oracles.

– Hum. » L'aile de la peur frôlait Harpage qui fit le signe de la croix, symbole mithriaque du soleil. Puis il questionna d'une voix rude : « Qu'as-tu découvert jusqu'ici ?

– Rien, mon Seigneur. Personne n'a pu me dire…

– Tu mens ! Les Grecs sont tous des menteurs. Prends garde car tu touches au sacrilège. À qui as-tu parlé de ta quête ? »

Un tic nerveux faisait frémir la lèvre du chiliarque et Everard sentit une boule se nouer dans son estomac. Il avait trébuché sur un secret que Harpage croyait profondément enfoui. Un secret si important que le risque de se heurter à Crésus, pour qui la protection de son hôte était un devoir, ne comptait plus. Le bâillon le plus efficace jamais inventé, c'était le couteau qui tranchait la gorge… mais d'abord, les pincettes et le chevalet auraient arraché à l'étranger tout ce qu'il savait. *Mais par l'enfer bleu ! Que suis-je censé savoir ?*

« À personne, seigneur. Nul, sauf l'oracle et le dieu solaire dont l'oracle est la voix et qui m'a envoyé ici, n'a entendu ce récit avant la nuit dernière. »

Décontenancé par l'invocation d'un tel patronage, Harpage reprit son sang-froid et haussa les épaules. « Nous n'avons que ta parole… et que vaut la parole d'un Grec ?… pour nous convaincre que tu obéis à un oracle et que tu n'es pas un espion. D'ailleurs, si le dieu t'a bien conduit ici, peut-être est-ce pour que tu sois détruit en expiation de tes péchés ? Nous en reparlerons plus à loisir. » Harpage se tourna vers le capitaine. « Menez-le au cachot. Au nom du Roi. »

Le roi !

Ce fut comme une illumination. Everard sauta sur ses pieds. « Oui, le Roi ! lança-t-il d'une voix de stentor. Le dieu m'a dit… qu'il y aurait un signe… et que je devrais transmettre son message au Roi des Perses !

– Emparez-vous de lui ! » hurla le chiliarque.

Les gardes se firent volte-face pour s'exécuter et Everard bondit en arrière, évoquant le nom du roi à tue-tête. Qu'on l'arrête ! La nouvelle en parviendrait au trône, et alors…

Deux hommes, la hache brandie, l'acculèrent contre le mur. D'autres se pressaient derrière eux et, par-delà leurs casques, le Patrouilleur vit Harpage se dresser sur son divan. « Qu'on l'emmène et qu'on le décapite !

– Seigneur, plaida le capitaine, il en a appelé au Roi.

– Pour lui jeter un sort ! Je sais qui est cet homme, maintenant : le fils du démon Zohak et un agent d'Ahriman. Qu'on l'exécute !

– Attendez ! protesta Everard. Attendez ! Ne voyez-vous pas que c'est lui, le traître ? Lui qui veut m'empêcher de dire au Roi… Arrêtez, assassins ! »

Une main se referma sur son bras. Il s'était dit qu'il passerait quelques heures sous clef, le temps que le grand patron ait vent de la chose et le rende à la liberté. Mais les événements se présentaient sous un jour beaucoup plus urgent. Il lança un crochet du gauche ; son poing heurta un nez et le garde recula. Il lui arracha sa hache, pivota sur les talons et détourna un coup qui lui arrivait de flanc.

Les Immortels se ruèrent à l'attaque. La hache de Manse sonna contre le métal, se releva pour s'abattre à nouveau, écrasant une articulation. Même si son allonge était meilleure que celle de la plupart de ses adversaires, il n'avait pas l'ombre d'une chance d'en sortir. Quelque chose passa en sifflant près de sa tête ; il se jeta derrière une colonne tandis que dégringolait une pluie de débris.

Il vit une trouée, assomma un garde, enjamba le corps qui s'écroulait dans un cliquetis d'armure et bondit vers l'espace dégagé sous la coupole.

Harpage s'élança alors, tirant un sabre dissimulé sous sa robe. Il avait du cran, le vieux salaud ! Everard se retourna pour l'affronter. Sa hache et l'épée du chiliarque se heurtèrent. Le Patrouilleur tenta d'engager le corps à corps, espérant que les soldats n'oseraient pas user de leurs armes de jet. Mais ils opéraient un mouvement tournant pour le prendre à rebours. Fichtre ! Il semblait bien que la Patrouille n'allait pas tarder à perdre un de ses agents.

« Arrêtez ! Prosternez-vous ! Le Roi arrive ! »

L'appel se répéta à deux reprises. Les guerriers s'immobilisèrent, les yeux fixés sur le géant en robe écarlate qui beuglait dans l'encadrement de la porte, et leur front toucha le tapis. Harpage lâcha son sabre. Everard eut la tentation de le décerveler, mais la raison lui revint. Le piétinement d'une troupe en armes s'éleva dans le couloir. Il laissa à son tour choir sa hache. L'espace d'un instant, le chiliarque et lui restèrent face à face, haletants.

« Ainsi... il a entendu... et il est venu... tout de suite », souffla Everard.

Le Mède s'accroupit tel un félin et rétorqua d'une voix sifflante : « Prends garde ! Je te surveille. Si tu lui empoisonnes l'esprit, ce sera le venin ou la dague pour toi.

– Le Roi ! brailla le hérault. Le Roi ! »

Manse se prosterna lui aussi.

Une troupe d'Immortels entra au trot dans la salle, formant la haie, tandis qu'un chambellan déroulait un tapis sur le chemin du trône. Cyrus fit son entrée. Sa robe ondulait au rythme de ses grands pas athlétiques. Quelques courtisans le suivaient, des hommes burinés qui avaient le privilège de porter leurs armes en présence du souverain, ainsi que l'esclave chargé d'ordonner le protocole et qui se tordait les mains, désespéré qu'on ne lui ait pas laissé le temps de déployer des draperies ni de convoquer les musiciens.

La voix du monarque résonna dans le silence. « Que se passe-t-il ? Où est cet étranger qui m'a appelé ? »

Everard risqua un coup d'œil. Cyrus était un personnage de haute taille, aux épaules larges et à la taille mince ; il semblait plus âgé qu'on aurait pu le penser d'après le récit de Crésus — quarante-sept ans, se rappela Everard avec un frisson. Mais seize années de guerre et de chasse lui avaient conservé sa souplesse. Un visage étroit et hâlé, des yeux noisette, une cicatrice de sabre en travers de la joue gauche, le nez droit, les lèvres charnues. Ses cheveux noirs qui commençaient à grisonner légèrement étaient coiffés en arrière et sa barbe était nettement plus soignée que ce n'était la coutume en Perse. Il était vêtu avec une somptuosité digne de son rang.

« Où est l'étranger dont un coureur est venu m'annoncer la présence ?

– Je suis là, Grand Roi, dit Everard.

– Lève-toi. Décline ton identité. »

Everard se mit debout. « Salut, Keith », murmura-t-il.

6.

Un fouillis de plantes grimpantes cachait à moitié la ligne d'archers qui défendait l'approche de la terrasse. Keith, affalé sur un banc, gardait l'œil fixé sur la dentelle d'ombre que le soleil plaquait sur le sol de marbre. « Au moins, on peut parler sans crainte. On n'a pas encore inventé l'anglais. J'ai parfois l'impression, reprit-il d'un ton grinçant après un bref silence, que le plus pénible est encore de ne jamais avoir une minute de solitude. Tout ce que je peux faire, c'est de ficher tout le monde dehors, mais les importuns s'agglutinent aux portes et aux fenêtres, attentifs, à l'écoute. J'aimerais les voir rissoler pour l'éternité !

– L'intimité, elle non plus, n'est pas encore inventée. Cela dit, les grands personnages comme toi n'ont guère eu de vie privée tout au long de l'histoire. »

Denison leva vers Everard un visage tiré. « Je manque sans cesse de te demander comment va Cynthia. Mais bien sûr, pour elle, ça n'a pas été… ne sera pas… aussi long. Une semaine, peut-être. Tu aurais apporté des cigarettes, par hasard ?

– Je les ai laissées dans le sauteur. J'ai pensé que j'aurais assez d'ennuis comme ça sans devoir à ce propos m'expliquer par-dessus le marché. Du diable si je m'attendais à te retrouver diriger tout ce bastringue...

– Et moi donc. » Keith haussa les épaules. « Si jamais il y a eu une affaire fantastique, c'est bien celle-là. Les paradoxes temporels...

– Que s'est-il passé ? »

Denison se frotta les yeux et soupira. « J'ai mis le doigt dans l'engrenage de l'époque. Parfois, tout ce qui a pu exister me paraît aussi irréel qu'un rêve. Le christianisme ? La musique contrapuntique ? La Déclaration des Droits de l'Homme et du Citoyen ? Et encore, je ne parle pas des gens que j'ai connus. Toi-même, Manse, tu es incongru ici et je me dis que je vais me réveiller d'une minute à l'autre. Enfin... Voyons, laisse-moi réfléchir...

» Tu es au courant de la situation initiale ? Les Mèdes et les Perses sont très proches, sur le plan racial et culturel, mais, lors de mon arrivée, c'étaient les premiers qui tenaient le haut du pavé ; ils avaient emprunté aux Assyriens pas mal de coutumes qui n'étaient pas en odeur de sainteté chez les Perses. Nous sommes des éleveurs, des fermiers, propriétaires d'ailleurs pour la plupart. Est-il donc juste que nous ayons un suzerain ? » Denison cilla. « Tiens... voilà que je recommence ! *Nous !* Tu te rends compte ? Bref, la Perse était agitée. Le roi des Mèdes, Astyage, qui vingt ans plus tôt avait ordonné le meurtre du jeune Cyrus, regrettait ce geste : le père de Cyrus, en effet, se mourait et les querelles que sa succession menaçait d'engendrer risquaient de déchaîner la guerre civile.

» C'est alors que je me suis matérialisé dans les montagnes. J'ai commencé par une petite exploration dans l'espace et le temps... quelques jours et quelques kilomètres... afin de trouver une bonne cachette pour mon sauteur. C'est un peu pour ça que la Patrouille n'a pu la localiser. J'ai fini par le dissimuler au fond d'une grotte, je suis parti à pied et les ennuis ont commencé aussitôt. Une armée mède destinée à décourager les Perses de fomenter des troubles campait dans la région ; un éclaireur m'avait vu émerger et il avait suivi ma piste : avant d'avoir compris ce qui m'arrivait, j'étais capturé et un officier, curieux d'obtenir des renseignements sur l'engin que j'avais planqué dans la grotte, me cuisinait. Ses hommes qui me prenaient pour un magicien avaient une trouille bleue... mais ils avaient encore plus peur de le montrer ! Bien entendu, la nouvelle s'est propagée à la vitesse de l'éclair dans la troupe, puis dans tout le pays. Très vite, toute la province a su qu'un homme était apparu dans des circonstances exceptionnelles.

» Le général était Harpage en personne, le type le plus malin et le plus têtu que le monde ait jamais connu. Il a cru que je pourrais lui être utile et il m'a ordonné de réveiller mon cheval d'airain, sans me permettre de l'enfourcher. J'ai tout de même réussi à déclencher la propulsion temporelle. C'est pourquoi le sauteur a échappé aux recherches. Il n'est guère resté que quelques heures dans ce siècle. Je l'ai probablement expédié aux Origines.

– Beau boulot.

– Oh ! je savais qu'un tel anachronisme est interdit. » Denison grimaça. « Mais j'escomptais que la Patrouille viendrait me récupérer. Si j'avais su qu'il n'en serait rien, je me demande si je me serais conduit en Patrouilleur discipliné prêt à tous les sacrifices. Je me serais peut-être cramponné à mon engin, quitte à jouer le jeu d'Harpage jusqu'à ce que je trouve l'occasion de m'évader par mes propres moyens. »

Everard considéra son interlocuteur d'un œil sombre. Keith avait changé. Pas seulement parce qu'il avait vieilli : les années passées au milieu de ce peuple étranger l'avaient marqué plus profondément qu'il ne le croyait lui-même. « En courant le risque d'altérer le futur, tu risquais l'existence même de Cynthia.

– Oui. Oui, exact. Je me rappelle y avoir pensé… à l'époque. Tout ça me paraît si loin ! » Les coudes sur les genoux, Keith se pencha, le regard perdu dans l'écran de verdure qui ceignait la terrasse. Il enchaîna d'un ton monocorde : « Comme de bien entendu, Harpage a craché feu et flammes et j'ai bien cru qu'il allait me tuer sur place. On m'a emporté, troussé comme une volaille, mais des rumeurs couraient déjà sur mon compte, que la répétition ne faisait qu'embellir, et il a compris qu'il avait mieux à faire. Il m'a donné le choix : ou je marchais avec lui, ou on me tranchait la gorge. Que voulais-tu que je fasse ? D'autant que le problème de l'altération ne se posait même pas : très vite, j'ai constaté que je jouais un rôle *déjà* enregistré par l'histoire. Harpage, après avoir payé un berger qui confirmerait son récit, m'a fait passer pour Cyrus, fils de Cambyse. »

Everard, que cette révélation ne surprenait en rien, se contenta de hocher la tête. « Qu'est-ce qu'il cherchait ?

– Au début, seulement à secouer le joug médique. Un roi d'Anshan à sa discrétion serait forcément fidèle à Astyage et contribuerait par là à unir tous les Perses. J'ai suivi, trop désorienté pour ne pas obéir à ses directives ; après tout, d'une minute à l'autre, un sauteur de la Patrouille viendrait me tirer de ce pétrin. Le fétichisme de ces aristocrates iraniens envers la vérité nous a facilité la tâche, car bien peu soupçonnaient que je me parjurais en prétendant être Cyrus, même si, à mon avis, Astyage n'a pas été dupe. Il a puni Harpage d'horrible façon pour n'avoir pas exécuté Cyrus lorsqu'il le lui avait ordonné, bien que la présence de ce "même" Cyrus lui soit désormais profitable. L'ironie, c'est que Harpage lui avait bel et bien obéi vingt ans plus tôt !

» Au cours des cinq années suivantes, Astyage m'a inspiré une antipathie croissante. Avec le recul, je vois bien que ce n'était pas le chien de l'enfer que je m'imaginais, simplement un potentat oriental typique. Mais ce n'est pas facile à admettre quand on voit supplicier un homme.

» Harpage, avide de vengeance, a fomenté une révolte dont il m'a offert de prendre la tête. J'ai accepté. » Un rictus amer retroussa les lèvres de Denison. « Après tout, j'étais le grand Cyrus : j'avais ma destinée à accomplir ! Au début, ç'a été dur. Les Mèdes nous battaient sans cesse. Mais tu sais, Manse, ça m'a plu. C'était autre chose que ce foutu XXe siècle où il fallait se réfugier dans des terriers de lapins en se demandant si le barrage de l'ennemi te clouerait à jamais au sol. Oh ! bien sûr, la guerre est atroce, ici, surtout quand on est un soldat du rang et que l'épidémie éclate comme c'est toujours le cas. Mais, par Dieu, quand on se bat, on se bat ! Avec ses propres mains. J'ai constaté que j'avais du talent pour ce genre de sport. On leur a joué des tours incroyables. » Everard le voyait s'animer, reprendre vie. « Le jour où la cavalerie lydienne nous a débordés, par exemple… On a lancé nos chameaux de portage en avant-garde ; l'infanterie les suivait et nos cavaliers fermaient la marche. Les bourrins de Crésus ont à peine humé les chameaux qu'ils ont détalé. Ils doivent courir encore ! Ce jour-là, on a balayé les Lydiens. »

Il s'interrompit tout à coup. Les yeux fixés sur ceux d'Everard, il se mordit la lèvre. « Pardon, je me laisse aller. Parfois, il m'arrive de me rappeler que chez nous, je n'étais pas un tueur… après la bataille, quand je vois les morts… et, le pire, les blessés. Mais c'était plus fort que moi, Manse, il fallait que je me batte. D'abord à cause de la rébellion. Si je n'avais pas joué le jeu de Harpage, tu crois que j'aurais fait de vieux os ? Et il y avait le royaume. Est-ce ma faute si les Lydiens puis les Barbares de l'est nous ont envahis ? Tu as déjà vu une cité mise à sac par les Touraniens ? C'est eux ou nous. Et quand c'est nous qui gagnons, on ne met pas le vaincu dans les fers : il conserve ses terres, ses coutumes, ses… Pour l'amour de Mithra, est-ce que j'aurais pu agir autrement ? »

Everard écouta le friselis de la brise dans le jardin. « Non, bien sûr, dit-il enfin. Je comprends. J'espère que tu n'as pas trop souffert de la solitude.

– Je m'y suis accoutumé. » D'une voix prudente. « Harpage est devenu une vieille habitude ; c'est un type intéressant. Crésus s'est révélé un gars tout à fait acceptable. Le mage Kobad a des idées originales et c'est le seul homme vivant qui ose me battre aux échecs. Et puis, il y a les fêtes, la chasse, les femmes… » Il défia son ami du regard. « Oui. Que voulais-tu que je fasse d'autre ?

– Rien. Seize ans, c'est long.

– Cassandane, ma favorite, me récompense de bien des peines que j'ai eues. Même si Cynthia... Oh... Manse ! Manse ! » Denison se leva et posa les mains sur les épaules d'Everard. Ses doigts se serrèrent brutalement, des doigts qui, seize années durant, avaient étreint la hache, l'arc et la bride.

« Comment vas-tu me tirer d'ici ? » hurla le roi des Perses.

7.

Everard se leva à son tour et, les pouces enfoncés dans la ceinture, la tête basse, s'approcha du bord de la terrasse, scruta la dentelle de pierre du balustre.

« Je ne vois vraiment pas comment. »

Denison frappa sa paume de son poing. « Je le craignais. D'année en année, j'avais de plus en plus peur que la Patrouille, une fois qu'elle m'aurait retrouvée, me… Manse, il faut que tu m'aides.

– Je ne peux pas, je te dis ! » La voix d'Everard se brisa. « Tu le sais aussi bien que moi : tu n'es pas un chefaillon barbare dont la carrière ne changera rien aux événements d'ici un siècle, mais *Cyrus*, le fondateur de l'Empire perse, un personnage clé d'un Milieu clé. S'il disparaît, l'avenir disparaît avec. On n'aura qu'à faire une croix sur notre XXe siècle, et sur Cynthia par la même occasion.

– Tu en es sûr ? demanda l'homme derrière lui d'un ton suppliant.

– J'ai ausculté les faits à la loupe avant de sauter. Cesse de te leurrer : on a un préjugé défavorable envers les Perses parce qu'ils étaient contre les Grecs et il se trouve que les aspects fondamentaux de notre civilisation procèdent de la culture hellénique. Mais les Perses sont au moins aussi importants que les Grecs.

» Tu les as vus à l'œuvre. Bien sûr, de notre point de vue, ils sont plutôt cruels. Mais la cruauté est la règle en cette époque, y compris chez les Grecs. Et ils n'ont rien de démocrates, mais on ne peut guère leur reprocher de n'avoir pas réalisé une invention européenne étrangère à leur univers intellectuel ? Ce qui compte, c'est que la Perse a été le premier conquérant à s'efforcer de tolérer et de concilier les peuples asservis, à respecter ses propres lois, à pacifier assez de territoires pour inaugurer des rapports réguliers avec l'Extrême-Orient et à créer avec le zoroastrisme les bases d'une religion viable et universelle. Tu ignores ce que la foi et le rite chrétiens doivent à leurs sources mithriaques ? Beaucoup, crois-moi. Sans parler du judaïsme que toi, Cyrus le Grand, tu vas en personne sauver. Rappelle-toi : quand tu t'empareras de Babylone, tu permettras aux Juifs restés fidèles à leurs coutumes de rentrer chez eux ; sans toi, ils auraient été engloutis, perdus dans la masse, comme les dix autres tribus d'Israël.

» L'Empire perse, même durant sa décadence, sera l'une des matrices de la civilisation. À quoi se ramènent la plupart des conquêtes d'Alexandre, sinon à la mainmise sur l'espace territorial perse ? Et elles ont répandu l'hellénisme dans tout le monde connu ! Et d'autres États hériteront de cet empire : l'Hellespont, la Parthie, la Perse de Firduzi, d'Omar, de Hafiz, notre Iran et celui d'un avenir bien plus lointain que le XXe siècle… »

Everard pivota sur lui-même. « Si tu laisses tomber ces gens, je vois leur futur d'ici : ils continueront à bâtir leurs ziggourats, à lire dans les entrailles et à courir les bois d'une Europe qui n'aura même pas découvert l'Amérique… dans trois mille ans ! »

Les épaules de Denison s'affaissèrent. « C'est bien ce que je pensais. »

Il arpenta la terrasse, les mains derrière le dos. Son visage tanné paraissait vieillir de minute en minute. « Encore treize ans, murmura-t-il comme pour lui-même. Dans treize ans, je tomberai au combat. Je ne sais pas exactement dans quelles conditions, mais, d'une façon ou d'une autre, je serai forcé d'en passer par là puisque les circonstances m'ont obligé à accomplir, bon gré mal gré, tout ce que j'ai déjà accompli… J'aurai beau faire l'impossible pour l'éduquer, je sais que Cambyse, mon fils, se révélera un incompétent doublé d'un sadique et qu'il faudra Darius pour sauver l'empire. Ah ! Bon Dieu ! » Il se voila la face de sa large manche flottante. « Excuse-moi. J'ai horreur des gens qui s'apitoient sur eux-mêmes, mais c'est plus fort que moi. »

Everard détourna son regard mais il entendait le souffle rauque de Cyrus.

Le roi remplit de vin deux calices et le rejoignit sur le banc. « Navré, dit-il d'un ton sec. Ça va mieux. Et je n'ai pas encore capitulé.

– Je peux soumettre ton problème au QG », répondit Everard avec une pointe de sarcasme.

Denison y fit écho. « Très aimable à toi ! Leur attitude me reste gravée dans la mémoire. Aucun de nous n'est indispensable : ils interdiront toute l'époque de Cyrus aux visiteurs afin de m'épargner la tentation et m'enverront un message cordial pour me rappeler que, monarque absolu d'un pays civilisé, je dispose d'une infinité de palais, d'esclaves, de vignobles, de cuisiniers, de concubines et de terrains de chasse, alors de quoi me plaindrais-je ? Non, Manse, c'est une affaire qui doit se régler entre nous. »

Everard serra les poings jusqu'à sentir ses ongles mordre la chair. « Tu me mets dans un drôle d'embarras, Keith.

– Je te demande juste de réfléchir au problème… et par Ahriman le Maudit, tu vas t'y employer ! » De nouveau, les mains crispées du Grand Roi fouaillèrent les bras d'Everard telles des serres. Le conquérant de l'Orient avait hurlé d'une voix brutale. Jamais l'ancien Keith n'aurait employé ce ton, se dit Manse qui, frémissant de colère, se prit à songer : *Si tu ne rentres pas et qu'on avertisse Cynthia que tu ne reviendras jamais, elle pourra venir, Keith. Une étrangère de plus dans le harem royal n'affectera l'histoire en rien. Mais si je présente mon rapport au QG avant de la voir, si je signale que le problème est insoluble, ce qui est indiscutable... le règne de Cyrus sera interdit et elle ne te rejoindra jamais.*

« J'y ai déjà songé, et souvent, reprit Denison avec plus de calme. Je sais aussi bien que toi ce que ma situation implique. Mais si je t'indiquais la caverne où ma navette est restée cachée quelques heures, tu pourrais remonter à l'instant de mon apparition et me mettre en garde.

– Non. Jamais. Pour deux raisons. La première, c'est que nos règlements s'opposent légitimement à ce genre d'intervention. Dans d'autres circonstances, les autorités admettraient peut-être une entorse aux statuts, à titre exceptionnel, mais il y a la seconde raison : tu es

Cyrus. La Patrouille n'oblitérera pas tout le futur pour sauver un homme. »

Le ferais-je pour une femme ? Je l'ignore. J'espère que non... Il n'est pas nécessaire que Cynthia soit mise au courant et il serait préférable qu'elle ne le soit pas. Je pourrai user de mon autorité d'agent non attaché pour que la vérité ne soit pas révélée aux échelons subalternes : je lui dirai simplement que Keith est irrévocablement mort dans des circonstances qui nous ont contraints à interdire toute cette période à la circulation temporelle. Elle souffrira, bien sûr, mais c'est une fille trop équilibrée pour porter le deuil éternellement... Bien sûr, ce serait un sale tour à lui jouer. Mais, en fin de compte, ne serait-ce pas plus charitable que de la laisser venir ici où elle sera esclave, où elle sera obligée de partager l'homme quelle aime avec la douzaine d'épouses, au bas mot, que la raison d'État exige de Cyrus ? Ne vaudrait-il pas mieux trancher dans le vif afin qu'elle reparte de zéro et reste parmi les siens ?

« Ouais, grogna Denison. Je n'ai évoqué cette solution que pour l'éliminer. Mais on doit bien trouver un autre moyen. Écoute-moi, Manse. Il y a seize ans, une situation s'est mise en place d'où tout le reste a découlé, non par le caprice d'un seul, mais par la logique même des événements. Supposons que je ne sois pas venu, Harpage n'aurait-il pas découvert un autre pseudo-Cyrus ? L'identité véritable du roi importe peu. Ce Cyrus différent aurait agi différemment dans mille détails de la vie quotidienne. Mais, s'il n'avait été ni un indécrottable ni un fou, s'il avait été un individu raisonnablement capable et sensé… accorde-moi que c'est mon cas… sa carrière aurait été identique à la mienne dans ses grandes lignes, celles que consignent les livres d'histoire. Je ne t'apprends rien : sauf en certains points cruciaux, le temps retrouve toujours son état primitif. Au fil des jours, des années, les petites disparités s'estompent. Rétroaction négative. Ce n'est qu'aux instants clés que peut s'instaurer une rétroaction positive dont les effets se multiplient à mesure au lieu de disparaître. Tu le sais bien !

– Bien sûr. Mais selon ton propre récit, ton apparition dans la caverne a *bel et bien* constitué un point crucial. C'est elle qui a fait germer le plan dans l'esprit de Harpage. Sinon… j'imagine que l'Empire mède serait entré en décadence, se serait désagrégé, aurait été la proie des Lydiens ou des Touraniens parce que les Perses n'auraient pas eu le chef de droit divin indispensable. Non… pour que je me matérialise à cet instant clé dans cette grotte, il me faudrait l'autorisation des Danelliens, et de personne d'autre. »

Denison reposa le calice qu'il levait et dévisagea Everard. Ses traits durcis lui ôtèrent toute familiarité. Enfin, il dit d'une voix doucereuse : « Tu ne désires pas me voir revenir, hein ? »

Everard se leva d'un bond. La coupe, lui échappant des mains, tomba par terre avec un bruit argentin tandis que le vin se répandait par terre comme une flaque de sang.

« Tais-toi ! » cria-t-il à pleins poumons.

Denison secoua la tête. « Je suis le roi. Je n'ai qu'à lever le petit doigt et les gardes qui nous entourent te réduiront en pièces.

– Drôle de façon de me convaincre de t'aider », grommela Everard.

Denison eut un sursaut et garda quelques minutes une immobilité de statue. « Je te demande pardon, Manse, dit-il enfin. Tu ne peux pas savoir le choc... D'accord, ça n'a pas été une existence si désagréable. Elle a été plus pittoresque que celles de la plupart et la quasi-divinité vous change son homme. Ça explique sans doute pourquoi je marcherai contre les Scythes, dans treize ans : comment se dérober sous les regards de tous ces jeunes lions braqués sur toi ? Et il se peut que je trouve que le jeu en vaille la chandelle. »

Un vague sourire lui plissa le visage. « J'ai eu des femmes extraordinaires. Et j'ai encore Cassandane. J'en ai fait ma favorite parce qu'elle me rappelle un peu Cynthia... je crois. C'est difficile à définir après tout ce temps, mais le XXe siècle me paraît irréel. Un bon cheval te satisfait plus qu'une voiture de course. Je sais aussi que ma tâche signifie quelque chose et ce n'est pas une certitude qui est donnée à beaucoup. Je regrette de t'avoir aboyé après. Tu m'aiderais si tu l'osais. Mais comme ce n'est pas le cas et que je ne t'en blâme pas, inutile de te morfondre sur mon sort.

– Tu vas la boucler ? »

Everard croyait sentir son cerveau plein d'engrenages tournant dans le vide. Au-dessus de lui, le plafond arborait une peinture représentant un adolescent en train de tuer un taureau, et ce Taureau était le Soleil et l'Homme. Par-delà les colonnades et leurs pampres paradaient des gardes sanglés dans une cotte de mailles, l'arc bandé, le visage sculpté dans le bois. On apercevait là-bas le harem où une centaine de jeunes femmes, un millier peut-être, s'estimaient heureuses d'avoir à attendre l'éventuel désir du roi. Derrière les murailles de la cité ondulaient les champs aux amples moissons où les cultivateurs offraient des sacrifices à la Terre Mère qui était déjà une antique divinité à l'heure où, dans la nuit des temps, les Aryens avaient foulé ce sol pour la première fois. Hautes se dressaient les montagnes que hantaient les loups, les lions, les sangliers et les démons. C'en était trop. Everard avait surestimé son propre endurcissement. Soudain, il ne désirait plus qu'une chose : fuir… se cacher, retrouver son siècle familier, ses contemporains. Oublier…

« Je vais demander l'avis des collèges, dit-il prudemment. Étudier toute la période en détail nous permettra peut-être de localiser un point de basculement, mais je n'ai pas les compétences requises pour procéder seul à cette vérification, Keith. Alors, si tu veux, je remonte chercher conseil là-haut et, si on trouve une solution, je reviens cette nuit même.

– Où est ton sauteur ?

– Là-bas, dans les collines », répondit Everard avec un geste évasif.

Denison se caressa la barbe. « Tu te gardes bien de m'en dire plus, hein ? Au fond, tu as raison. Si je savais où me procurer un sauteur temporel, je me demande si je pourrais me faire confiance.

– Ce n'est pas ce que je voulais dire !

– Peu importe… On ne va pas se disputer pour ça, soupira Denison. Soit : repars et vois ce que tu peux faire. Tu veux une escorte ?

– Je n'y tiens guère. Ce n'est pas nécessaire, si ?

– Non. On a réussi à rendre ce secteur moins dangereux que Central Park.

– Ce n'est pas une référence. La seule chose que je veux, c'est mon cheval. Je regretterais de le perdre : la Patrouille l'a dressé au saut temporel. » Il plongea son regard dans celui de Keith. « Je reviendrai. En personne. Quelle que soit la décision.

– Je le sais, Manse. »

Ils sortirent ensemble pour accomplir les formalités de rigueur auprès des postes de garde. Denison indiqua à Everard la chambre où il l'attendrait toutes les nuits une semaine durant. Enfin, Manse baisa les pieds du roi; quand celui-ci se fut éclipsé, il sauta en selle et franchit la grille au pas.

Il se sentait vide. On ne pouvait rien faire. Mais il avait promis au Roi qu'il reviendrait lui communiquer la sentence.

8.

À la fin du jour, il était dans les montagnes, trottant sous un dais de cèdres aux ombres sinistres. Les ruisseaux clapotaient à l'entour et la route s'était muée en un sentier bourbeux à la pente abrupte. En ce temps-là, malgré l'aridité de son sol, l'Iran portait encore quelques forêts luxuriantes. Son cheval éreinté avançait d'un pas pesant. Rien que pour le reposer, il aurait dû demander le gîte à quelque berger hospitalier mais il s'y refusait : grâce à la pleine lune, il avait une chance d'atteindre la cachette du sauteur avant le lever du soleil. Une nuit blanche en perspective…

La vue d'une clairière tapissée d'herbe sèche, plantée de buissons lourds de baies, l'invita pourtant au repos. Il avait des vivres dans ses fontes, une gourde de cuir pleine de vin, et il jeûnait depuis l'aube. Avec un claquement de langue encourageant, il y mena sa monture.

Un détail attira son regard. Très loin sur le sentier, un nuage de poussière qui grossissait de minute en minute voilait les dernières lueurs du soleil ras. Des cavaliers galopant bride abattue, songea-t-il. Des messagers du roi ? Dans cette région ? Mal à l'aise, il coiffa son casque, enfila son bouclier et s'assura que son glaive à courte lame jouait aisément dans son fourreau. La troupe le doublerait sans doute en le saluant au passage, mais…

Ils étaient huit, montant des chevaux superbes, harassés : l'écume dessinait des arabesques sur leurs flancs poudreux et plaquait leurs crinières contre leurs cols. Ils avaient dû fournir une longue course. Les cavaliers étaient décemment vêtus des traditionnels pantalons blancs bouffants, d'une tunique, d'un manteau, chaussés de bottes et coiffés d'un couvre-chef sans bord. Ni des courtisans, ni des soldats de métier. Pas davantage des bandits. Ils étaient armés de sabres, d'arcs et de lassos.

Soudain, Everard reconnut le cavalier à la barbe grise qui galopait en tête : Harpage ! Malgré l'obscurité qui gagnait, il s'avisa que la troupe se composait d'individus assez patibulaires. Même pour des Iraniens de l'Antiquité !

« Oh ! oh ! murmura-t-il. Fini de jouer. »

Son esprit s'enclencha avec précision. Il n'avait pas le temps d'avoir peur. C'était le moment de réfléchir vite. Harpage ne pouvait avoir qu'un motif pour folâtrer dans les plateaux : s'emparer de Méandre le Grec. Avec cette cour truffée d'espions où les commérages allaient bon train, il ne lui avait pas fallu une heure pour être averti que le roi s'était entretenu d'égal à égal dans une langue inconnue avec un étranger qu'il avait ensuite laissé prendre la route du nord : une autre heure avait suffi à trouver un prétexte pour s'absenter du palais, rameuter ses gardes du corps et se lancer sur les traces du Grec. Pourquoi ? Parce que c'était dans ces montagnes que « Cyrus » avait autrefois surgi sur le mystérieux engin qui avait excité la convoitise du chiliarque. Le Mède, qui n'était pas un imbécile, n'avait jamais trouvé très satisfaisante la petite histoire que lui avait servie Keith et il avait sans doute songé qu'un jour, un autre mage venu du pays du Roi apparaîtrait à son tour. Et, cette fois, il était décidé à ne pas laisser si facilement l'engin lui échapper.

Everard ne perdit pas davantage de temps. Ses poursuivants n'étaient plus qu'à cent mètres et il pouvait voir étinceler les prunelles du chiliarque sous la broussaille de ses sourcils. Piquant des deux éperons, le Patrouilleur abandonna la sente et s'élança pour couper à travers la prairie.

« Halte ! cria une voix au timbre familier. Arrête-toi, Grec ! »

Le cheval d'Everard prit un trot fatigué. Là-bas, les cèdres cernaient la clairière de leur trait d'ombre.

« Arrête ou nous t'abattons… Halte ! te dis-je… Soit ! À vos arcs ! Mais ne le tuez pas ! Visez le cheval ! »

Arrivé à la lisière de la forêt, Everard se laissa glisser de sa selle. Avec des sifflements rageurs et des bruits sourds, une volée de flèches s'abattit. Le cheval hennit. Quand Manse se retourna, le malheureux animal tombait à genoux. Bon Dieu, ils ne l'emporteraient pas au paradis ! L'ennui, c'est qu'ils étaient huit… Il se jeta sous le couvert des arbres. Un trait lui frôla l'épaule gauche et se ficha dans un tronc.

Everard courut baissé, zigzagua, se laissa parfois tomber au sol. Il allait dans le crépuscule glacé, embaumé d'odeurs douces. Parfois, une branche basse le giflait au passage. Il lui aurait fallu plus de broussailles — il avait appris des Algonquins certains tours fort utiles à un homme traqué — mais, au moins, le sol moelleux restait muet sous ses sandales. Ses poursuivants étaient à présent hors de vue. Presque par instinct, ils avaient essayé de le rattraper à cheval. Des bruits de bois fracassé et froissé, des jurons obscènes qui s'entrecroisaient dans l'air montraient le beau résultat de leur obstination.

D'une minute à l'autre, ils surgiraient à pied. Everard dressa l'oreille. Un bruissement d'eau courante... Prenant la direction du ruisseau, il entreprit de gravir une pente jonchée de rochers. Ceux qui le poursuivaient étaient loin d'être des dilettantes ; une partie d'entre eux, pour le moins, étaient des montagnards à l'œil entraîné qui relèveraient les plus faibles indices de son passage : il fallait qu'il brouille sa trace. Alors il pourrait se terrer tranquillement en attendant que Harpage s'en retourne à la cour et à ses occupations. Son souffle se précipitait. Des ordres lancés d'un ton autoritaire retentirent derrière lui, mais il n'en saisit pas le sens. Il était trop loin et le sang lui martelait les oreilles.

Harpage avait tiré sur l'hôte de son Roi : de toute évidence, il entendait que celui-ci n'ait jamais l'occasion de raconter ce qui s'était passé. Le plan était clair : capturer le fugitif, le torturer pour qu'il révèle la cachette de l'engin et son fonctionnement — puis ce serait la froide miséricorde de l'acier. *Beau boulot*, songea fiévreusement Everard. *J'ai tellement bien saboté cette opération qu'elle pourrait servir à illustrer un manuel mettant en garde les Patrouilleurs contre ce qu'il ne faut pas faire. Article un : ne pas se laisser obséder par une fille qui appartient à un autre, au point de négliger les précautions élémentaires.*

Il atteignit le sommet de la berge abrupte au pied de laquelle jacassait le cours d'eau. Les autres retrouveraient sa piste jusque-là. Après... ce serait à pile ou face pour le suivre dans le ruisseau. D'ailleurs, où aller ? Vers l'amont ? Vers l'aval ? Il dégringola dans la boue glacée et glissante. Mieux valait remonter le courant : ça le rapprochait du lieu où était dissimulé le sauteur, et Harpage se dirait peut-être qu'il avait rebroussé chemin pour revenir auprès du roi.

Les pierres lui écorchèrent les pieds et la froidure de l'eau engourdit ses membres. Une dense muraille d'arbres couronnait les deux rives et le ciel n'était plus qu'un étroit liseré bleu sombre. Très haut, un aigle planait. L'atmosphère se rafraîchissait. Mais la chance n'abandonna pas Everard, car le ruisseau se tordait comme un serpent fou; le fuyard ne tarda pas, bien qu'il trébuche et bronche à chaque pas, à se trouver hors de vue de l'endroit où il était entré dans l'eau. *Je vais encore poursuivre pendant un ou deux kilomètres ; je trouverai peut-être une branche pendante pour me hisser et regagner la terre ferme sans laisser de traces.* Les minutes s'égrenaient avec lenteur. *Récupérer le sauteur, remonter et demander de l'aide à mes supérieurs... qui me la refuseront, ma main à couper ! Il n'est pas douteux qu'ils préféreront sacrifier un individu pour garantir leur propre existence et celle de ceux qu'ils ont à préserver. Keith est définitivement coincé ici et dans treize ans les Barbares lui auront réglé son compte. Mais dans treize ans, Cynthia sera encore jeune. Après treize ans d'exil dans ce cauchemar, sachant depuis le début combien de temps son mari aura encore à vivre, elle sera abandonnée dans une époque étrangère et interdite, isolée à la cour de Cambyse II... une cour effrayante aux mains d'un dément...* Non ! *Je lui tairai la vérité, il le faut. Elle restera dans son temps, persuadée que Keith est mort. C'est le choix qu'il ferait lui-même. Et au bout d'un an ou deux, elle retrouvera le bonheur. Je pourrai le lui enseigner.*

Il ne remarquait plus ni les rochers meurtrissant ses pieds mal protégés par des semelles trop fines, ni son corps perclus de crampes, ni l'eau bruyante. Mais, à un détour du lit du ruisseau, il vit les Perses.

Ils étaient deux qui pataugeaient vers l'aval. Sa capture importait à ce point qu'ils ne respectaient plus les édits religieux interdisant de souiller les flots. Sur la berge opposée, deux autres se faufilaient entre les arbres... dont Harpage. Les lames longues sifflèrent en sortant des fourreaux.

« Halte ! s'écria le chiliarque. Arrête-toi, Grec, et rends-toi ! »

Everard s'immobilisa, rigide. L'eau clapotait autour de ses chevilles. Les hommes qui s'élançaient à sa rencontre semblaient irréels ; au fond de ce puits d'ombre, leurs traits disparaissaient et il ne voyait que le blanc des tenues et le scintillement des épées. Il comprit dans un choc qui parut lui fouailler le ventre que ses poursuivants, après avoir suivi sa piste jusqu'au cours d'eau, s'étaient divisés pour fouiller le terrain en amont comme en aval. Plus rapides que lui, obligé qu'il était de patauger dans le lit du ruisseau, ils s'étaient avancés au-delà du point que leur captif aurait pu atteindre et avaient rebroussé chemin, attentifs et sûrs d'eux.

« Prenez-le vivant, leur rappela Harpage. Coupez-lui les jarrets s'il le faut, mais prenez-le vivant. »

Everard fit face à la berge d'où était venu l'ordre. « Tu l'auras voulu, mon salaud », gronda-t-il en anglais. Les deux hommes déjà dans l'eau prirent le pas de course en hurlant à tue-tête. L'un d'eux glissa et s'étala de tout son long. Le compagnon d'Harpage dégringola la pente sur les reins.

La boue était glissante. Everard y planta son bouclier pour garder son équilibre tandis qu'il grimpait sur la berge. Calmement, Harpage s'avança à sa rencontre et, quand l'Américain fut à portée, la lame du chiliarque fendit l'air. Manse détourna la tête ; le sabre sonna sur son casque, fut dévié par le couvre-joue et lui zébra l'épaule. Par bonheur la blessure était superficielle. Il n'éprouva qu'une simple brûlure. Puis il se trouva trop occupé pour sentir quoi que ce soit.

Il n'espérait pas l'emporter : son seul désir était que ses adversaires le tuent et il était décidé à leur faire payer cher ce privilège.

Comme il atteignait le sommet tapissé d'herbe, il eut juste le temps de parer de son bouclier le coup de sabre que lui portait Harpage, visant les yeux, puis de détourner d'un revers de glaive la lame qui revenait à la charge en direction, cette fois, de son genou. Dans le combat au corps à corps, l'Asiate à l'armement léger n'a aucune chance en face du hoplite : l'histoire allait le démontrer deux générations plus tard. *Par Dieu ! Avec une cuirasse et des cnémides, je pourrais vaincre ces quatre-là !* songea Everard qui maniait avec une adresse consommée son bouclier, pour se protéger, mais aussi pour repousser son adversaire tout en s'efforçant opiniâtrement de se glisser sous la longue lame pour frapper le ventre non protégé.

Avec un sourire pincé sous ses moustaches en bataille, le Mède rompit. Il cherchait à gagner du temps, bien sûr. Sa tactique réussit : ses trois compagnons prirent pied au sommet de la berge. Ils bondirent avec un hurlement, mais en ordre dispersé. Guerriers admirables dans le combat au corps à corps, les Perses avaient toujours ignoré la discipline des mouvements de masse coordonnés en usage en Europe et contre laquelle se brisèrent leurs assauts à Marathon et à Gaugamèles. Mais, seul contre quatre hommes cuirassés, Manse n'avait aucune chance.

Il s'adossa à un tronc. Le premier de ses adversaires se jeta sur lui avec témérité et son épée tinta contre le long bouclier hellène. Le glaive s'enfonça sans effort dans la chair offerte. Quand il sentit une résistance, Everard, qui n'en était pas à son coup d'essai, retira son arme et s'écarta d'un pas. Le Perse, frappé à mort, s'affaissa, gémissant. Sentant son sort scellé, il tourna son visage vers le ciel. Ses deux camarades flanquaient déjà Manse.

Les branches basses interdisaient l'emploi du lasso ; ils devraient se battre à l'arme blanche. D'un coup de bouclier, l'Américain écarta l'épée dont celui de gauche le menaçait, découvrant son flanc droit ; c'était un risque qu'il pouvait courir : Harpage avait ordonné qu'on ne le tue pas. Le second Perse visa les chevilles du Patrouilleur qui sauta à pieds joints. La lame fendit l'air en sifflant au ras de ses semelles. Mais l'homme qui était à sa gauche revint à la charge. Everard éprouva un choc brutal et vit l'acier lui mordre le mollet. Il bondit en arrière. Un rai de soleil filtrant entre les rameaux fit rutiler le sang. Il avait un éclat irréel. La jambe de Manse ploya sous le poids de son corps.

« Sus ! Sus ! s'époumonait Harpage. À coups d'estoc !

– Votre crapule de chef n'aura plus le cœur d'accomplir cette tâche quand je l'aurai chassé d'ici, la queue entre les jambes ! » rugit Everard par-dessus son bouclier brandi.

Il avait bien calculé la réplique. L'assaut fléchit et il rompit en vacillant. « S'il faut que les Perses servent de chiens de garde aux Mèdes, choisissez donc un Mède qui soit un homme plutôt qu'un couard qui, non content d'avoir trahi son roi, fuit à présent devant un seul Grec ! »

Un Oriental, même originaire du Bassin méditerranéen, même né dans un si lointain passé, ne pouvait perdre la face de cette façon. Harpage n'était certes pas un lâche et Everard savait parfaitement que ses accusations étaient gratuites. Mais, crachant un juron, le chiliarque s'élança. L'espace d'une seconde, Manse eut la vision du visage fou aux traits aigus qui grossissait devant le sien. Mal assuré sur ses jambes, il fit front, pesamment. L'hésitation des deux séides dura une seconde de trop ; le choc se produisit entre le chiliarque et le Patrouilleur. Le sabre haut brandi du premier s'abattit sur le casque du second, rebondit, glissa le long du bouclier et acheva sa trajectoire en s'enfonçant à son tour dans la jambe d'Everard. Un pan de tunique blanche ondula mollement devant le regard de ce dernier qui, les épaules tassées, frappa de la pointe.

Il retira la lame de la plaie avec le cruel tour de main des professionnels qui provoque toujours des blessures mortelles, et pivota sur les talons ; son bouclier essuya un nouveau coup. Pendant une minute, il ferrailla rudement avec un des Perses. Du coin de l'œil, il apercevait l'autre qui le contournait pour l'attaquer par derrière. En tout cas, songea-t-il vaguement, il avait tué le seul homme qui représentait un danger pour Cynthia…

« Arrêtez ! Bas les armes ! »

Le murmure, plus léger que le bruissement du ruisseau, fit à peine frémir l'air, mais les reîtres reculèrent à cette voix, l'épée dirigée vers le sol. Le Perse mourant lui-même s'arracha à la contemplation des cieux.

Harpage, nageant dans son sang, s'efforça de se mettre sur son séant. Son visage avait pris une teinte terreuse. « Non, murmura-t-il… Attendez… Ce n'est pas un hasard… Mithra ne m'aurait pas fait succomber si… »

Il esquissa un geste qui ne manquait pas de grandeur. Lâchant son glaive, Everard s'approcha en boitant du dignitaire auprès duquel il s'agenouilla et qui s'affala dans ses bras.

« Tu viens de la patrie du Roi, souffla le chiliarque d'une voix rauque tandis que sa barbe se teignait de sang. Ne le nie pas. Mais sache… qu'Aurvagaush… fils de Khshayavarsha… n'est pas un traître. » La silhouette émaciée d'Harpage se raidit comme s'il ordonnait à la mort d'attendre son bon plaisir. « Je savais que, derrière l'arrivée du Roi, il y avait des forces à l'œuvre… mais j'ignorais jusqu'à ce jour si elles étaient du ciel ou de l'enfer. Je me suis servi d'elles, et je me suis servi du Roi, mais pas pour des motifs égoïstes : par fidélité à mon suzerain, à Astyage. Et Astyage avait besoin de… d'un Cyrus. Sinon le royaume aurait été déchiré. Par la suite, sa cruauté m'a délié de mon serment. N'empêche que j'étais toujours un Mède et j'ai compris que Cyrus représentait le seul espoir pour la Médie. Car ce fut un bon roi. Grâce à lui, nous sommes honorés presque à l'égal des Perses. Comprends-tu, toi qui viens de la patrie du Roi ? » Ses yeux vitreux roulaient ; il n'arrivait plus à les fixer sur Everard. « J'avais l'intention de te capturer pour t'arracher le secret de ta machine. Alors, je t'aurais tué, oui. Mais pas par intérêt : pour le bien du royaume. Je craignais que tu ne ramènes le Roi chez lui ainsi qu'il le désirait. Que serait-il advenu de nous, alors ? Sois généreux, car toi aussi tu devras un jour implorer miséricorde.

– Je le serai ; le Roi demeurera.

– C'est bien, souffla Harpage. Je crois en ta parole... je n'ose la mettre en doute. Dis-moi : me suis-je racheté du crime que j'ai commis à la requête de l'ancien roi ? Ô, toi, qui appartiens à la maison de mon Roi, ai-je expié mon forfait, moi qui ai assassiné un enfant innocent dans les montagnes ? Car la mort du prince a failli conduire l'empire à sa ruine... mais j'ai trouvé un autre Cyrus. Et je nous ai tous sauvés. Ai-je expié ?

– Oui, tu es pardonné », répondit Everard, non sans se demander quelle valeur avait l'absolution qu'il pouvait administrer.

Les yeux de Harpage se fermèrent. « Alors, laisse-moi ! » dit le Mède d'un ton de commandement où ne vibrait plus que l'ombre de son ancienne autorité.

Everard l'allongea à terre et s'éloigna tandis que les deux Perses tombaient à genoux près de leur maître pour accomplir certains rites. Quant au troisième, le mourant, il reprit sa contemplation du ciel. Le Patrouilleur s'assit au pied d'un arbre et entreprit de bander ses blessures avec des lambeaux d'étoffe arrachés à ses vêtements. Sa plaie ouverte à la jambe exigeait des soins immédiats. Il fallait qu'il récupère le sauteur et ce ne serait pas drôle d'aller jusqu'à la cache ! Après, en quelques heures, un médecin de la Patrouille le remettrait sur pied grâce aux thérapeutiques qu'ignorait encore le XXe siècle. Il mettrait le cap sur le bureau temporel d'un Milieu obscur : s'il se faisait soigner dans son temps d'origine, il aurait trop de questions à affronter. Et c'était là un risque impossible à prendre : si ses chefs savaient ce qu'il envisageait, ils lui opposeraient probablement un veto formel.

Il avait trouvé la solution. Ce n'avait pas été une aveuglante et soudaine révélation, mais le résultat d'un long, d'un épuisant cheminement intellectuel — la prise de conscience d'un savoir qu'il possédait peut-être depuis longtemps enfoui dans son cerveau. Se laissant aller contre le tronc, il s'efforça de retrouver le rythme de sa respiration. Le second groupe de quatre limiers survint et fut mis au courant des derniers événements. Les arrivants firent mine d'ignorer Manse, mais ils lui décochaient subrepticement des regards empreints tout à la fois de fierté et de terreur, en ébauchant des gestes de conjuration furtifs. Ils soulevèrent le cadavre de leur chef, celui de leur compagnon agonisant, et les emportèrent dans la forêt. L'obscurité s'épaississait. Quelque part, un hibou ulula.

9.

Le Grand Roi se redressa sur son lit. Il y avait eu un bruit de l'autre côté des rideaux.

Il sentit bouger Cassandane, invisible à son côté ; une main légère frôla sa joue. « Que se passe-t-il, soleil de mon ciel ? demanda la reine.

– Je ne sais pas. » À tâtons, il empoigna l'épée toujours posée près de l'oreiller. « Rien. »

La main caressante glissa sur la poitrine du monarque. « Si. Il y a quelque chose. » La voix, soudain, se brisait. « Quelque chose de grave. Ton cœur bat tel un tambour.

– Reste là. » Cyrus se faufila entre les draperies. Par la fenêtre en arceau ouverte sur un ciel d'un violet soutenu, la lune dardait des rayons répandant au sol une lueur presque aussi aveuglante qu'un reflet sur un miroir de bronze. Il faisait froid et le roi était nu.

Une masse sombre se mouvait, ombre parmi les ombres, un objet de métal que chevauchait un homme qui se cramponnait aux poignées et manipulait les minuscules touches d'un clavier. Sans bruit, la machine se posa sur le tapis et le conducteur descendit — un gaillard corpulent, à la tunique et au casque grecs.

« Keith, dit-il à mi-voix.

– Manse ! » Denison s'avança d'un pas et apparut baigné de clair de lune. « Tu es revenu !

– Tiens donc ! répliqua Everard d'un ton sarcastique. Tu crois qu'on peut nous entendre ? J'espère bien être passé inaperçu. Je me suis matérialisé juste au-dessus du toit et je suis arrivé ici porté par l'unité à antigravité.

– Il y a des sentinelles derrière la porte, mais elles ne viendront qu'à un coup de ce gong ou qu'à mon appel.

– Parfait. Habille-toi. »

Denison lâcha son sabre et resta quelques secondes interdit. La question se forma toute seule dans sa bouche. « Tu as trouvé un moyen ?

– Peut-être... » Everard détourna les yeux et ses doigts pianotèrent sur le pupitre de commande de son véhicule. « Peut-être. Écoute, Keith, j'ai une idée. Elle marchera ou elle ne marchera pas. Ta coopération loyale est indispensable. Si mon plan réussit, tu réintègres ton époque, et le bureau, placé devant le fait accompli, ne sourcillera pas. Par contre, s'il échoue, tu reviens ici, cette même nuit, et tu restes Cyrus jusqu'à la fin de tes jours. Tu t'en sens capable ? »

Denison frissonna. Pas seulement de froid. « Je crois, dit-il très bas.

– Je suis plus fort que toi, continua Everard sans ménagement, et c'est moi qui détiendrai toutes les armes. S'il le faut, je te ramènerai ici par la violence. Tâche de ne pas m'y obliger. »

Denison poussa un profond soupir. « Sois tranquille.

– Alors, espérons que les Nornes nous soient propices ! À présent, va te mettre quelque chose sur le dos.

Je t'expliquerai mon projet en cours de route. Et fais tes adieux à cette époque, car, si mon idée aboutit, ni toi ni personne d'autre ne la reverra jamais. »

Denison, qui se dirigeait vers un tas de vêtements jetés dans un coin pour qu'un esclave les enlève et les remplace avant l'aurore, se retourna. « Quoi ?

– On va essayer de récrire l'histoire. Ou de la rendre à son état original. Je ne sais pas trop. Allez, dépêche-toi !

– Mais…

– Vite, mon vieux, vite… je ne sais pas si tu te rends compte, mais je suis revenu le jour de mon départ… là tout de suite, je me traîne dans la montagne avec une jambe ouverte, pour te faire gagner du temps… Alors, grouille-toi. »

Denison prit une décision. Sa voix jaillit des ténèbres, basse mais très nette. « J'ai des adieux personnels à faire.

– Quoi ?

– Cassandane. Bon Dieu, ça fait quatorze ans qu'elle est ma femme ! Elle m'a donné trois enfants, elle m'a soigné deux fois quand j'ai eu des fièvres et m'a consolé à plus de cent reprises quand j'étais désespéré. Et un jour où les Mèdes étaient aux portes, elle a pris la tête des femmes de Pasargades qui nous ont ralliés… et on l'a emporté. Cinq minutes, Manse, rien que cinq minutes…

– Bon, bon, comme tu veux, mais il faudra plus de cinq minutes pour qu'un eunuque aille la chercher au harem et…

– Elle est ici. »

Denison disparut derrière les rideaux qui dissimulaient le lit.

Everard en demeura pétrifié de stupéfaction. *Tu m'attendais cette nuit avec l'espoir que je te ramène auprès de Cynthia. Et tu as fait venir Cassandane dans ton lit, bien sûr.*

Il étreignait avec tant de force le pommeau de son glaive que ses doigts l'élançaient. *Oh! Boucle-la, espèce de minable puritain à la bonne conscience !*

Denison l'eut bientôt rejoint. Sans mot dire, il enfila ses habits et prit place sur la selle arrière du sauteur tandis qu'Everard s'installait aux commandes. La pièce s'évanouit et les deux hommes se retrouvèrent en plein ciel au-dessus des collines noyées de clair de lune, giflés par une âpre brise.

« À présent, en route pour Ecbatane », annonça Manse.

Il alluma la petite lampe du tableau de bord et manœuvra les boutons en se référant à des coordonnées griffonnées sur un bloc.

« Ecb… Oh ! Tu parles d'Hamadhan, l'ancienne capitale de la Médie ? » À en juger par son ton, Denison restait perplexe. « Ce n'est plus qu'une résidence d'été, aujourd'hui.

– Je parle de l'Ecbatane d'il y a trente-six ans. Écoute-moi, Keith. Tous les historiens scientifiques du futur sont persuadés que l'enfance de Cyrus, telle que la racontent Hérodote et la tradition perse, n'est qu'une légende. Peut-être ont-ils raison sur toute la ligne. Peut-être tes expériences personnelles n'ont-elles été que quelques-uns de ces coups de canif dans l'espace-temps que la Patrouille s'emploie à éliminer.

– Je vois.

– Tu as beaucoup fréquenté la cour d'Astyage quand tu étais son vassal, j'imagine. Tu vas me guider. Il faut trouver cette vieille crapule en personne, de préférence en pleine nuit et sans témoin.

– Seize ans ! Ça fait un bout de temps !

– Eh bien ?

– Si tu comptes modifier le passé dans tous les cas, pourquoi intervenir en ce point précis ? Mieux vaudrait me rejoindre un an après que je suis devenu Cyrus : je serais alors assez familiarisé avec Ecbatane sans que…

– Désolé, mais je n'ose pas. On fait déjà de la haute voltige et Dieu sait quelles pourraient être les conséquences d'un nœud secondaire dans les lignes de force de l'Univers ! Même si on s'en tirait, la Patrouille nous expédierait, toi et moi, sur la planète d'exil pour nous apprendre à courir ce genre de risques.

– Ma foi… oui, je vois.

– Et puis, tu n'es pas du genre à te suicider le cœur léger. Tu accepterais que ta personnalité présente n'ait jamais existé ? Pense une minute à tout ce que cela signifierait. »

Comme Everard terminait la mise en place de ses tabulateurs, Keith haussa les épaules. « Par Mithra, tu as raison ! N'en parlons plus.

– Alors, en avant. » Manse mit le contact principal.

Ils planaient au-dessus d'une ville ceinturée de remparts qui se dressait au milieu d'une plaine inconnue. Là aussi, la lune éclairait le paysage mais Everard ne distinguait qu'un amas confus de masses sombres. Il fouilla dans les fontes de l'engin. « Tiens, passons ces costumes. Ce sont les gars du bureau du Mohenjo-Daro Central qui me les ont faits. Ils ont souvent besoin, là-bas, de ce genre de déguisement. »

Le sauteur piquait dans la nuit et l'air sifflait aux oreilles des deux hommes. Denison tendit le bras. « Voici le palais. La chambre du roi est en haut, à l'est. »

L'édifice massif manquait de cette élégance qui caractériserait par la suite l'architecture de Pasargades. Everard jeta un regard distrait sur deux taureaux ailés, vestiges des Assyriens, d'une blancheur qui luisait sous la froide clarté automnale, et poussa un juron en constatant l'étroitesse des fenêtres ; il obliqua en direction de la porte où veillaient deux gardes montés qui, levant la tête, poussèrent une clameur d'effroi à la vue de ce qui tombait du ciel. Les chevaux se cabrèrent, jetant à bas leur cavalier. Le sauteur fonça dans la porte qui éclata en pièces. Un miracle de plus ou de moins n'affecterait pas le déroulement de l'histoire, surtout dans une époque où l'on croit au merveilleux avec autant de dévotion qu'on en mettra plus tard à croire aux pilules vitaminées, et peut-être avec plus de raison.

La galerie était éclairée : gardes et esclaves hurlaient de terreur à la vue de l'engin. Lorsque celui-ci eut atteint la chambre royale, Everard heurta la porte du pommeau de son sabre. « À toi de jouer, Keith ! Tu connais le patois.

– Ouvre, Astyage, s'écria aussitôt Denison d'une voix retentissante. Ouvre aux messagers d'Ahura Mazda ! »

À la surprise d'Everard, l'occupant de la chambre obéit à cette injonction. Astyage était aussi brave que la majorité de ses sujets, mais lorsque le souverain — un homme corpulent, encore jeune, au visage dur — eut aperçu, assis sur ce trône flottant au-dessus du sol, ces deux êtres revêtus de tuniques étincelantes, à la tête ornée d'une auréole et au dos desquels palpitaient des ailes de lumière, il se prosterna, le front dans la poussière.

D'une voix tonnante, Denison l'apostropha dans un idiome que Manse avait du mal à saisir. « Ô infâme vaisseau d'iniquité, la colère du ciel est sur toi ! T'imagines-tu que tes pensées, fussent-elles enfouies dans l'abîme d'une ténèbre protectrice, échappent jamais à la Prunelle du Jour ? Crois-tu qu'Ahura Mazda tout-puissant permettra que s'accomplisse l'infâme forfait que tu médites ? »

Everard cessa de prêter l'oreille à ces imprécations. Quelque part dans cette ville même, songeait-il, se trouvait sans doute Harpage, un Harpage innocent, dans la fleur de la jeunesse. Jamais, maintenant, il n'aurait à porter le fardeau du remords. Jamais il n'aurait à emmener un enfant dans les monts, à lever sa lance sur un nourrisson, à entendre ses vagissements d'agonie, à guetter le moment où son petit corps secoué de spasmes se figerait dans une immobilité définitive. Plus tard, il se révolterait pour des raisons qui lui appartiendraient en propre et deviendrait le chiliarque de Cyrus — et il ne périrait pas dans les bras d'un ennemi au milieu d'une forêt hantée. Et jamais un Perse inconnu ne tomberait sous le glaive d'un Grec. *Pourtant, le souvenir des deux hommes que j'ai tués est gravé dans les cellules de mon cerveau ; il y a une mince cicatrice sur ma jambe ; Keith Denison a quarante-sept ans et a appris à penser comme un roi.*

« Sache, ô Astyage, que cet enfant, Cyrus, est béni du ciel. Et le ciel est miséricordieux ! Tu es averti, si tu souilles ton âme du sang de cet innocent, jamais le péché ne sera lavé. Laisse cet enfant grandir en Anshan, sinon tu brûleras pour l'éternité en compagnie d'Ahriman ! Mithra a parlé ! »

Astyage, plaqué contre le sol, heurtait la poussière de son front.

« Allons-nous-en », ajouta Denison en anglais.

Le temps d'un clignement d'œil et les deux hommes se retrouvèrent trente-six ans plus tard. La lune qui brillait sur les collines caressait les cèdres. Il y avait une route. Un ruisseau. Un loup qui hurlait dans la nuit froide.

Everard posa le sauteur temporel, quitta sa selle et entreprit d'enlever son déguisement. Le visage barbu de Denison émergea du masque. Ses traits traduisaient l'étonnement. Quand il parla, sa voix parut écrasée par le silence qui enveloppait les collines.

« Je me demande si on n'a pas exagéré en terrifiant à ce point Astyage. L'histoire dit qu'il a lutté trois ans contre les rebelles perses.

– On peut toujours revenir au moment où la guerre a éclaté et lui donner une vision pour l'inciter à la résistance. » Everard s'efforçait de rester positif. « Mais je doute que cela s'avère nécessaire. Il ne touchera pas à un cheveu du prince mais lorsque ses vassaux se révolteront, la fureur sera telle qu'il négligera alors une vision qui ne lui fera plus que l'effet d'un rêve. Et les seigneurs de sa maison dont les intérêts sont liés à la cause médique ne lui permettront pas de capituler. D'ailleurs, la chose est facile à vérifier. Le roi dirige une procession rituelle lors de la cérémonie du solstice d'hiver, non ?

– Si. Allons-y tout de suite. »

Et soudain ce fut Pasargades inondé de soleil. Ils dissimulèrent leur engin et se mêlèrent aux pèlerins accourus en masse pour commémorer la naissance de Mithra. En cours de route, les Patrouilleurs, feignant d'être des voyageurs ayant longtemps résidé en terre étrangère, s'enquirent des événements. Les réponses qu'ils obtinrent les satisfirent : tout cadrait, y compris les petits détails que Denison se rappelait mais que les chroniques passaient sous silence. Sous un ciel bleu de givre, perdus dans une foule innombrable, ils se prosternèrent quand le grand Cyrus passa sur son pur-sang suivi de son maître de cérémonies, du mage Kobad, de Crésus, d'Harpage et de la fine fleur du clergé de Pasargades.

« Il est plus jeune que moi, souffla Denison. Ça me paraît normal. Et un peu plus petit. Il ne me ressemble pas du tout, hein ? Mais il fera l'affaire.

– Ça t'amuserait de rester pour voir ? »

Denison serra les pans de son manteau autour de lui. Le froid mordait la chair. « Non. Rentrons. Ça a été si long… Même si rien ne s'est produit.

– Eh oui ! Rien de tout ça n'a jamais eu lieu maintenant. » Il y avait plus de tristesse que de triomphe dans la voix d'Everard.

10.

Keith Denison sortit de l'ascenseur, un peu surpris de constater que ses souvenirs de New York soient si flous. Il ne se rappelait même plus son adresse : il avait dû consulter l'annuaire. Des détails, tant de détails… Il fallait qu'il cesse de trembler ainsi.

Il n'eut pas le temps de sonner : déjà Cynthia ouvrait la porte. « Keith ! dit-elle avec comme de la stupéfaction dans sa voix.

– Manse t'a avertie de mon retour, n'est-ce pas ? Il me l'avait promis. » Ce fut tout ce qu'il trouva à dire.

« Oui… ce n'est pas ça… Je ne pensais pas que tu aurais changé à ce point. Mais ça ne fait rien. Mon chéri, oh ! mon chéri ! »

Elle le fit entrer et, la porte refermée, se blottit dans ses bras.

Keith contempla la pièce. Il ne se souvenait pas qu'elle était aussi petite. Et, bien qu'il ait toujours gardé le silence à ce propos, il n'avait jamais apprécié les goûts de Cynthia en matière de décoration.

Il allait devoir se réhabituer à tenir compte des avis d'une femme, voire à la consulter. Ce ne serait pas facile.

Elle tendit les lèvres vers son visage, les joues baignées de larmes. C'était donc à ça qu'elle ressemblait ? Il avait oublié. Il se rappelait juste qu'elle était petite, blonde. Il avait vécu avec elle quelques mois. Cassandane l'appelait son étoile du matin et lui avait donné trois enfants. Et quatorze ans de sa vie, à ses côtés, attentive à ses volontés.

« Bienvenue à la maison, Keith », dit la petite voix aiguë.

À la maison ! Oh ! Seigneur !

Les Chutes de Gibraltar

Nouvelle traduite de l'américain par Claudine Arcilla-Bonaz.
Traduction révisée par Pierre-Paul Durastanti.

La base de la Patrouille du temps ne resterait là que pendant la centaine d'années de l'afflux. Au cours de cette période, peu y séjourneraient longtemps d'une traite, à part les experts et l'équipe d'entretien. Elle ne comptait donc qu'un pavillon et deux bâtiments de service, presque perdus dans les terres.

Cinq millions et demi d'années avant sa naissance, Tom Nomura trouva la pointe sud de l'Ibérie plus escarpée encore que dans son souvenir. Les collines s'élevaient vers le nord, abruptes, avant de se transformer en basses montagnes murant le ciel et bordées de canyons au fond desquels les ombres prenaient une teinte bleutée. C'était une région sèche aux pluies d'hiver courtes mais violentes, et aux rivières devenues des ruisseaux, voire asséchées en été, tandis que l'herbe brûlée par le soleil jaunissait. Les arbres et les arbustes ne poussaient que de loin en loin, ronces, mimosas, acacias, pins, aloès ; et palmiers, fougères et orchis à proximité des mares.

Pourtant, la faune abondait. Faucons et vautours ne cessaient de planer dans le ciel sans nuages. Les troupeaux paissaient par millions ; parmi les douzaines d'espèces, il y avait des poneys à la peau zébrée, des rhinocéros primitifs, des ancêtres de la girafe ressemblant à des okapis, parfois des mastodontes — au poil roux clairsemé et aux défenses géantes — ou des éléphants bizarres. Parmi les prédateurs et les charognards, on trouvait des tigres à dents de sabre, les premiers grands félins, des hyènes et des singes qui, à l'occasion, marchaient sur leurs pattes postérieures. Les fourmilières atteignaient deux mètres de hauteur. Les marmottes sifflaient.

Ça sentait le foin, la terre brûlée, les excréments recuits et la chair chaude. Quand le vent se levait, son mugissement projetait une fournaise poussiéreuse au visage. Très souvent, la terre résonnait des bruits de sabots, des vociférations des oiseaux ou du barrissement des bêtes. Le soir, le froid tombait vite et les étoiles apparaissaient si nombreuses que c'est à peine si on remarquait l'étrangeté des constellations.

Telle était la situation jusqu'à ces derniers temps et, pour l'heure, aucun changement important n'était survenu. Mais un siècle d'orage s'annonçait. Par la suite, rien ne serait plus pareil.

Manse Everard regarda Tom Nomura et Feliz a Rach pendant un instant furtif avant de sourire et de déclarer : « Non, merci, je me contenterai d'explorer les lieux aujourd'hui. Amusez-vous bien. »

Le géant grisonnant au nez tordu avait-il esquissé un clin d'œil à l'adresse de Nomura ? Ce dernier n'aurait pu l'affirmer. Ils étaient issus du même Milieu — et du même pays. Qu'on ait recruté Everard à New York en 1954 et Nomura à San Francisco en 1972 ne comptait guère. En effet, les agitations propres à cette génération n'étaient que bulles de savon en comparaison de ce qui s'était passé avant et de ce qu'il adviendrait après. À vingt-cinq ans, toutefois, Nomura sortait tout juste de l'Académie. Everard n'avait pas précisé depuis combien de temps il voyageait à travers la durée du monde ; or, c'était impossible à deviner en raison du traitement de longévité que la Patrouille accordait à ses membres. Nomura croyait que l'agent non attaché possédait une expérience si approfondie de l'existence qu'il lui était devenu plus étranger que Feliz — qui pourtant avait vu le jour deux millénaires après eux.

« Dans ce cas, allons-y », dit-elle. Bien qu'elle se soit exprimée de manière brusque, Nomura pensa que sa voix prêtait au temporel des sonorités musicales.

Ils quittèrent la véranda et traversèrent la cour. D'autres membres du corps expéditionnaire les saluèrent avec une cordialité plutôt inspirée par la jeune femme. Nomura les comprenait. Elle était grande et jeune ; la force de ses traits et l'angle de son nez mutin se trouvaient adoucis par de vastes yeux verts, une grande bouche mobile et une chevelure auburn brillante quoique coupée court sur les oreilles. La salopette grise et les bottes renforcées, tenue traditionnelle de la Patrouille, n'altéraient en rien sa silhouette, ni la souplesse de sa démarche. Nomura n'ignorait pas qu'il avait un physique agréable — un corps trapu mais agile, un visage aux pommettes hautes et aux traits réguliers, une peau basanée — et, malgré cela, il se trouvait terne à ses côtés.

Terne de corps et d'esprit, songea-t-il. *Comment un Patrouilleur de fraîche date, non sélectionné pour les travaux de police, un simple naturaliste, oserait-il avouer à une aristocrate du Premier Matriarcat qu'il s'est épris d'elle ?*

Le grondement qui continuait d'emplir l'air en dépit de l'éloignement des cataractes évoquait un chœur. Était-ce son imagination ou ressentait-il vraiment un frisson interminable qui traversait la terre pour atteindre ses os ?

Feliz ouvrit un hangar. Plusieurs sauteurs y étaient garés. Ils ressemblaient vaguement à des motos à deux places, sans roues ; propulsés par antigravité, ils pouvaient parcourir d'un bond plusieurs milliers d'années. (Ces engins et leurs pilotes avaient été transportés jusque-là par des navettes de forte puissance.) Celui de Feliz était chargé d'équipements enregistreurs. Il n'avait pas réussi à la convaincre qu'il était trop chargé et il savait qu'elle ne lui pardonnerait jamais de se mêler de ce qui ne le regardait pas. Il n'avait invité Everard — l'officier supérieur présent, quoique en simple voyage d'agrément — à les accompagner que dans l'espoir que ce dernier remarque la charge anormale et ordonne à Feliz d'en faire transporter une partie par son assistant.

Elle bondit en selle. « Dépêche-toi ! dit-elle. La matinée tire à sa fin. »

Il enfourcha son véhicule, effleura les commandes, et tous deux sortirent du hangar et prirent de l'altitude. À hauteur d'aigle, ils cessèrent leur ascension et prirent la direction du sud où le Fleuve Océan se jetait dans le Milieu du Monde.

Des nappes de brume voilaient l'horizon, nuées argentées se détachant sur l'azur. Au fur et à mesure qu'ils s'en approchaient, elles s'estompaient dans les hauteurs. Plus loin, l'univers gris tourbillonnait, secoué par le grondement, amer sur les lèvres des hommes, tandis que l'eau franchissait les rochers et creusait la boue. Le brouillard froid et salin était si épais qu'il fallait éviter de le respirer plus de quelques minutes.

D'en haut, le panorama semblait encore plus stupéfiant. De là, on pouvait voir la fin d'une ère géologique. Pendant un million et demi d'années, le Bassin méditerranéen avait été un désert ; à présent les Colonnes d'Hercule s'étaient ouvertes et l'Atlantique s'y engouffrait.

Pris dans le vent de son trajet, Nomura scruta l'immensité agitée, zébrée d'écume aux multiples nuances. Il apercevait les courants aspirés par la brèche nouvelle entre Afrique et Europe. À cet endroit, ils se heurtaient, tournoyaient en un chaos blanc et vert dont la violence retentissait de la terre jusqu'au ciel et vice-versa, effritait les falaises, submergeait les vallées et recouvrait d'écume non seulement la côte mais l'intérieur des terres sur plusieurs kilomètres. Ils formaient un fleuve, blanc de rage avec des éclairs émeraude, qui basculait en mugissant par-dessus une falaise de quatorze kilomètres de long. Les embruns jaillissaient, obscurcissant le torrent d'eau déchaînée.

Des arcs-en-ciel filaient à travers les nuées ainsi créées. À cette distance, le bruit semblait celui d'une meule monstrueuse en pleine action. Nomura perçut clairement la voix de Feliz dans son récepteur. Feliz arrêta son sauteur et leva le bras. « Stop ! Je veux d'autres prises avant de continuer.

– Tu n'en as pas assez ?

– Comment pourrait-on en avoir assez ? » dit-elle d'une voix plus douce.

Le cœur de Tom manqua un battement. *Ce n'est pas une femme soldat née pour traiter avec arrogance une masse de subalternes, en dépit de ses origines et de son éducation. Elle ressent la terreur qu'inspire ce spectacle, la beauté qui s'en dégage, oui, et Dieu à l'œuvre…*

Il sourit en lui-même. *Il vaudrait mieux pour elle !*

Après tout, la tâche de Feliz a Rach consistait à effectuer un enregistrement sensoriel du phénomène, depuis son début jusqu'au jour où, dans une centaine d'années, le bassin serait rempli et la mer qui attendrait Ulysse apaisée. Cela prendrait plusieurs mois de sa durée de vie. *(Et de la mienne, s'il vous plaît, et de la mienne.)* Toute la Patrouille recherchait l'extraordinaire ; la soif d'aventure était presque exigée pour le recrutement. Mais il n'était pas possible à beaucoup de descendre si bas, de se rassembler en une période de temps aussi restreinte. La plupart ne vivraient ce miracle que par procuration et les chefs se devaient de désigner des artistes émérites pour en faire l'expérience et retranscrire celle-ci à l'intention des moins fortunés.

Nomura se souvint de sa grande surprise lorsqu'il avait été nommé assistant de Feliz. À court de personnel comme elle l'était, la Patrouille pouvait-elle se permettre d'employer des artistes ?

Après avoir répondu à une étrange annonce, passé de curieux tests et appris l'existence d'une circulation très dense entre les époques, il avait demandé si on pouvait policer et secourir les voyageurs temporels, et on lui avait répondu par l'affirmative. Il comprenait la nécessité, au sein de la Patrouille, des secrétaires, des archivistes, des agents résidents, des historiographes, des anthropologues et bien sûr des naturalistes comme lui. En quelques semaines de travail commun, Feliz l'avait convaincu de la nécessité tout aussi pressante de quelques artistes. L'homme ne vit pas que de pain, de fusils, de rapports, de thèses et autres détails pratiques.

Elle rangea son appareil. « Venez », ordonna-t-elle. Tandis qu'elle prenait la direction de l'est, ses cheveux accrochèrent un rayon de soleil et se mirent à scintiller comme de l'or fondu. Il se plaça, muet d'admiration, dans son sillage.

Le fond du Bassin méditerranéen se situait trois mille mètres sous le niveau de la mer. L'afflux accomplissait la majeure partie de sa plongée dans un détroit de quatre-vingts kilomètres. Son volume s'élevait à trente mille kilomètres cubes par an, cent fois les chutes de Victoria, mille fois les chutes du Niagara.

Voilà pour les chiffres. La réalité, c'était un rugissement d'eau blanche enveloppée d'embruns qui fendait la terre et faisait trembler les montagnes. On pouvait voir, entendre, sentir, goûter le spectacle ; on ne pouvait pas l'imaginer.

Là où le chenal s'élargissait, les flots s'apaisaient, prenant une teinte vert sombre. Les brumes s'estompaient et des îles surgissaient, bateaux dont l'étrave soulevait d'énormes vagues ; et la vie pouvait reprendre, en mer ou sur la côte. Bien sûr, la plupart de ces îles disparaîtraient sous l'action de l'érosion avant la fin des cent ans, et une grande partie de cette vie périrait, victime d'un climat devenu étrange. Car cet événement allait pousser la planète du Miocène vers le Pliocène.

Et, tandis qu'il poursuivait sa route, Nomura n'entendit pas moins de bruit, au contraire. Bien que le courant soit moins fort à cet endroit, il lançait une clameur profonde qui s'amplifiait et s'amplifiait jusqu'à ce que le ciel ne soit plus qu'une cloche d'airain. Il reconnut un promontoire dont les vestiges usés porteraient un jour le nom de Gibraltar. Non loin, des chutes d'une largeur de trente kilomètres descendaient jusqu'à près de la moitié de la profondeur totale.

Les eaux glissaient par-dessus le bord de ce précipice avec une facilité déconcertante. Leur couleur verte contrastait avec les falaises sombres et l'herbe foncée des continents. La lumière jaillissait des cimes de leurs vagues. Au fond, un autre nuage blanc tourbillonnait en un vent incessant. Au-delà s'étendait une nappe bleue, un lac depuis lequel des fleuves taillaient des canyons parmi les brillances alcalines, les diables de poussière et le chatoiement de la terre brûlante qu'elles transformeraient en mer.

Mugissement, tapage, vacarme.

De nouveau, Feliz plaça son sauteur en vol stationnaire. Nomura la rattrapa afin de rester à ses côtés. Ils se trouvaient en altitude, dans un air glacé.

« Aujourd'hui, indiqua-t-elle, je veux éprouver une sensation complète. Je vais me diriger vers le sommet, tout en enregistrant, puis je redescendrai.

– Pas trop près », recommanda-t-il.

Elle prit la mouche. « Je verrai par moi-même.

– Euh !... Ne croyez pas que je veuille vous donner des ordres. » *Il vaut mieux que je m'abstienne, moi simple mâle issu de la plèbe.* « Considérez plutôt ma remarque comme un conseil. » Nomura tressaillit ; son discours était bien maladroit. « Soyez prudente, je vous en prie. Vous m'êtes chère. »

Elle le gratifia d'un sourire éblouissant, puis se pencha au maximum de ce que permettait le harnais de sécurité afin de lui prendre la main. « Merci, Tom. » Quelques secondes après, son visage devint grave. « Les hommes comme vous me font comprendre ce qui cloche dans l'époque d'où je viens. »

Elle lui avait souvent parlé avec gentillesse : la plupart du temps, d'ailleurs. Si elle avait été une ardente militante, son charme ne l'aurait pas empêché de dormir. Il se demanda s'il était tombé amoureux d'elle lorsqu'il s'était aperçu des multiples efforts qu'elle déployait pour le considérer comme son égal. Ce n'était pas chose facile pour elle puisque, tout comme lui, elle venait d'entrer dans la Patrouille — ça ne lui était pas facile, de même qu'il n'était pas facile à des hommes venus d'autres horizons de la croire, au plus profond de leur être, aussi qualifiée qu'eux et autorisée à le montrer.

Elle ne put garder son sérieux. « Venez ! lança-t-elle. Vite ! Ces chutes-ci ne vont pas durer vingt ans ! »

Son engin fila. Il abaissa la visière de son casque et piqua dans son sillage. Il transportait les bandes, les piles et autres accessoires. *Soyez prudente, soyez prudente, ma chérie.*

Elle avait pris une avance considérable : une comète, une libellule à la fois vive et rapide ; il la vit s'approcher du précipice profond de plus d'un kilomètre et demi. Le bruit l'envahit. Son crâne résonnait d'un fracas de jugement dernier.

À quelques mètres des flots, elle amena son engin au-dessus du vide. La tête dans une boîte constellée de cadrans dont elle manipulait les commandes, elle pilotait avec ses genoux. Des embruns commencèrent à souiller la visière de Nomura. Il actionna le système autonettoyant. Les turbulences le secouaient ; son sauteur cahotait. Ses tympans, protégés du bruit mais non des variations de pression, lui faisaient mal.

Il approchait de Feliz quand le véhicule de la jeune femme s'emballa. Il le vit tournoyer, heurter l'immensité verte avant d'être englouti avec elle.

Dans le vacarme de l'orage, il ne s'entendit pas hurler.

Il écrasa la commande de vitesse et se lança à sa poursuite. Est-ce l'instinct aveugle qui le détourna à quelques centimètres du torrent qui voulait l'aspirer à son tour ? Elle était hors de vue. Il n'y avait que le mur d'eau, les nuées en bas et le désert bleu impitoyable en haut, le bruit qui le prenait dans ses mâchoires pour le briser à force de le secouer, le froid, l'humidité, le sel sur ses lèvres qui avait le goût des larmes.

Il prit la fuite pour chercher du secours.

Midi rayonnait dehors. La terre paraissait décolorée ; elle restait immobile et sans vie, à l'exception d'un oiseau charognard. Seules les chutes donnaient de la voix dans le lointain.

Un coup frappé à la porte fit bondir Nomura de son lit. Son pouls s'affola. Le jeune Patrouilleur croassa : « Entrez, je vous en prie. »

Everard pénétra dans la chambre. Malgré l'air conditionné, des auréoles de sueur ponctuaient sa tenue. Il rongeait une pipe éteinte et courbait les épaules.

« Alors ? s'inquiéta Nomura.

– Rien, comme je le craignais. Elle n'est pas rentrée chez elle. »

Tom se laissa choir sur une chaise, le regard perdu dans le néant.

« Vous en êtes sûr ? »

Everard s'assit sur le lit qui craqua sous son poids. « Oui. La capsule vient d'arriver. En réponse à ma demande d'informations, etc., l'agent Feliz a Rach n'a pas regagné la base de son Milieu d'origine après sa mission à Gibraltar. Ils n'ont aucune autre trace d'elle dans les archives.

– Dans *aucune époque* ?

– Personne ne prend note des déplacements incessants des agents dans le temps et dans l'espace, à part peut-être les Danelliens.

– Demandez-leur !

– Vous croyez qu'ils répondraient ? » rétorqua Everard. Il crispa un énorme poing sur son genou en songeant aux surhommes de l'avenir éloigné, fondateurs et maîtres absolus de la Patrouille. « Et ne venez pas me dire que le commun des mortels que nous sommes pourrait mieux les surveiller s'il le voulait bien. Vous connaissez votre avenir, fiston ? Personne ne le désire, un point c'est tout. »

Son ton se radoucit. Il fit tourner sa pipe dans sa main et dit, calmement : « Si on vit assez longtemps, on survit à ceux qu'on a aimés. C'est le lot de tous. Notre Patrouille n'y échappe pas. Cependant, je suis navré que vous ayez dû en prendre conscience si tôt.

– Ma personne m'importe peu ! s'exclama Nomura. Parlons plutôt d'elle.

– Oui. J'ai réfléchi. D'après votre rapport, les phénomènes aérodynamiques sont extrêmement complexes dans la zone des chutes, ce qui n'a d'ailleurs rien de surprenant. Surchargé, son véhicule était encore plus difficile à contrôler que d'habitude. Un trou d'air, une turbulence, bref, quelque chose de ce genre a dû l'aspirer soudainement et la projeter dans le courant. »

Nomura se tordit les mains. « Et j'étais chargé de la protéger. »

Everard secoua la tête. « Inutile de vous culpabiliser. Vous n'étiez que son assistant. Elle aurait dû se montrer plus prudente.

– Mais, bon sang, on peut encore la sauver. Pourquoi me refusez-vous votre autorisation ? s'écria Nomura.

– Assez, ordonna Everard. Plus un mot. »

Il obéit. *Ne lui dis pas que plusieurs Patrouilleurs pourraient remonter le temps, la capturer à l'aide de rayons tracteurs et la tirer hors de l'abîme ; ou que je pourrais les mettre en garde, elle et mon moi d'alors. Ça n'est pas arrivé, donc ça n'arrivera pas.*

Ça ne doit pas *arriver.*

Car le passé devient ductile dès que, juchés sur nos machines, on le vit au présent. Or, si un mortel acquiert ce pouvoir, où le changement s'arrêtera-t-il ? On commence par sauver une jeune fille heureuse ; on continue en sauvant Lincoln, mais quelqu'un d'autre essaie de sauver les États Confédérés. Non, en ce qui concerne le temps, on ne peut se fier à nul autre qu'à Dieu. La Patrouille existe afin de préserver le réel. Ses hommes ne peuvent pas plus violer cette foi qu'ils ne peuvent violer leur propre mère.

« Je regrette, marmonna-t-il.

– Ce n'est rien, Tom.

– Non, je… je pensais… quand je l'ai vue disparaître, ma première idée a été de constituer une équipe pour remonter jusqu'à l'instant fatal et la récupérer.

– Une idée bien légitime pour une nouvelle recrue. Les vieilles habitudes de pensée persistent. Reste qu'on ne l'a pas fait. De toute façon, je doute qu'on nous y aurait autorisés. Trop dangereux. On ne peut pas se permettre de perdre plus de monde. Surtout quand les archives montrent qu'une telle expédition de sauvetage serait perdue d'avance.

– Il n'y a donc aucun recours ? »

Everard soupira. « Je n'en vois pas. Faites la paix avec le destin, Tom. » Il hésita. « Est-ce que je peux… est-ce qu'on peut faire quelque chose pour vous ?

– Non. » Nomura avait parlé plus sèchement qu'il ne s'y attendait. « Sinon me laisser seul un moment.

– Bien sûr. » Everard se leva. « Vous n'étiez pas le seul à l'apprécier », lui rappela-t-il avant de sortir.

Lorsque la porte se fut refermée derrière lui, le bruit des chutes parut croître, comme si la meule s'emballait. Nomura fixait le vide. Le soleil atteignit le zénith et commença à décliner très lentement vers le crépuscule.

J'aurais dû tout de suite lui porter secours.

Et risquer ma vie.

Pourquoi ne pas la suivre dans la mort, alors ?

Non. C'est insensé. Deux morts ne font pas une vie. Je n'aurais pas été en mesure de la sauver ; je n'avais pas le matériel pour... la meilleure solution était de chercher du secours.

Mais toute aide m'a été refusée... l'aide des hommes ou du destin, quelle différence cela fait-il ?... et elle a été engloutie. Le courant l'a entraînée au fond du gouffre. Elle a connu un instant de terreur avant l'inconscience. Puis il l'a broyée, écartelée, brisée, et il a répandu ses fragments d'os au fond d'une mer sur laquelle moi, jeune homme, je naviguerai pendant les vacances sans savoir qu'il existe une Patrouille du temps, ni qu'il y a jamais eu une Feliz. Seigneur ! Je veux que mes restes rejoignent les siens dans cinq millions et demi d'années !

Une lointaine canonnade agita l'air, pareille à une trépidation qui secoua la terre et le plancher. Sans doute un banc de roches venait-il de s'écrouler dans le torrent. C'était le genre de scène qu'elle aurait aimé enregistrer.

« Aurait aimé ? » s'écria Nomura en bondissant de sa chaise. Le sol vibrait encore sous lui. « Elle l'enregistrera ! »

Il aurait dû consulter Everard, mais il craignait — peut-être à tort, dans son chagrin et son manque d'expérience — de se voir refuser l'autorisation. Et de se voir aussi renvoyer là-haut.

Il aurait dû se reposer plusieurs jours, mais redoutait que son comportement ne le trahisse. Une pilule stimulante remplacerait la nature !

Il aurait dû contrôler l'unité de traction au lieu de la fourrer en cachette dans le coffre de son véhicule.

Lorsqu'il démarra le sauteur, un Patrouilleur l'avisa et lui demanda où il allait. « En promenade », dit Tom. L'autre acquiesça, d'un air de sympathie. Il ignorait sans doute qu'un amour s'était perdu, mais la perte d'un camarade était bien assez triste. Nomura prit garde de disparaître vers le nord avant de virer en direction des chutes.

Elles se perdaient de droite et de gauche. Ici, à mi-hauteur de cette falaise de verre émeraude, la courbe même de la planète dissimulait leurs extrémités. Ensuite, lorsqu'il s'enfonça dans les nuages d'écume, la blancheur l'enveloppa, tourbillonnante et piquante.

Si sa visière demeurait nette, sa vue se troublait. Le casque lui protégeait les oreilles, mais il était impuissant à l'isoler de cet orage qui lui malmenait les dents, le cœur et le squelette. Les vents tournoyaient et frappaient, son sauteur tressautait au point qu'il devait lutter pied à pied pour le maîtriser.

Il fallait saisir l'instant exact…

En arrière, en avant, il sautait dans le temps, réglait les verniers, effleurait l'interrupteur principal, s'entrevoyait vaguement dans la brume et scrutait celle-ci en direction du ciel. Et il recommençait, jusqu'à atteindre le moment précis.

Deux lueurs jumelles, loin au-dessus… Il en vit une crever le brouillard et s'engloutir, tandis que la seconde filait de-ci de-là avant de s'éloigner. Le pilote de ce dernier sauteur ne l'avait pas vu ; il n'avait pas vu qu'il se cachait dans les brumes glacées et salées. Donc, sa présence ne figurait pas dans les archives.

Il avança, armé de patience. Il pouvait consacrer une bonne partie de sa vie à retrouver Feliz, si nécessaire. La crainte de la mort et le fait de savoir qu'elle serait peut-être morte lorsqu'il la retrouverait n'étaient que de vagues souvenirs, aussi flous que des rêves. Il était devenu la proie des puissances élémentaires. Il était une volonté qui volait.

Il se positionna en vol stationnaire à un mètre du mur liquide. Des rafales tentaient de l'aspirer, tout comme elles avaient entraîné Feliz. Mais, paré à les affronter, il les évitait d'une pirouette et revenait scruter le lieu de l'accident — il revenait dans le temps aussi bien que dans l'espace, de sorte qu'ils étaient une vingtaine à chercher, le long des chutes, durant les rares secondes cruciales.

Il ne prêtait aucune attention aux autres aspects de sa personne. Elles ne représentaient que des étapes par lesquelles il était passé ou devait encore passer.

Là !

La forme sombre culbuta près de lui, sous les flots, sur le chemin de la destruction. Il tourna un volant. Son rayon tracteur accrocha l'autre véhicule. Il tâcha de le ramener à lui, mais son propre sauteur se trouva entraîné, incapable de résister à la puissance du courant.

Celui-ci allait l'engloutir quand les secours arrivèrent. À deux véhicules, trois, quatre, tous dardant leurs rayons tracteurs, ils halèrent Feliz à l'écart de la chute d'eau, hors de danger. La jeune femme bringuebalait sur sa selle, comme morte. Il ne la rejoignit pas aussitôt. D'abord, il remonta de quelques fractions de seconde, une fois, deux fois, trois, afin d'être tous ceux qui les sauveraient, elle et lui.

Lorsqu'ils se retrouvèrent seuls, enfin seuls, au milieu des brouillards et des tempêtes, elle se laissa aller dans ses bras ; il aurait voulu brûler un trou à travers le ciel pour trouver un rivage où il aurait pu prendre soin d'elle. Mais alors elle frémit, ses yeux cillèrent, puis s'ouvrirent ; l'instant d'après, elle lui souriait. Il fondit en larmes.

Près d'eux, l'océan continuait à rugir dans sa dégringolade.

Le coucher de soleil que Nomura avait atteint d'un saut ne figurait, lui non plus, dans aucune archive. Il donnait un aspect doré à la terre, et devait embraser les cataractes. Leur chanson résonnait sous l'étoile du soir.

Feliz dressa ses oreillers contre la tête du lit, se redressa sur son séant pour s'y adosser et dit à Everard : « Si vous portez plainte contre lui parce qu'il a enfreint le règlement, ou autre idiotie de mâle dans ce genre-là, je démissionne moi aussi de votre Patrouille !

– Oh, non ! » Le colosse leva la main pour parer à toute attaque. « Je vous en prie, vous vous méprenez. Je voulais juste vous faire comprendre que nous voici dans une position délicate.

– Comment ça ? » demanda Tom de la chaise où il avait pris place. Il tenait Feliz de la main. « On ne m'a signifié aucun ordre à l'encontre de cette tentative de sauvetage. Je vous accorde que les agents doivent se préserver dans la mesure du possible, car ils sont utiles à la Patrouille. Mais, dans cette optique, on peut considérer qu'il est tout aussi précieux de sauver un autre agent !

– Oui. Bien sûr. » Everard arpentait la pièce. Le sol résonnait sous ses bottes, au-dessus du tonnerre des flots. « Personne ne conteste le succès, même dans une organisation plus stricte que la nôtre. Au contraire, Tom, l'initiative que vous avez prise aujourd'hui permet de penser que vous avez un brillant avenir devant vous, croyez-moi. » Il esquissa un sourire, la pipe entre les dents. « D'autre part, on pardonnera à un vieux soldat comme moi d'avoir accepté trop vite la défaite. » Son visage s'assombrit. « J'ai vu tant de causes perdues… »

Il interrompit ses va-et-vient pour considérer les deux jeunes gens, puis il déclara : « Mais on ne peut pas tolérer les fils qui pendouillent. Le fait demeure que sa propre unité n'a jamais enregistré la réapparition de Feliz a Rach. »

Leurs mains s'étreignirent plus fortement.

Everard sourit — c'était un sourire hanté, mais un sourire tout de même — avant de poursuivre : « Ne vous inquiétez pas. Tom, un peu plus tôt, vous vous demandiez pourquoi nous, le commun des mortels, ne surveillons pas mieux les faits et gestes de nos semblables. Vous comprenez, à présent ?

» Feliz a Rach n'a plus jamais signalé sa présence à sa base d'origine. Elle est peut-être retournée dans ses foyers, d'accord… mais on ne demande jamais officiellement à nos agents à quoi ils occupent leurs permissions. » Il prit une profonde inspiration. « Quant à la suite de sa carrière… si ladite jeune femme jugeait bon de changer de nom et de demander sa mutation vers un autre quartier général, n'importe quel officier d'un grade suffisant pourrait l'y autoriser. Moi le premier.

» On se laisse du mou, dans la Patrouille. Impossible de faire autrement. »

Nomura comprit et frissonna.

Feliz le rappela à la réalité. « Qui pourrais-je devenir ? » demanda-t-elle.

Il sauta sur l'occasion. « Ma foi, répondit-il sur un ton à la fois grave et enjoué, pourquoi pas Mme Thomas Nomura ? »

Échec aux Mongols

Nouvelle traduite de l'américain par Roger Durand.
Traduction révisée par Pierre-Paul Durastanti.

1.

L'aspect de John Sandoval ne correspondait guère à son nom et sa présence en pantalon de coutil et chemisette bariolée semblait déplacée, devant la fenêtre d'un appartement donnant sur le Manhattan du milieu du XXe siècle. Everard avait beau être habitué aux anachronismes, il avait toujours l'impression qu'il manquait à cet homme au sombre visage anguleux des tatouages de guerre, un cheval et une carabine pointée sur un ennemi au visage pâle.

« Bon, dit-il, les Chinois ont découvert l'Amérique. C'est intéressant, mais en quoi cela nécessite-t-il mes services ?

– Du diable si je le sais ! » répondit Sandoval.

Campé sur la peau d'ours blanc dont Bjarni Herjulfsson avait jadis fait cadeau à Everard, il tourna sa grande carcasse pour regarder par la fenêtre. Les gratte-ciel se découpaient sur le ciel clair ; les bruits de la circulation parvenaient assourdis à cette hauteur. Il croisa et décroisa ses mains derrière son dos.

« J'ai reçu l'ordre de coopter un agent non attaché, de remonter avec lui et de prendre les mesures jugées nécessaires, poursuivit-il après une courte pause. C'est vous que je connaissais le mieux, alors... » Sa voix s'éteignit.

« Pourquoi ne pas plutôt emmener un Indien, comme vous ? demanda Everard. Je ne serais guère à ma place dans l'Amérique du XIIIe siècle.

– Tant mieux. Ce ne sera que plus saisissant, plus mystérieux... La tâche ne sera pas trop rude, d'ailleurs.

– Bien sûr que non. Et quel que soit le travail, j'imagine. »

Everard tira de la poche de sa vieille veste d'intérieur une blague à tabac et une pipe qu'il bourra avec des gestes nerveux. Une des leçons les plus difficiles qu'il avait dû apprendre, lors de son recrutement dans la Patrouille du temps, était que toutes les tâches importantes n'exigeaient pas l'organisation collective caractéristique des méthodes du XXe siècle. Les cultures antérieures comme la Grèce antique et le Japon de Kamakura — et certaines postérieures, à diverses époques — s'étaient attachées à développer l'excellence individuelle. Un seul diplômé de l'Académie de la Patrouille (muni, bien entendu, d'outils et d'armes de l'avenir) pouvait valoir une brigade à lui seul.

C'était d'ailleurs aussi une question de nécessité. Il y avait bien trop peu de monde pour surveiller bien trop de millénaires.

« J'ai l'impression, énonça-t-il, qu'il ne s'agit pas de la simple rectification d'une intervention extratemporelle.

– Tout juste, dit Sandoval d'une voix âpre. Quand j'ai rapporté ce que j'ai découvert, le bureau d'études du Milieu yuan a effectué une enquête minutieuse. Aucun voyageur temporel d'impliqué. Koubilaï Khan a conçu l'idée tout seul. Il a pu trouver l'inspiration dans les explorations maritimes vénitiennes et arabes racontées par Marco Polo, mais il s'agissait d'histoire légitime, même si le livre de Marco Polo ne mentionne rien de tel.

– Les Chinois avaient une tradition nautique bien établie. Tout ça n'a rien que de très naturel, on dirait. Alors, quel rôle doit-on jouer dans cette affaire ? »

Everard alluma sa pipe et en tira une longue bouffée. Sandoval se taisait toujours, et il lui demanda : « Vous êtes tombé comment sur cette expédition ? Elle n'était pas en pays navajo, non ?

– Hé ! je ne me contente pas d'étudier ma propre tribu. Il y a trop peu d'Amérindiens dans la Patrouille, et il n'est pas commode de déguiser d'autres races. Je travaille sur les migrations des tribus de l'Athabasca en général. » Tout comme Keith Denison, Sandoval était spécialiste des questions ethniques ; il étudiait l'histoire des peuples qui n'en gardaient pas de trace écrite, afin que la Patrouille sache au mieux quels événements elle préservait. « Je travaillais sur le versant est des monts des Cascades, près de Crater Lake. C'est le pays Lutuami, mais j'avais des raisons de croire qu'une tribu de l'Athabasca dont j'avais perdu la trace était passée par là. Les indigènes parlaient de mystérieux étrangers venus du nord. Je suis allé jeter un coup d'œil et j'ai découvert cette expédition : des cavaliers mongols. J'ai remonté leur piste et trouvé leur camp à l'embouchure de la Columbia ; d'autres Mongols aidaient les marins chinois à garder les navires. Je me suis dépêché de sauter là-haut pour faire mon rapport. »

Everard s'assit et le dévisagea. « On a procédé à une enquête approfondie du côté chinois ? Vous êtes *sûr* qu'il n'y a pas eu d'altération extratemporelle ? Ce pourrait être une de ces bévues dont les conséquences mettent des dizaines d'années à apparaître. »

Sandoval hocha la tête. « C'est ce que j'ai pensé quand on m'a confié cette mission. Je me suis même rendu tout droit au QG du Milieu yuan à Khanbalik, ou Cambaluc, ou Pékin pour vous. On m'a dit avoir effectué la vérification, dans le temps jusqu'à l'époque de Gengis Khan, et dans l'espace jusqu'en Indonésie. Et tout était en ordre, comme dans le cas des Scandinaves et de leur Vinland. Il se trouve que cette expédition n'a pas bénéficié d'autant de publicité. Aux yeux de la cour impériale chinoise, une expédition avait pris le départ, et disparu, et Koubilaï avait estimé inutile d'en envoyer une autre. Les archives impériales en faisaient mention, mais elles ont été détruites au cours de la révolte des Ming qui a chassé les Mongols. L'historiographie a oublié l'incident. »

Everard gardait un air songeur. En temps normal, il aimait son travail, mais ce cas précis avait quelque chose d'anormal.

« De toute évidence, l'expédition a connu un désastre, dit-il. On voudrait en connaître la nature. Mais pourquoi faut-il un non-attaché pour un simple travail d'espionnage ? »

Sandoval se détourna de la fenêtre. Everard songea de nouveau combien le Navajo jurait dans le décor : né en 1930, il avait combattu en Corée et suivi des études supérieures payées par le prêt consenti aux anciens combattants, puis la Patrouille l'avait contacté, mais, pour une raison quelconque, il semblait mal inséré dans le XXe siècle.

Comme nous tous, non ? Quel homme nanti de vraies racines supporterait de savoir ce qui finira par advenir des siens ?

« S'il ne s'agissait que d'espionner ! s'écria Sandoval. Après que j'ai rendu mon rapport, j'ai reçu mes ordres directement du quartier général danellien. Pas d'explications, ni d'excuses, l'ordre formel d'arranger ce désastre. Réviser moi-même l'histoire ! »

2.

L'an mil deux cent quatre-vingts de l'ère chrétienne.

Koubilaï Khan régnait sur un territoire immense ; il rêvait d'un empire mondial et sa cour honorait tout invité apportant de nouvelles connaissances et une nouvelle philosophie. Si un jeune marchand vénitien du nom de Marco Polo jouissait de sa faveur, tous les peuples n'admettaient pas un suzerain mongol. Des sociétés révolutionnaires secrètes naissaient dans les royaumes conquis dont la masse formait le Cathay. Le Japon, où la puissante famille des Hojo épaulait le trône, avait déjà repoussé une invasion. Et les Mongols n'étaient unifiés qu'en théorie. Les princes russes jouaient les collecteurs d'impôts pour la Horde d'Or ; le Grand Khan Abaka régnait à Bagdad.

Ailleurs, un califat abbasside fantôme s'était réfugié au Caire ; Delhi était sous la dynastie slave ; Nicolas III était pape ; Guelfes et Gibelins écartelaient l'Italie ; Rodolphe de Habsbourg était empereur d'Allemagne ; Philippe III le Hardi, roi de France ; Edouard Ier gouvernait l'Angleterre. Au nombre des contemporains figuraient Dante, Duns Scot, Roger Bacon et Thomas le Rimeur.

Et en Amérique du Nord, Manse Everard et John Sandoval arrêtaient leurs chevaux pour regarder au bas d'une longue pente.

« Je les ai vus pour la première fois à la date de la semaine dernière, dit le Navajo. Ils ont fait un bon bout de chemin depuis. À ce train-là, ils seront au Mexique d'ici deux mois, malgré le terrain accidenté qui les attend.

– Pour des Mongols, cependant, ils progressent sans hâte », dit Everard.

Il porta ses jumelles à ses yeux. Autour de lui, avril répandait sa verdure sur la contrée. Les plus grands et les plus vieux hêtres eux-mêmes se couvraient de tendres feuilles frémissantes. Les sapins mugissaient dans le vent qui soufflait des montagnes, froid, vif, et chargé d'un parfum de neige fondue, dans un ciel où les oiseaux migrateurs se pressaient sur le chemin du retour en troupes si nombreuses qu'elles voilaient le soleil. Au loin vers l'ouest, les pics bleutés de la chaîne des Cascades flottaient dans une atmosphère irréelle. Vers l'est, forêts et pâturages léchaient le pied des collines, et par-delà l'horizon s'ouvrait la vaste prairie où les sabots des bisons résonnaient tels des grondements de tonnerre.

Everard focalisa sur l'expédition. Elle serpentait en terrain découvert, le long d'une petite rivière. Soixante-dix hommes environ montaient des chevaux asiatiques au long poil fauve, aux jambes courtes et à la tête allongée. Derrière venaient les bêtes de bât et de remonte. Il identifia des guides indigènes à leur posture disgracieuse en selle ainsi qu'à leur physionomie et à leurs vêtements. Mais c'étaient les nouveaux venus qui retenaient le plus son attention.

« Un lot de poulinières pleines servant de bêtes de somme, remarqua-t-il, autant pour lui-même que pour son compagnon. Je suppose qu'ils ont entassé le plus de chevaux possible dans leurs vaisseaux et qu'ils les ont laissés prendre de l'exercice et paître à chaque lieu d'étape. Maintenant, ils en font naître d'autres à mesure qu'ils avancent. Cette race de poneys est assez résistante pour survivre à un tel traitement.

– Le détachement resté aux navires élève aussi des chevaux, dit Sandoval.

– Que savez-vous d'autre sur ce corps expéditionnaire ?

– Ce que je vous ai dit, qui correspond à ce que vous venez de voir. Et j'ai pu consulter le rapport qui a figuré quelque temps dans les archives de Koubilaï. Si vous vous rappelez, il indiquait simplement qu'on avait envoyé quatre navires sous le commandement du noyon Toktai et du savant Li Tai-Tsung explorer les îles au-delà du Japon. »

Everard hocha la tête d'un air distrait. Il n'y avait aucune raison de rester là à ressasser ce qu'ils avaient déjà débattu cent fois. Ça n'aboutissait qu'à retarder le moment de la décision.

Sandoval s'éclaircit la gorge. « Je me demande toujours s'il est prudent de descendre là-bas tous les deux. Pourquoi ne restez-vous pas ici en réserve, au cas où ils joueraient les durs ?

– Le complexe du héros, hein ? dit Everard. Non, à nous deux, on sera plus forts. D'ailleurs, je ne m'attends pas à des ennuis. Pas encore. Ces gaillards-là sont bien trop intelligents pour se faire des ennemis gratuitement. Ils sont restés en bons termes avec les Indiens, vous le voyez. Et ils auront lieu de s'interroger sur notre nombre… Mais je boirais bien un coup avant.

– Oui. Et après aussi ! »

Chacun plongea la main dans la sacoche de sa selle, en sortit une gourde et la porta à ses lèvres. Réchauffé par le scotch, Everard émit un claquement de langue pour pousser sa monture, et les deux Patrouilleurs descendirent la pente.

Un sifflement déchira l'air. On les avait aperçus. Il continua de se diriger à la même allure vers la tête de la colonne mongole. Deux cavaliers d'escorte se placèrent sur les flancs, une flèche en position sur la corde de leur arc court et puissant, mais ils n'intervinrent pas.

On doit paraître inoffensifs, se dit Everard. Comme Sandoval, il portait une tenue du XXe siècle, veste de chasse pour se protéger du vent, chapeau contre la pluie. Mais son costume était beaucoup moins élégant que celui du Navajo, un Abercrombie & Fitch. Ils avaient des poignards pour la forme, et des pistolets mitrailleurs Mauser et des paralyseurs du XXXe siècle en cas de pépin.

La troupe disciplinée s'arrêta presque comme un seul homme. Everard les examinait avec attention tout en approchant. Avant son départ, en l'espace d'une heure ou deux, il avait acquis par hypnose des connaissances assez complètes sur la langue, l'histoire, la technologie, les mœurs et la morale des Mongols, des Chinois, et même des Indiens de la région. Mais il n'avait encore jamais vu ces individus de si près.

Ils n'avaient rien de gracieux : trapus, les jambes torses, le visage large et aplati encadré d'une barbe rare et luisante de graisse aux rayons du soleil. Tous bien équipés, les pieds chaussés de bottes, le buste protégé par un pourpoint de cuir décoré à la laque, la tête coiffée d'un casque conique en acier surmonté d'une pointe ou d'une plume, ils portaient un cimeterre, un couteau, une lance et un arc. Près de la tête de la colonne, un homme tenait un étendard en queues de yacks tissées d'or. De leurs étroits yeux noirs impassibles, ils regardaient les Patrouilleurs approcher.

Le chef se repérait vite. Il voyageait dans le chariot, un manteau de soie en loques jeté sur les épaules. Un peu plus grand et le visage encore plus sévère que la moyenne de ses hommes, la barbe tirant sur le roux et le nez un peu aquilin, le noyon Toktai ne broncha pas. Tandis que le guide indien assis près de lui se blottissait dans un coin, bouche bée, il jaugea Everard d'un regard de prédateur.

« Salut à vous, cria-t-il une fois les deux étrangers à portée de voix. Quel esprit vous anime ? » Il parlait, avec un accent atroce, le dialecte lutuami qui devait devenir plus tard la langue klamath.

« Salut à toi, Toktai, fils de Batu, répondit Everard dans un mongol guttural et très pur. Plaise au Tengri, nous venons dans des intentions pacifiques. »

La réplique était habile. Everard vit des Mongols tendre la main vers leurs fétiches ou tracer des signes contre le mauvais œil. L'homme qui chevauchait à la gauche de Toktai ne fut pas long à se ressaisir. « Ah ! dit-il. Les hommes des pays de l'ouest sont donc arrivés aussi sur cette terre. »

Everard le toisa. Plus grand que les Mongols, la peau presque blanche, les traits fins, les mains délicates, et vêtu à peu près comme les autres, il ne portait pas d'armes. On lui donnait dans les cinquante ans — il paraissait plus âgé que le noyon. Everard s'inclina sur sa selle et s'adressa à lui en chinois du nord. « Honorable Li Tai-Tsung, mon insignifiante personne répugne à te contrarier, mais nous appartenons au grand royaume situé plus au sud.

– La rumeur nous en est parvenue. » Le lettré ne parvenait pas à réprimer tout à fait son agitation. « Jusque dans cette région, loin au nord, on parle d'un pays riche et splendide. Nous le cherchons pour apporter à votre khan le salut du khan des khans, Koubilaï, fils de Tuli, fils de Gengis. La Terre gît à ses pieds.

– Nous connaissons de renommée le khan des khans, dit Everard, de même que le calife, le pape, l'empereur et autres souverains de moindre importance. » Il devait louvoyer, sans insulter le potentat du Cathay, tout en le maintenant à la place qui était sienne. « En revanche, nul ne connaît grand-chose de nous, car notre maître ne recherche pas le monde extérieur ni n'encourage ce dernier à le rechercher. Permettez-moi de présenter mon indigne personne. On m'appelle Everard. Je ne suis pas, comme on pourrait le croire, un Russe ni un Occidental. Je fais partie des gardes-frontière. »

Qu'ils en déduisent ce qu'ils voulaient.

« Tu n'es pas venu avec une escorte importante, dit Toktai d'un ton sec.

– C'était inutile, dit Everard de sa voix la plus suave.

– Et tu es loin de ton pays, intervint Li.

– Pas plus que vous ne le seriez, honorables seigneurs, dans les marches kirghizes. »

Les yeux froids et méfiants, Toktai porta la main à la garde de son épée. « Allons, dit-il. Soyez les bienvenus comme ambassadeurs. Dressons le camp et écoutons le message de votre roi. »

3.

À l'ouest, le soleil déclinant peignait les sommets encapuchonnés de neige en argent terni. Les ombres s'étiraient dans la vallée ; la forêt s'obscurcissait, mais la clairière n'en paraissait que plus lumineuse. Dans le calme du soir, les bruits se détachaient : remous et clapotis de la rivière, choc d'une hache, chevaux en train de paître dans les hautes herbes. La fumée d'un feu de bois chargeait l'air d'une légère âcreté.

Les Mongols restaient visiblement décontenancés par leurs visiteurs et cette halte prématurée. Ils gardaient un visage de bois, mais ne cessaient d'observer Everard et Sandoval à la dérobée tout en murmurant des formules de leurs diverses religions : incantations païennes surtout, mais aussi prières bouddhistes, musulmanes ou nestoriennes. Ça ne diminuait d'ailleurs en rien l'activité qu'ils déployaient pour dresser le camp, poster des sentinelles, soigner les animaux et préparer le repas. Mais Everard les trouvait plus silencieux que de coutume. Les notions imprimées dans son cerveau par l'éducateur hypnotique lui disaient que les Mongols étaient d'une nature loquace et enjouée.

Il était assis en tailleur dans une tente. Sandoval, Toktai et Li complétaient le cercle. Des tapis les isolaient du sol et un feu de braise maintenait au chaud un récipient de thé. Seule cette tente avait été dressée. Sans doute ne transportaient-ils que celle-là et la réservaient-ils pour de telles réceptions. Toktai versa lui-même du koumiss à Everard qui en absorba une gorgée avec autant de bruit que l'exigeait l'étiquette, et passa le gobelet à son voisin. Il avait bu des liquides plus détestables encore que le lait de jument fermenté, mais il ne fut pas fâché de voir chacun se mettre au thé après cette cérémonie rituelle.

Le chef mongol prit la parole. Il ne parvenait pas à garder un ton uni, comme son secrétaire chinois. On le sentait se hérisser d'instinct : quels étaient ces étrangers qui osaient approcher autrement qu'en rampant le bras droit du khan des khans ? Mais ses paroles demeuraient courtoises : « Que nos hôtes veuillent bien nous dire maintenant ce que désire leur roi. Voudraient-ils d'abord nous le nommer ?

– Son nom ne doit pas être prononcé, dit Everard. De son royaume, tu n'as entendu que les rumeurs les plus vagues. Tu peux juger de sa puissance, noyon, par le fait qu'il n'a eu besoin que de nous deux pour une mission si lointaine et que nous ne sommes partis qu'avec une monture chacun. »

Toktai grogna. « Vous montez de beaux animaux, même si je me demande comment ils se comporteraient dans la steppe. Vous a-t-il fallu longtemps pour venir jusqu'ici ?

– Pas plus d'une journée, noyon. Nous avons des ressources… » Everard fouilla dans sa veste de chasse et en tira deux petits paquets dans un emballage-cadeau.

« Notre seigneur nous a chargés de remettre aux chefs du Cathay ces témoignages de son estime. »

Tandis que les deux Asiatiques déballaient les paquets, Sandoval se pencha vers Everard et lui glissa en anglais : « Notez bien leurs expressions respectives, Manse. On vient de gaffer.

– Comment ça ?

– Cette cellophane et ce cadeau clinquant font impression sur un Barbare comme Toktai. Mais observez Li. Sa civilisation avait porté la calligraphie à la hauteur d'un art quand les ancêtres des propriétaires de magasins de souvenirs se barbouillaient encore de peinture. En matière de goût, on vient de dégringoler dans son estime. »

Everard eut un haussement d'épaules imperceptible. « Ma foi, on ne peut pas lui donner tort, non ? »

Leur conciliabule n'avait pas échappé aux autres. Toktai les regarda avec froideur, mais reporta son attention sur son cadeau, une torche électrique, dont il fallut lui expliquer le fonctionnement et qui lui tira des exclamations. Il en eut un peu peur pour commencer, et murmura même un charme de protection, puis il se rappela qu'un Mongol ne doit craindre que le tonnerre. Il se domina alors et fut bientôt aussi heureux qu'un enfant avec un nouveau jouet. Le meilleur choix pour un savant disciple de Confucius, comme Li, avait semblé être un livre, de la collection *La Famille Humaine*, dont la diversité et la technique d'illustration avaient des chances de le surprendre. Il se confondit en remerciements, mais Everard se demanda s'il était vraiment émerveillé. Un Patrouilleur apprenait vite que les goûts sophistiqués existent à tous les niveaux de civilisation.

Des présents devaient être offerts en retour : une belle épée chinoise et un ballot de peaux d'outres marines de la côte. Ce n'est qu'au bout d'un moment qu'ils se remirent à parler affaires. Alors Sandoval s'arrangea pour obtenir des renseignements des autres avant d'en donner lui-même.

« Puisque vous en savez tant, commença Toktai, vous devez aussi savoir que notre invasion du Japon a échoué il y a quelques années.

– Le ciel en a voulu ainsi, dit Li avec son affabilité de courtisan.

– Balivernes ! grommela Toktai. La stupidité des hommes en a voulu ainsi, voilà tout. Nous étions trop peu nombreux, trop ignorants et venus de trop loin par une mer trop agitée. Mais quoi ? Nous y retournerons un jour. »

Everard savait qu'ils y retourneraient, et il songeait non sans une certaine tristesse qu'une tempête détruirait leur flotte, causant la mort d'un nombre inconnu de jeunes hommes. Mais il laissa Toktai poursuivre.

« Le khan des khans a compris que nous devions en apprendre davantage sur les îles. Peut-être nous faudrait-il essayer d'établir une base quelque part au nord d'Hokkaïdo. Et puis, aussi, il y avait longtemps que nous entendions parler de terres plus loin à l'ouest. Des pêcheurs poussés par les vents hors de leur route ont eu parfois le temps de les apercevoir ; des marchands sibériens parlaient d'un détroit et d'un pays au-delà. Le khan des khans a rassemblé quatre vaisseaux avec des équipages chinois et m'a chargé de prendre avec moi cent guerriers mongols et de partir à la découverte. »

Everard hocha la tête, sans surprise. Les Chinois avaient des jonques depuis des centaines d'années, bateaux tenant bien la mer, manœuvrables, et pouvant, pour certains, embarquer jusqu'à mille passagers. Ils devaient avoir quelque connaissance des Kouriles, au moins, même si les froides eaux septentrionales ne les avaient jamais beaucoup attirés.

« Nous avons longé successivement deux chaînes d'îles, dit Toktai. Elles étaient assez inhospitalières, mais nous avons pu faire escale çà et là, laisser sortir les chevaux, et apprendre quelque chose des indigènes. Et le Tengri m'est témoin que c'est difficile, quand on doit interpréter à travers six langues successives ! Enfin, nous avons rejoint la terre ferme, un grand pays, des forêts, beaucoup de gibier et de phoques. Trop pluvieux, cependant. Nos vaisseaux ne demandaient qu'à continuer, alors nous avons suivi la côte, plus ou moins. »

Everard se représenta une carte. En longeant d'abord les Kouriles, puis les Aléoutiennes, on ne s'éloigne guère du continent. Avec leur quille de dérive, les jonques pouvaient trouver à jeter l'ancre même sur les côtes rocheuses de ces îles ; et en été, le temps n'est pas trop mauvais. D'autre part, le Kouro-Sivo vous pousse doucement et on navigue ainsi selon un immense arc de cercle. Toktai avait découvert l'Alaska avant de s'en rendre compte. Comme le pays devenait plus hospitalier à mesure qu'il progressait vers le sud, il avait remonté le fjord de Puget Sound jusqu'à l'embouchure de la Chehalis. Les Indiens l'avaient peut-être averti que celle de la Columbia, plus loin, était dangereuse, avant d'aider ses cavaliers à la traverser sur des radeaux.

« Nous avons établi notre camp au déclin de l'année, dit le Mongol. Les tribus, par là, sont arriérées et timides, mais assez accueillantes. On nous a offert toute la nourriture, les femmes et l'assistance que nous avons demandées. En retour, nos marins chinois ont enseigné aux indigènes quelques méthodes de pêche et de charpenterie de marine. Nous avons passé l'hiver là-bas, appris quelques idiomes et effectué quelques reconnaissances à cheval à l'intérieur des terres. Partout, on nous parlait d'immenses forêts et de plaines où les troupeaux de bêtes sauvages sont si denses qu'on ne voit plus le sol. Nous en avons vu assez pour croire ces récits. Je n'ai jamais foulé une terre si riche. » Ses yeux brillaient comme ceux d'un fauve. « Et elle compte si peu d'habitants, qui ne connaissent même pas l'usage du fer !

– Noyon », murmura Li en guise d'avertissement. Il eut une inclinaison de tête presque imperceptible en direction des Patrouilleurs et Toktai se tint coi.

Le lettré se tourna alors vers Everard. « Nous avons aussi entendu parler d'un royaume doré loin dans le sud. Nous nous sommes fait un devoir d'aller nous en assurer, tout en explorant le territoire en chemin. Nous ne nous attendions pas à avoir l'honneur de rencontrer vos éminentes personnes.

– Tout l'honneur est pour nous », gazouilla Everard. Puis, prenant son air le plus grave : « Mon seigneur de l'Empire d'Or, dont le nom ne doit pas être prononcé, nous a envoyés dans un esprit amical. Il serait désolé s'il devait vous arriver malheur. Nous venons vous avertir.

– Quoi ? » Toktai se redressa. Sa main musclée voulut saisir l'épée que, par courtoisie, il avait enlevée. « Par l'enfer ! Qu'est-ce que cela veut dire ?

– Par l'enfer en vérité, noyon. Pour agréable que ce pays paraisse, il est sous le coup de la malédiction. Dis-le-lui, mon frère. »

Doué d'une voix plus persuasive, Sandoval prit le relais. Il avait préparé son récit de manière à exploiter la superstition qui s'attardait encore dans l'esprit de ces Mongols à demi civilisés, sans pour cela éveiller par trop le scepticisme chinois. Il y avait en réalité deux grands royaumes dans le sud, expliqua-t-il. Le leur était le plus éloigné ; son rival était plus proche, et un peu plus à l'est, avec une citadelle dans la plaine. Les deux États disposaient de pouvoirs immenses, qu'on les appelle sorcellerie ou technique subtile. L'empire le moins méridional, celui des Méchants, considérait tout ce territoire comme lui appartenant et ne tolérerait pas une expédition étrangère. Ses éclaireurs étaient certains de découvrir les Mongols avant peu et ils les anéantiraient en déchaînant la foudre sur eux. Le pays bienveillant des Gentils, au sud, ne pourrait les protéger ; il n'avait pu qu'envoyer des émissaires chargés de conseiller instamment aux Mongols de rentrer chez eux.

« Pourquoi les indigènes ne nous ont-ils pas parlé de ces suzerains ? demanda Li avec finesse.

– Est-ce que tous les membres des plus petites tribus des jungles de Birmanie ont entendu parler du khan des khans ? rétorqua Sandoval.

– Je suis un étranger et un ignorant. Pardonnez-moi si je ne comprends pas ces armes irrésistibles que vous venez de mentionner. »

Voilà, si je ne me trompe, la façon la plus polie dont on m'ait jamais traité de menteur, songea Everard.

« Je puis vous offrir une petite démonstration, dit-il tout haut, si le noyon possède un animal qu'on puisse tuer. »

Toktai réfléchit. Son visage ridé aurait pu être de pierre, mais la sueur le recouvrait d'une pellicule luisante. Il frappa dans ses mains et aboya des ordres au garde qui se présenta. Puis la conversation tomba et le silence s'épaissit.

Au bout d'un temps qui parut interminable, un guerrier surgit. Il annonça que deux cavaliers avaient capturé un daim au lasso. L'animal conviendrait-il au noyon ? Oui. Toktai sortit de la tente le premier et se fraya un passage au milieu d'une masse compacte et murmurante de guerriers. Everard le suivit, regrettant d'avoir à fournir cette démonstration. Il ajusta la crosse de fusil à son Mauser.

« Vous voulez vous en charger ? demanda-t-il à Sandoval.

– Grands dieux, non ! »

Le daim avait été forcé à peu de distance du camp. C'était une femelle, qui se tenait tremblante près de la rivière, sa crinière collée par la sueur sur son encolure. Le soleil, qui effleurait la cime des montagnes à l'ouest lui faisait un pelage couleur de bronze. Elle tourna vers Everard un regard chargé de douceur et d'innocence. Il fit signe aux hommes qui l'entouraient de s'écarter et ajusta son arme. La première balle tua la bête sur le coup, mais il continua de la mitrailler jusqu'à ce que sa carcasse ne soit plus qu'un amas sanglant.

Quand il abaissa son arme, il lui sembla que l'air s'était figé autour de lui. Il regarda tous ces corps épais sur leurs jambes torses, ces faces plates qui faisaient de farouches efforts pour rester impassibles. Leur odeur caractéristique assaillait ses narines ; c'était une odeur forte, de sueur, de chevaux et de fumée. Il se sentait aussi peu humain qu'il devait le paraître à leurs yeux.

« C'est la moins meurtrière des armes que nous utilisons, dit-il. Une âme ainsi arrachée à son corps ne trouverait pas le chemin du ciel. »

Il fit demi-tour. Sandoval le suivit. Leurs chevaux avaient été attachés à un pieu, leur attirail empilé à proximité. Sans dire un mot, ils sellèrent les deux bêtes, les enfourchèrent lestement et s'enfoncèrent dans la forêt.

4.

Le feu flamboya sous l'effet d'un brusque coup de vent. Construit avec la parcimonie et l'habileté d'un coureur des bois, il dissipa un instant l'ombre où étaient plongés les deux hommes, laissant entrevoir leur front, leur nez, leurs pommettes, tirant un reflet de leurs yeux. Puis il retomba en crachotant, rouge et bleu au-dessus des braises ardentes, et l'obscurité les engloutit de nouveau.

Everard aimait autant cela. Il porta à sa bouche la pipe qu'il tripotait depuis un moment, en mordit le tuyau et aspira une profonde bouffée de fumée qui ne lui apporta qu'un faible réconfort. Quand il parlait, la plainte du vent dans les arbres, haut dans le ciel nocturne, couvrait presque sa voix, ce qu'il ne regrettait pas non plus.

Non loin d'eux se trouvaient leurs sacs de couchage, leurs chevaux, l'engin — sauteur temporel doublé d'un glisseur antigravité — qui les avait amenés. Par ailleurs, la contrée alentour était vide ; sur des kilomètres et des kilomètres, les foyers comme le leur étaient aussi minuscules et solitaires que les étoiles dans l'univers. Au loin, un loup glapit.

« J'imagine, dit Everard, que chaque flic doit parfois se faire l'effet d'un salaud. Vous n'étiez qu'observateur jusqu'ici, John. Des activités comme celles qu'on m'assigne sont souvent difficiles à accepter.

– Ouais. » Sandoval avait été encore plus silencieux que son ami. Depuis le dîner, il avait à peine bougé.

« Et maintenant, ça. Quoi qu'on ait à faire pour annuler une intervention temporelle, on peut au moins penser qu'on rétablit la ligne originale d'évolution des événements. » Everard tira sur sa pipe. « Inutile de me rappeler qu'*originale* n'a aucun sens dans le contexte actuel. C'est un mot qui console.

– Oui, bien sûr.

– Mais quand nos patrons, nos chers surhommes danelliens, nous disent à nous d'intervenir... On sait que le groupe de Toktai n'a jamais revu le Cathay. Pourquoi devrait-on, vous et moi, s'en mêler ? S'ils tombaient sur des Indiens hostiles qui les exterminaient, cela m'importerait peu. Aussi peu que m'importe tout incident similaire dans ce fichu abattoir qu'on appelle l'histoire humaine, en tout cas.

– On n'a pas besoin de les tuer, vous savez. Il suffit qu'ils rebroussent chemin. Il se peut que votre démonstration de cet après-midi suffise.

– Oui. Rebrousser chemin... et puis quoi ? Périr en mer ? Le retour ne sera pas facile : tempêtes, brouillard, courants, récif, sur ces bateaux primitifs conçus pour la navigation en rivière. Et on les aura poussés à effectuer le voyage à ce moment précis ! Sans intervention de notre part, ils repartiraient plus tard ; le trajet se passerait différemment... Pourquoi s'imposer ce fardeau ?

– Ils pourraient même rentrer à bon port », murmura Sandoval. Everard sursauta. « Quoi ?

– À écouter Toktai, il me semble qu'il prévoit de rentrer à cheval. Comme il l'a deviné, le détroit de Béring est facile à traverser. Les Aléoutes le font sans cesse. Manse, je crains qu'il ne suffise pas de les épargner.

– Mais ils ne rentreront pas dans leur pays ! Nous le savons !

– Supposons qu'ils y parviennent. » Sandoval se mit à parler un peu plus fort et beaucoup plus vite. Le vent de la nuit grondait. « Pur jeu de l'esprit, d'accord ? Supposons que Toktai continue d'avancer en direction du sud-est. On voit mal ce qui pourrait l'arrêter. Ses hommes peuvent vivre sur le pays, même dans les déserts, beaucoup mieux que Coronado et ses pareils. Il n'a pas à aller bien loin avant d'arriver chez des peuples du néolithique supérieur, les tribus agricoles pueblos. Ça ne l'encouragera que plus. Il atteindra le Mexique avant le mois d'août. Le Mexique est aussi éblouissant qu'il l'était… qu'il le sera… du temps de Cortès. Et il y a plus tentant encore : les Aztèques et les Toltèques continuent de se disputer la suprématie, tandis qu'un grand nombre d'autres tribus se montreraient toutes disposées à aider un nouvel arrivant qui s'opposerait à ceux-là. Les canons espagnols n'y ont rien changé, n'y changeront rien, comme vous vous le rappellerez si vous avez lu Diaz. Individuellement, la supériorité des Mongols vaut bien celle des Espagnols… Non que j'imagine Toktai se ruant à l'attaque. Il resterait très poli, passerait l'hiver sur place, rassemblerait tous les renseignements qu'il pourrait. L'année prochaine, il remonterait vers le nord, rentrerait chez lui et rapporterait à Koubilaï que certains territoires parmi les plus riches, les plus gorgés d'or de la terre n'attendent que leur conquérant !

– Et les autres Indiens ? demanda Everard. Je n'ai sur eux que des données vagues.

– Le Nouvel Empire maya atteint son apogée. Un gros morceau à avaler, mais un butin en rapport. À mon avis, une fois les Mongols établis au Mexique, rien ne les arrêterait. Le Pérou possède une culture encore plus avancée à cette époque, et une organisation bien moindre que celle qu'a affrontée Pizarro ; les Quichuas-Aymaras, les soi-disant Incas, ne constituent encore qu'une puissance parmi bien d'autres, là-bas.

» Et le terrain ! Vous imaginez ce qu'une tribu mongole ferait des Grandes Plaines ?

– Je ne les vois pas émigrer en nombre », dit Everard. Il y avait dans la voix de Sandoval une intonation qui l'indisposait et le mettait sur la défensive. « Trop de Sibérie et d'Alaska sur leur chemin.

– On a surmonté pire. Je ne veux pas dire qu'ils se répandraient sur le pays tout d'un coup. Il leur faudrait peut-être quelques siècles pour commencer une immigration en masse, comme aux Européens. J'imagine une série de clans et de tribus s'établissant en l'espace de quelques années le long de la côte occidentale de l'Amérique du Nord. Ils absorbent le Mexique et le Yucatan ; ou en font des khanats, plus vraisemblablement. Les tribus de pasteurs se déplacent vers l'est à mesure que croît leur population et qu'arrivent les immigrants. Rappelez-vous que la dynastie des Yuan doit être renversée d'ici moins d'un siècle, ce qui poussera encore davantage les Mongols à quitter l'Asie. Et les Chinois viendront ici aussi, pour cultiver la terre et se partager l'or.

– Si vous permettez... je me serais attendu à ce que vous soyez le dernier à vouloir hâter la conquête de l'Amérique, interrompit doucement Everard.

– Ce serait une autre conquête. Je n'aime pas beaucoup les Aztèques. Si vous les étudiez, vous conviendrez que Cortès a fait une faveur au Mexique. Et ce serait dur pour d'autres tribus plus inoffensives, pendant quelque temps. Mais les Mongols ne sont pas si barbares. Notre éducation occidentale nous inspire des préventions à leur égard. Nous oublions combien de tortures et de massacres les Européens ont connus à la même époque.

» Je comparerais les Mongols aux Romains. Même méthode consistant à dépeupler les régions qui résistent, mais à respecter les droits de celles qui se soumettent. Même protection armée et même compétence gouvernementale. Même caractère national prosaïque et peu novateur. Mais la même envie d'une vraie civilisation. La *Pax Mongolica*, à cette heure, s'étend sur une région plus vaste et offre des échanges stimulants à plus de peuples que ne l'a jamais rêvé ce pauvre Empire romain, si mesquin.

» Quant aux Indiens, souvenez-vous que les Mongols sont des pasteurs. Il n'y aura rien de comparable au conflit insoluble entre chasseur et cultivateur qui a causé la destruction de l'Indien par le Blanc. Le Mongol, d'ailleurs, n'a pas de préjugés raciaux ; après quelques combats, le Navajo, le Cherokee, le Séminole, l'Algonquin, le Chippewa ou le Dakota moyen sera heureux de se soumettre et de s'allier. Et pourquoi pas ? Il obtiendra des chevaux, des moutons, du bétail, des textiles, des objets en métal. Il l'emportera en nombre sur l'envahisseur et sera presque son égal… bien plus que celui du fermier blanc avec son industrie. Et il y aura les Chinois pour faire lever le tout, enseigner la civilisation, affûter les esprits…

» Sapristi, Manse ! Quand Christophe Colomb arrivera ici, il y trouvera son Grand Mogol ! Le sachem-khan de la plus forte nation du monde ! »

Sandoval s'interrompit. Everard écoutait les branches craquer dans le vent comme des bois de potence. Il demeura longtemps à scruter l'obscurité avant de dire : « C'est possible. Bien sûr, il nous faudrait rester dans ce siècle jusqu'à ce que le point décisif soit passé. Notre propre monde n'existerait pas. N'aurait jamais existé.

– Ce n'était pas un monde si épatant, tout compte fait, dit Sandoval comme dans un rêve.

– Vous pourriez penser à vos… euh… vos parents. Ils n'auraient jamais vu le jour non plus.

– Ils vivaient dans une hutte misérable. J'ai vu mon père pleurer parce qu'il ne pouvait pas nous acheter des chaussures pour l'hiver. Ma mère est morte de la tuberculose. »

Everard restait assis, immobile. Ce fut Sandoval qui se secoua pour se lever avec un rire grinçant. « Mais je radote. Couchons-nous. Je prends le premier tour de garde ? »

Everard acquiesça, mais resta longtemps éveillé.

5.

L'engin avait sauté de deux jours en avant et restait immobile en altitude, invisible à l'œil nu, dans l'air ténu et glacial. Everard frissonna en ajustant son télescope électronique. Même au coefficient maximal, la caravane ne paraissait guère qu'une théorie de taches minuscules qui se traînait dans l'immensité verte. Mais aucune autre troupe sur ce continent n'aurait pu voyager à cheval.

Il se retourna sur la selle de l'engin pour faire face à son compagnon. « Et maintenant ? »

Le large visage de Sandoval restait impénétrable. « Si notre démonstration n'a pas eu l'effet escompté...

– Aucun ! Je jurerais qu'ils vont vers le sud deux fois plus vite qu'avant. Pourquoi ?

– Il faudrait que je les connaisse tous beaucoup mieux en tant qu'individus pour vous donner une réponse valable, Manse. Mais, dans le fond, ce doit être parce qu'on a mis leur courage à l'épreuve. Une culture guerrière, le cran et la témérité comme seules vertus absolues : ils n'ont d'autre choix que de continuer. S'ils battaient en retraite devant une simple menace, ils ne se le pardonneraient jamais.

– Mais les Mongols ne sont pas des idiots ! Ils n'ont pas réalisé toutes leurs conquêtes par la force brute, mais en comprenant mieux que leurs adversaires les principes militaires. Toktai devrait rebrousser chemin, rendre compte de ce qu'il a vu à l'empereur, et organiser une expédition plus importante.

– Les hommes restés aux navires peuvent s'en charger, rappela Sandoval. À bien y réfléchir, je constate à quel point on a sous-estimé Toktai. Il a dû fixer un délai, sans doute l'an prochain, pour le retour des navires en Chine si jamais il ne reparaît pas. Quand il trouve quelque chose d'intéressant en route… nous, par exemple… il peut dépêcher au camp de base un Indien avec un message. »

Everard hocha la tête. Il songea qu'on l'avait entraîné dans cette entreprise sans lui laisser, à aucun moment, le temps de la préparer comme il l'aurait dû. D'où ce gâchis. Quel rôle, toutefois, y jouait la répugnance inconsciente de John Sandoval ? Au bout d'un moment, Everard dit : « Ils ont même pu nous trouver louches. Les Mongols ont toujours été doués pour la guerre psychologique.

– Possible. Mais que fait-on, maintenant ? »

On leur fonce dessus en piqué, on tire quelques salves du canon à énergie du XLIe siècle monté sur cette guimbarde, et c'est fini... Non, je le jure, on peut m'envoyer sur la planète d'exil, jamais je ne ferai une chose pareille. Il y a des limites.

« On organise une démonstration plus convaincante, dit Everard.

– Et si elle échoue aussi ?

– Taisez-vous ! Donnez-lui une chance de réussir !

– Je me posais une question. » Le vent hachait les paroles de Sandoval. « Pourquoi ne pas plutôt annuler l'expédition ? Remonter dans le temps à deux années d'ici et persuader Koubilaï Khan qu'il ne vaut pas la peine d'envoyer des explorateurs vers l'est ? Alors tout ceci ne serait jamais arrivé.

– Le règlement de la Patrouille nous interdit les changements historiques, et vous le savez.

– Et comment est-ce que vous appelez ce qu'on trafique ici ?

– Une mission ordonnée par les grands chefs. Elle vise peut-être à rectifier une intervention ailleurs, en un autre moment. Comment le saurais-je ? Je ne suis qu'un degré de l'échelle de l'évolution. À un million d'années d'ici, ces gens ont des pouvoirs dont je n'ai aucune idée.

– Papa a toujours raison », murmura Sandoval.

Everard serra les mâchoires. « Il reste que la cour de Koubilaï, l'homme le plus puissant de la Terre entière, est plus cruciale que tout ce qui se passe ici en Amérique. Non, vous m'avez embarqué dans ce boulot à la noix, et je vous montrerai que c'est moi qui commande s'il le faut. On a ordre de dissuader ces hommes de poursuivre leur exploration. Ce qui se passera après ne nous regarde pas. Supposons qu'ils ne regagnent jamais leur pays. On n'en sera pas la cause immédiate. Pas plus qu'on n'est un assassin si on invite quelqu'un à dîner et qu'il a un accident mortel en route.

– On tourne en rond. Au travail. »

Everard remit le sauteur en mouvement. « Vous voyez cette colline ? demanda-t-il bientôt en pointant son doigt. Elle se trouve sur le chemin suivi par Toktai, mais je pense qu'il va camper quelques kilomètres avant de l'atteindre, là-bas dans cette petite prairie, le long de la rivière. Il aura la colline bien en vue. On va s'y installer.

– Pour le feu d'artifice ? Il faudra qu'il sorte de l'ordinaire. À Cathay, on s'y connaît en poudre à canon. Ils ont même des fusées à usage militaire.

– De petites. Je sais, mais dans le matériel rassemblé pour cette expédition, j'ai pris des gadgets polyvalents, au cas où ma première tentative échouerait. »

La colline arborait un bouquet de pins clairsemés. Everard posa l'engin au milieu et se mit à décharger les caisses embarquées dans les soutes à bagages. Sandoval l'aida en silence. Les chevaux, dressés par la Patrouille, sortirent sans chichi de leurs boxes à claire-voie pour brouter l'herbe du versant.

Au bout d'un moment, l'Indien se départit de son mutisme. « Je ne connais rien à tout ça. Qu'est-ce que vous préparez ? »

Everard tapota le petit appareil qu'il avait à moitié monté. « Une adaptation d'un système de contrôle du climat utilisé à l'ère des siècles de Glace, loin dans notre avenir. Un distributeur de potentiel. Il produit les éclairs les plus terrifiants que vous ayez jamais vus, et les coups de tonnerre pour aller avec.

– Ah !... le point faible des Mongols. » Soudain, un large sourire fendit le visage de Sandoval. « C'est gagné d'avance. Bravo ! Il ne nous reste plus qu'à nous détendre et à jouir du spectacle.

– Préparez-nous à dîner, voulez-vous, pendant que je finis de monter ce bazar. Pas de feu, bien sûr. Il ne faut pas de fumée normalement explicable... Ah ! oui, j'ai aussi un projecteur de mirages. Si vous voulez bien vous changer et mettre une cagoule au moment voulu, afin qu'on ne vous reconnaisse pas, je projetterai de vous une image d'un kilomètre de haut presque aussi laide que la réalité.

– Vous auriez une sono ? Le chant navajo peut être assez inquiétant, quand on ne sait pas qu'il s'agit du Yeibichai.

– Et une sono, une ! »

Le jour déclina, l'obscurité s'insinua sous les pins, l'air fraîchit, mordant les chairs. Enfin, tout en dévorant un sandwich, Everard vit dans ses jumelles l'avant-garde choisir pour bivouaquer le lieu qu'il avait prédit. D'autres Mongols arrivèrent chargés du gibier abattu au cours de la journée et se mirent à préparer le repas. Le gros de la troupe fit son apparition au coucher du soleil, se posta selon un plan établi et entama le dîner. Toktai avançait à marches forcées, de l'aube au crépuscule. Tandis que le soleil se couchait, Everard observait les sentinelles avancées, montées sur leurs chevaux, l'arc au poing. Malgré tous ses efforts, il avait du mal à garder le moral. Il s'opposait à des hommes qui avaient ébranlé le monde.

Les premières étoiles scintillèrent au-dessus des crêtes neigeuses. Il était temps de commencer.

« Vous avez attaché nos chevaux, John ? Ils risquent de paniquer. Je suis à peu près sûr que ceux des Mongols vont détaler ! Allons-y. » Everard bascula un interrupteur et se pencha sur les cadrans faiblement éclairés de l'appareil.

Tout d'abord, une petite lueur bleue tremblotante vacilla entre le ciel et la terre. Puis les éclairs commencèrent, langues de feu fourchues se succédant sans interruption, arbres fracassés d'un seul coup, flancs de la montagne ébranlés par le bruit. Everard déchaîna la foudre, sphères incandescentes qui tourbillonnaient et pirouettaient, laissant derrière elles une traînée d'étincelles. Elles traversaient l'espace comme des météores et explosaient au-dessus du camp, si bien que le ciel semblait chauffé à blanc.

Assourdi, ébloui, il réussit à projeter un écran d'ionisation fluorescente. Telles des aurores boréales, les grandes draperies ondulèrent, rouge sang et blanc d'os, sifflant sous les coups de tonnerre répétés. Sandoval s'avança. Il n'avait gardé que son pantalon et, à l'aide d'argile, s'était couvert le corps de dessins archaïques. Il ne s'était pas masqué le visage, mais il se l'était enduit de terre et le contorsionnait en une telle grimace qu'Everard lui-même avait du mal à le reconnaître. L'appareil analysa son image et en modifia les éléments. La projection en relief sur le fond de l'aurore boréale était plus haute qu'une montagne. Elle exécutait une danse grotesque, se déplaçant d'un bout à l'autre de l'horizon, puis remontant dans le ciel tout en gémissant et aboyant d'une voix de fausset plus forte que le tonnerre.

Everard se tenait ramassé sur lui-même sous la lumière blafarde, les doigts crispés sur les commandes. Il éprouvait une peur primitive ; la danse évoquait en lui des émotions oubliées.

Par Judas ! Si ça ne suffit pas à les faire renoncer...

Il reprit ses esprits et consulta sa montre. *Une demi-heure. Encore un quart d'heure de spectacle en diminuant les effets peu à peu... Je parie qu'ils resteront au camp jusqu'à l'aube plutôt que de filer au hasard dans l'obscurité ; ils sont assez disciplinés pour ça. On éteint tout pendant quelques heures, puis on porte l'estocade d'un éclair qui pulvérisera un arbre tout près d'eux.* Everard fit signe à Sandoval de se reculer. L'Indien s'assit sur le sol, le souffle court — peut-être plus que ses efforts ne le justifiaient.

« Une fameuse représentation, John », dit Everard quand le bruit cessa. Sa propre voix lui semblait métallique.

« Je n'avais pas fait ça depuis des années », murmura Sandoval. Il gratta une allumette, un bruit surprenant dans le silence. La flamme fugitive éclaira ses lèvres pincées. Puis il l'éteignit et seul le bout de sa cigarette rougeoya dans la nuit. « Personne de ma connaissance, dans la réserve, ne prenait ces danses au sérieux, reprit-il. Quelques aînés voulaient qu'on les apprenne, nous les jeunes. Pour perpétuer la coutume. Pour nous rappeler qu'on formait toujours un même peuple. Nous, on voulait se faire un peu d'argent en dansant pour les touristes. »

Il y eut un temps d'arrêt. Everard débrancha le projecteur ; dans l'obscurité complète, la lueur de la cigarette de Sandoval se mit à croître et décroître. « Pour les touristes ! » répéta-t-il enfin. Une nouvelle pause s'ensuivit. « Ce soir, ma danse avait un but. Elle signifiait quelque chose. Je n'ai jamais ressenti ce que je ressens actuellement. »

Everard gardait le silence.

Il le garda jusqu'à ce qu'un des chevaux, qui avait tiré sur son licou durant le tintamarre et qui était encore nerveux, se mette à hennir.

Everard leva la tête ; seule la nuit croisa son regard. « Vous avez entendu quelque chose, John ? »

Le pinceau lumineux de la torche électrique le cloua sur place.

Un instant, il écarquilla les yeux, aveuglé. Puis il leva d'un bond et porta la main à son paralyseur en poussant un juron. Une silhouette surgit de derrière un arbre. Elle le heurta en plein dans les côtes. Il recula en chancelant, dégaina et tira au jugé.

La lampe électrique décrivit un arc de cercle. Everard entrevit Sandoval. Le Navajo ne s'était pas rééquipé. Les mains nues, il esquiva une lame mongole. Son assaillant s'élança après lui. Sandoval appliqua les leçons de judo apprises à la Patrouille. Il mit un genou à terre ; le Mongol frappa de taille, manqua son coup et, déséquilibré, alla donner du ventre contre l'épaule massive de Sandoval qui profita de l'impulsion pour se relever. Son poing atteignit l'autre au menton. La tête casquée partit en arrière. Du tranchant de la main, Sandoval frappa à la pomme d'Adam, arracha l'épée de la main de son possesseur et se tourna juste à temps pour parer un coup venu de derrière.

Une voix glapit des ordres dans le brouhaha. Everard recula. Il avait abattu un assaillant d'une décharge de paralyseur, mais d'autres s'interposaient entre le sauteur et lui. Il pivota pour leur faire face. Un lasso lui encercla les épaules et se resserra sous une traction experte. Il s'écroula. Quatre hommes lui tombèrent dessus. Il vit six ou sept talons de lances s'abattre sur le crâne de Sandoval, puis le combat l'accapara. Par deux fois il se remit sur pied, mais son paralyseur lui avait échappé dans la mêlée. On extirpa son Mauser de l'étui ; les petits hommes étaient passés maîtres dans l'art du yawara, eux aussi. Ils le jetèrent au sol et le frappèrent de leurs poings, de leurs pieds bottés, du manche de leurs poignards. Il ne perdit jamais tout à fait connaissance, mais finit par ne plus se soucier de ce qui lui arrivait.

6.

Toktai leva le camp avant l'aube. Aux premiers rayons du soleil, sa troupe serpentait entre les taillis clairsemés d'une large vallée. Le terrain devenait plat et aride, les montagnes s'éloignaient de plus en plus sur la droite et les quelques pics neigeux visibles s'élevaient comme des fantômes dans un ciel pâle.

Les robustes petits chevaux mongols trottaient : bruits mats des sabots, crissements et cliquetis des harnachements. En se retournant, Everard voyait la colonne comme une masse compacte ; les lances se soulevaient et s'abaissaient, les oriflammes, les panaches et les manteaux flottaient en dessous et, encore un peu plus bas, brillaient les casques, coiffant des têtes à la large face brune et aux yeux bridés. Çà et là, apparaissait une cuirasse grotesquement peinte. Personne ne parlait et Everard ne pouvait lire aucune de ces expressions.

Il lui semblait que son cerveau était ensablé. On lui avait laissé les mains libres, mais attaché les chevilles aux étriers, et la corde lui sciait la peau. On lui avait ôté ses vêtements — utile précaution : qui aurait pu dire quels instruments y étaient cousus ? — et donné en échange une tenue mongole si étriquée qu'il avait fallu défaire les coutures de la tunique avant qu'il puisse l'enfiler.

Le projecteur et le sauteur restaient sur la colline. Toktai n'avait pas voulu se risquer à emporter ces instruments de pouvoir. Il avait dû agonir de menaces plusieurs de ses guerriers effrayés pour qu'ils consentent à amener les étranges chevaux, avec selle et couverture, mais sans cavalier, parmi les juments de bât.

Les sabots avalaient la plaine. Un des archers flanquant Everard grommela et écarta un peu sa monture. Li Tai-Tsung vint se placer entre eux.

« Alors ? demanda le Patrouilleur en jetant au Chinois un regard lourd.

– Je crains fort que ton ami ne se réveille pas. Je l'ai installé un peu plus confortablement. »

Ligoté sur une litière improvisée entre deux poneys, sans connaissance... Oui, une commotion cérébrale, quand ils ont frappé hier soir. Un hôpital de la Patrouille le remettrait vite d'aplomb, mais notre bureau le plus proche est à Cambaluc, et je vois mal Toktai me laisser retourner au sauteur et en utiliser la radio. John Sandoval va mourir ici, six cent cinquante ans avant sa naissance.

Everard plongea son regard dans les yeux bruns, froids, des yeux intéressés, dépourvus d'hostilité, mais étrangers. Ses efforts seraient vains, il le savait ; des arguments logiques dans sa culture étaient vides de sens à cette époque, mais il devait essayer. « Tu ne pourrais pas, au moins, faire comprendre à Toktai quel désastre il va attirer sur lui, et sur son peuple, en s'obstinant ainsi ? »

Li caressa sa barbe en pointe.

« Il est clair, honorable étranger, que ton pays pratique des arts qui nous sont inconnus, dit-il. Mais après ? Ces barbares… » Il jeta un vif coup d'œil aux gardes mongols d'Everard, mais ceux-ci ne comprenaient pas le chinois qu'il employait. « … ont conquis des royaumes qui les surpassaient en tout, sauf en prouesses guerrières. Nous savons déjà que tu as… altéré la vérité en parlant d'un empire hostile proche de ces territoires. Pourquoi faut-il que ton roi cherche à nous faire fuir avec un mensonge s'il n'a pas de raisons de nous craindre ? »

Everard répondit avec circonspection : « Notre glorieux empereur déteste répandre le sang. Mais si vous l'y contraignez…

– Je t'en prie. » Li parut affligé. Il fit, d'une main maigre, un geste comme pour chasser un insecte. « Dis à Toktai ce que tu voudras : je n'interviendrai pas. Je ne serais pas fâché de rentrer dans mon pays ; je ne suis venu que sur ordre de l'empereur. Mais, ici, entre toi et moi, ne faisons pas mutuellement injure à notre intelligence. Ne vois-tu donc pas, éminent seigneur, qu'il n'est aucun mal dont tu puisses menacer ces hommes ? La mort, ils la méprisent. La torture la plus raffinée n'aboutira jamais qu'à leur mort. La mutilation la plus affreuse restera sans effet sur un homme bien décidé à mourir sans desserrer les dents. Parvenu à ce point, Toktai entrevoit une honte éternelle s'il rebrousse chemin, et une belle chance d'acquérir gloire et fortune s'il poursuit. »

Everard soupira. Sa capture humiliante avait vraiment marqué le tournant de l'affaire. Les Mongols avaient été bien près de fuir devant les éclairs et le tonnerre déchaînés sur eux. Beaucoup s'étaient traînés sur le sol en poussant des gémissements (et ils allaient être maintenant d'autant plus agressifs pour effacer ce souvenir). Toktai avait attaqué la source de la tempête autant par horreur que par bravade ; quelques hommes et chevaux avaient pu surmonter leur frayeur et le suivre. Li lui-même était en partie responsable : érudit, sceptique, familiarisé avec les tours de passe-passe et les spectacles pyrotechniques, le Chinois avait poussé Toktai à l'assaut avant qu'un de ces éclairs ne fasse des victimes dans leurs rangs.

La vérité, c'est qu'on a mal jugé ces gens-là. Il nous fallait un spécialiste, au sentiment intuitif des nuances de leur culture. Mais on a cru que deux têtes bien pleines suffiraient. Et maintenant ? Des sauveteurs de la Patrouille finiront peut-être par arriver, mais John sera mort d'ici un jour ou deux... Everard avisa le visage de marbre du guerrier qui chevauchait à sa gauche. *Et moi aussi, sans doute. Ils sont toujours à cran. Ils préféreraient me tordre le cou.*

Et même s'il survivait (peu probable !), tiré de ce mauvais pas par une autre unité de la Patrouille, il aurait du mal à faire face à ses camarades. Avec tous les privilèges spéciaux de son rang, le non-attaché était censé gérer n'importe quelle situation sans aide extérieure. Sans mener des hommes de valeur à la mort.

« Je te conseille donc très vivement de ne pas tenter d'autres ruses.

– Quoi ? » Everard se retourna vers Li.

« Nos guides indigènes se sont enfuis, tu dois le comprendre, dit le Chinois. Et tu as pris leur place.

Mais nous espérons rencontrer d'autres tribus avant peu, établir des communications... »

Everard hocha la tête. Les tempes lui battaient. Le soleil lui blessait la vue. Il ne s'étonnait guère de l'avance rapide des Mongols à travers des régions aux langues les plus diverses. Si on n'est pas trop exigeant en grammaire, quelques heures suffisent pour assimiler les mots essentiels et, ensuite, on peut passer des jours ou des semaines à apprendre effectivement à parler avec l'escorte dont on a loué les services.

« ... et obtenir des guides d'étape en étape comme jusqu'à présent. Toute fausse indication que tu pourrais nous donner serait bientôt découverte. Toktai la punirait de la manière la moins civilisée qui soit. En revanche, il récompensera la loyauté. Tu peux espérer une position de haut rang à la cour provinciale après la conquête. »

Après la conquête. Everard resta impassible. Cette vantardise exprimée d'un ton calme faisait dans son esprit l'effet d'une explosion.

Il avait escompté que la Patrouille enverrait un autre détachement. De toute évidence, *quelque chose* allait empêcher le retour de Toktai. Mais où était donc l'évidence ? Pourquoi avait-on ordonné leur intervention, s'il n'y avait pas — d'une façon paradoxale que sa logique du XXe siècle ne parvenait pas à saisir — une incertitude, une faiblesse dans le continuum en ce point précis ?

Judas en enfer ! L'expédition mongole allait peut-être réussir. Ce khanat américain auquel Sandoval n'avait pas tout à fait osé songer... représentait peut-être bien l'avenir réel.

Il existe, dans l'espace-temps, des nœuds et des discontinuités. Les fils de la trame peuvent se replier sur eux-mêmes et se mordre jusqu'à se couper, de sorte que les choses et les événements apparaissent dénués de cause, palpitations insignifiantes bientôt oubliées — à l'instar de Manse Everard, naufragé dans le passé en compagnie d'un John Sandoval mort, après sa venue depuis un avenir inexistant comme agent d'une Patrouille du temps tout aussi inexistante.

7.

Au coucher du soleil, le train impitoyable de l'expédition avait mené celle-ci dans un pays couvert d'armoises et de cactées. Les collines étaient hautes et brunes ; une poussière fine s'élevait telle de la fumée sous les pas des chevaux ; les buissons d'un vert argenté, de plus en plus rares, embaumaient l'air quand on les écrasait au passage, mais n'avaient rien d'autre à offrir.

Everard aida à allonger Sandoval à terre. Le Navajo avait les yeux clos, les traits tirés, le front brûlant. Parfois, il s'agitait et marmonnait. Everard tordit un tissu mouillé pour faire goutter un peu d'eau entre les lèvres craquelées, mais il ne pouvait rien de plus.

Les Mongols dressèrent leur camp avec davantage d'entrain. Ils avaient vaincu deux grands sorciers et n'avaient plus subi d'attaques. Ils commençaient à mesurer la portée de leur victoire. Ils effectuaient leurs corvées en bavardant et, après un repas frugal, ils ouvrirent leurs gourdes de cuir pleines de koumiss.

Everard resta auprès de Sandoval, vers le milieu du camp. Deux gardes le surveillaient, assis à quelques mètres, silencieux, leur arc à la main. Parfois, l'un d'eux se levait pour aller activer un petit feu. Bientôt, le silence se fit chez leurs camarades également. Pour résistante que soit la horde, elle ressentait la fatigue ; les hommes se roulèrent dans leurs couvertures et s'endormirent, les sentinelles poursuivirent leurs rondes, les yeux emplis de sommeil, les feux de bivouac commencèrent à décliner tandis que les étoiles brillaient d'un éclat de plus en plus vif au firmament. À des kilomètres de là, un coyote lança son jappement. Everard couvrit Sandoval pour le protéger du froid qui tombait ; le givre sur les feuilles d'armoise scintillait aux flammes de son petit feu. Il se pelotonna dans son manteau en souhaitant qu'on lui rende au moins sa pipe.

Des pas crissèrent sur le sol dur. Les gardes d'Everard saisirent une flèche pour leur arc. Toktai s'avança dans la lumière, en manteau et nu-tête. Les gardes s'inclinèrent bien bas et reculèrent dans l'ombre.

Toktai s'immobilisa. Everard leva les yeux sur lui puis les rabaissa. Le noyon regarda longuement Sandoval. Finalement, presque avec douceur, il dit : « Je ne crois pas que ton ami verra le soleil se coucher demain. »

Everard répondit par un grognement.

« As-tu des médicaments qui pourraient le soulager ? demanda Toktai. Il y a des choses curieuses dans vos sacoches.

– J'ai un remède contre la contagion et un autre contre la douleur, répondit machinalement Everard. Mais pour une fracture du crâne, il faut qu'il soit confié à d'habiles médecins. »

Toktai s'assit et tendit ses mains vers le feu. « Je regrette que nous n'ayons pas de chirurgien avec nous.

– Tu pourrais nous laisser partir, dit Everard sans espoir. Mon chariot, resté au dernier campement, pourrait le transporter en temps voulu là où on lui donnerait des soins.

– Tu sais que je ne puis te le permettre », dit Toktai avec un rire étouffé. Sa pitié pour le moribond était épuisée. « En définitive, Eburar, c'est toi qui es cause de tout cela. »

Le Patrouilleur ne répondit rien : après tout, c'était la stricte vérité.

« Je ne t'en tiens pas rigueur, poursuivit Toktai. En fait, je veux toujours être ton ami. Sinon, je m'arrêterais pendant quelques jours et je te ferais sortir de la gorge tout ce que tu sais. »

Everard s'enflamma : « Tu pourrais essayer !

– Et je réussirais, je crois, avec un homme qui est obligé d'emporter des remèdes contre la douleur. » Toktai eut un sourire cruel. « Cependant, tu peux peut-être nous servir d'otage. Et j'apprécie ton courage. Je vais même te dire l'idée qui m'est venue. Je pense que tu n'es pas de ce riche pays méridional. Je pense que tu es un aventurier, membre d'une petite bande de chamans. Vous tenez le roi des pays du sud sous votre pouvoir magique, ou vous espérez l'y tenir, et vous ne voulez pas que des étrangers s'interposent. » Toktai cracha dans le feu. « Cela s'est vu, s'il faut en croire les vieilles histoires, et en fin de compte un héros a renversé le sorcier. Pourquoi ne serait-ce pas moi, ce héros ? »

Everard soupira. « Tu le découvriras, noyon. » Il se demandait jusqu'à quel point cette affirmation était justifiée.

« Allons ! Ne peux-tu m'en dire ne serait-ce qu'un peu plus ? » Toktai lui donna une tape dans le dos. « Il n'y a pas de sang entre nous. Soyons amis. »

Everard se contenta de tendre son pouce vers Sandoval.

« C'est malheureux, dit Toktai, mais il s'est obstiné à résister à un officier du khan des khans. Allons, buvons ensemble, Eburar. Je vais envoyer un homme chercher une gourde. »

Le Patrouilleur grimaça. « Ne compte pas m'amadouer de cette façon !

– Ton peuple n'aime pas le koumiss ? Je regrette, mais c'est tout ce que nous avons. Il y a longtemps que nous avons fini notre vin.

– Tu pourrais me rendre mon whisky ! » Everard considéra de nouveau Sandoval, puis scruta l'obscurité et sentit le froid l'envahir, insidieux. « Bon sang ! Ça ne serait pas du superflu !

– Hein ?

– C'est une boisson de notre pays. On en avait un peu dans nos sacoches.

– Eh bien... » Toktai hésita. « C'est bon, viens, allons le chercher. »

Les gardes suivirent leur chef et le prisonnier à travers les buissons et les corps des guerriers endormis, jusqu'à un tas de matériel divers, gardé lui aussi. Une des sentinelles postées là alluma une torche à son feu pour éclairer Everard qui sentit les muscles de son dos se crisper — des flèches le visaient maintenant, la corde des arcs tendue à se rompre — mais s'accroupit et fourragea dans ses affaires, évitant avec soin tout geste brusque. Quand il eut trouvé les deux bidons de scotch, il revint à sa place.

Toktai s'assit en face de lui, de l'autre côté du feu, et le regarda verser une quantité de liquide dans la capsule du bidon et se la jeter dans la gorge.

« Drôle d'odeur, dit-il.

– Essaye. » Le Patrouilleur lui tendit le bidon.

C'était, de la part d'Everard, une simple réaction contre la solitude. Toktai n'était pas foncièrement mauvais. Pas selon ses propres critères de jugement. Et quand on se trouve près d'un compagnon en train de mourir, on boirait avec le diable en personne pour éviter de penser. Le Mongol renifla avec suspicion, regarda Everard, hésita, puis porta le bidon à ses lèvres avec un geste bravache.

« Ou-ou-ouh ! »

Le Patrouilleur se précipita pour saisir le récipient avant qu'une trop grande quantité de son contenu se répande. Toktai toussait et crachait. Un garde banda son arc, l'autre s'élança, l'épée brandie, pour empoigner Everard par l'épaule. « Ce n'est pas du poison ! s'écria le Patrouilleur. C'est trop fort pour lui, voilà tout. Tenez, je vais en boire encore moi-même. »

Toktai fit reculer les gardes d'un geste et roula des yeux remplis de larmes. « Avec quoi est-ce fait ? demanda-t-il en suffoquant. Du sang de dragon ?

– De l'orge. » Everard ne se sentait pas d'humeur à expliquer la distillation. Il se versa une autre rasade d'alcool. « Vas-y, bois ton lait de jument. »

Toktai fit claquer sa langue. « Ça réchauffe, pas vrai ? Comme du poivre. » Il tendit une main crasseuse. « Donne-m'en encore un peu. »

Everard resta immobile quelques secondes.

« Alors ? » grommela Toktai.

Le Patrouilleur secoua la tête. « Je te le répète : c'est trop fort pour des Mongols.

– Quoi ? Écoute un peu, fils de Turc au visage de lait caillé…

– Tu l'auras voulu. Je t'aurai averti charitablement, tes hommes ici en sont témoins : demain, tu seras malade comme un chien. »

Toktai ingurgita l'alcool, éructa, et rendit le bidon. « Balivernes ! C'est juste que je n'y étais pas préparé la première fois. Bois ! »

Everard prit son temps. Toktai s'impatienta. « Dépêche-toi. Non, donne-moi l'autre gourde.

– C'est bon. C'est toi qui commandes. Mais je te préviens, n'essaye pas de suivre mon rythme. Tu n'en es pas capable.

– Comment ça, pas capable ? J'ai laissé vingt hommes ivres morts au cours d'une beuverie dans le Karakorum. Et pas de ces femmelettes de Chinois ! Rien que des Mongols. »

Toktai se versa encore cinq bons centilitres d'alcool.

Everard buvait à petits lampées. Mais c'était à peine s'il ressentait l'effet de l'alcool autrement que comme une brûlure dans le gosier. Il avait les nerfs trop tendus. Soudain, il entrevit une façon de s'en sortir.

« Tiens, la nuit est froide, dit-il en offrant son bidon au garde le plus proche de lui. Buvez un coup pour vous réchauffer, les amis. »

Toktai leva la tête, l'esprit embué. « C'est bon, ça, objecta-t-il. Trop bon pour… » Il réfléchit et ravala sa phrase. Si cruel et absolu que soit le pouvoir mongol, les officiers partageaient équitablement avec les plus humbles de leurs hommes.

Tout en jetant un regard rancunier à son chef, le guerrier se saisit du bidon et le porta à ses lèvres. « Doucement ! dit Everard. Ça monte à la tête.

– Moi, rien ne me monte à la tête, dit Toktai en lampant une nouvelle dose du breuvage. Pas plus ivre qu'un bonze. » Il agita l'index en l'air. « Voilà ce que c'est que d'être mongol. On est trop dur pour se saouler.

– Tu te vantes ou tu le regrettes ? » demanda Everard. Le premier guerrier tira la langue, se l'éventa un peu, rectifia la position, et passa le récipient à son compagnon. Toktai porta l'autre bidon à ses lèvres.

« Ahhh ! » Il ouvrit des yeux ronds de hibou. « C'était fameux. Bon, il vaut mieux aller dormir maintenant. Rendez-lui son alcool, soldats. »

La gorge d'Everard se serra, mais il parvint à sourire en coin. « Oui, merci, j'en veux encore un peu. Je suis ravi que tu n'en boives pas trop pour toi.

– Quoi ? » Toktai le fusilla du regard. « Un Mongol n'en a jamais trop ! »

Il ingurgita une nouvelle gorgée. Le premier garde reçut l'autre bidon et sirota hâtivement une quantité de liquide pendant qu'il était encore temps.

Everard retint son souffle. La ruse allait peut-être réussir.

Toktai était habitué aux beuveries. Lui et ses hommes supportaient sans aucun doute le koumiss, le vin, la bière, l'hydromel, le *kvass*, cette bière légère dénommée à tort vin de riz, toute boisson de cette époque. Ils savaient quand ils en avaient absorbé assez, se souhaitaient le bonsoir et allaient se coucher sans zigzaguer. Mais aucune substance ne peut, par simple fermentation, dépasser vingt-quatre degrés — le processus est stoppé par les déchets produits — et la plupart des boissons fabriquées au XIIIe siècle titraient à peine cinq pour cent d'alcool. De plus, elles restaient nourrissantes, ce qui atténuait l'effet enivrant.

Le scotch, c'est autre chose. Qu'on essaie d'en boire comme de la bière, ou seulement comme du vin, et on est mal parti. Le jugement s'envole avant qu'on ait constaté son absence, et la perte de conscience ne tarde guère.

Everard tendit la main pour prendre le bidon à l'un des gardes. « Donne-moi ça. Tu le finirais, ma parole ! »

Le guerrier ricana et but une longue gorgée avant de passer le récipient à son camarade. Everard se leva et chercha désespérément à s'emparer du bidon. Un garde le repoussa d'un coup à l'estomac. Il tomba sur le dos et les Mongols éclatèrent d'un rire bruyant tout en se soutenant les uns les autres. Une si bonne plaisanterie demandait une autre rasade.

Quand Toktai s'affaissa, seul Everard le remarqua. Le noyon, assis jusque-là en tailleur, tomba de côté. Le feu crépita, révélant le sourire béat peint sur son visage. Le Patrouilleur resta assis, tous ses sens en éveil.

Quelques minutes plus tard, ce fut le tour d'une sentinelle, qui chancela, tomba à quatre pattes, et s'allégea de son dîner. L'autre se retourna, clignant des yeux et cherchant maladroitement à se saisir d'une épée. « Qu'est-ce qu'y a ? bafouilla l'homme. Quoi que t'as fait ? Du poison ? »

Everard sortit de son immobilité.

Il avait sauté par-dessus le feu et était tombé sur Toktai avant que le dernier garde eût compris ce qui se passait. Le Mongol s'élança gauchement, avec un cri. Everard trouva l'épée de Toktai et la tira du fourreau en se relevant d'un bond. Le guerrier brandissait son arme. Everard répugnait à tuer un homme presque incapable de se défendre. Il marcha sur lui, écarta l'épée de son adversaire et lui porta un coup de poing qui rendit un son mat. Le Mongol s'affaissa sur les genoux, rota et s'endormit, ivre mort.

Everard prit la fuite. Des hommes s'agitaient en poussant des cris dans l'obscurité. Il entendit un cheval ; une des sentinelles montées se précipitait pour voir ce qui se passait. Quelqu'un prit un brandon dans un feu presque éteint et l'agita jusqu'à ce qu'il émette une lueur assez vive. Everard se jeta à plat ventre sur le sol. Un guerrier passa tout près de lui au pas de course sans le voir dans la broussaille. Il se glissa vers une zone d'obscurité plus dense. Derrière lui, un hurlement et une bordée d'injures l'avertirent qu'on avait découvert le noyon.

Il se releva et se mit à courir.

On avait entravé et laissé les chevaux sous surveillance, comme d'habitude. Ils se détachaient en noir sur la plaine qui s'étendait, grise, sous un ciel semé d'étoiles à l'éclat pénétrant. Le Patrouilleur vit l'un des gardes mongols se ruer vers lui au galop. Une voix aboya : « Que se passe-t-il ?

– Le camp est attaqué ! » hurla Everard à pleins poumons.

Il ne visait qu'à gagner du temps, de peur que le cavalier l'identifie et lui décoche une flèche. Il s'accroupit, forme ramassée aux contours indécis. Le Mongol arrêta sa monture dans un nuage de poussière. Everard bondit.

Il avait saisi le cheval à la bride avant d'être reconnu. Alors le guerrier poussa un cri et tira son épée, qu'il abattit de toute sa force. Mais Everard se trouvait sur sa gauche. Le coup venu d'en haut, mal dirigé, fut aisément paré. Le Patrouilleur riposta et sentit le tranchant de son épée s'enfoncer dans de la chair. Le cheval se cabra, affolé. Son cavalier vida les arçons. Il roula sur le sol, se releva en chancelant et se mit à hurler. L'autre avait déjà passé un pied dans le large étrier. Le Mongol fit un pas vers lui ; le sang qui coulait abondamment de sa blessure à la cuisse semblait noir sous cette clarté. Everard se mit en selle et gifla la croupe du cheval du plat de son épée.

Il se dirigea vers la troupe de chevaux. Un autre cavalier s'élança pour l'intercepter. Everard se coucha sur l'encolure. Une flèche passa en sifflant à l'endroit où il se tenait un instant plus tôt. Le poney volé baissait la tête et ployait sur ses membres antérieurs pour se défaire de cette charge inhabituelle. Everard mit quelques secondes à le reprendre en main. L'archer aurait alors pu s'emparer de lui, en s'approchant et en le saisissant à bras-le-corps. Mais l'habitude fit que l'homme passa au galop en tirant une nouvelle flèche qui se perdit dans l'obscurité. Avant qu'il ait pu faire volte-face, Everard s'était évanoui dans la nuit.

Le Patrouilleur déroula une lanière attachée à la selle et pénétra dans le troupeau affolé. Il attacha l'animal le plus proche, lequel, par bonheur, se laissa faire avec docilité. Puis il se pencha, coupa les entraves avec son épée et s'éloigna avec sa prise. Il émergea de l'autre côté du groupe de chevaux et se dirigea vers le nord.

La poursuite sera rude, se dit Everard. *Mais, à moins de perdre ma piste, ils me rattraperont inévitablement. Voyons, si je me souviens de ma géographie, les champs de lave sont au nord-ouest d'ici.*

Il jeta un coup d'œil en arrière. Personne ne le poursuivait encore. Il leur faudrait un moment pour s'organiser. Cependant...

De minces éclairs clignotaient derrière eux. Il fut parcouru d'un frisson qui n'était pas causé par le froid de la nuit. Mais il ralentit l'allure. Il n'avait plus de raison de se hâter. Ce devait être Manse Everard...

... qui était retourné au sauteur de la Patrouille et l'avait conduit vers le sud dans l'espace et en arrière dans le temps jusqu'à cet instant précis.

C'était s'en tirer de justesse, pensa-t-il. Il était contraire au règlement de la Patrouille de recourir à un tel biais. Trop de danger de refermer une boucle de causalité, ou d'enchevêtrer le passé et l'avenir.

Mais on ne m'en tiendra pas rigueur. Je ne recevrai pas de réprimande. Parce que c'est pour sauver John Sandoval, et non moi-même. Je me suis déjà libéré. Je pourrais semer mes poursuivants dans ces montagnes, que je connais, à l'inverse des Mongols. Le saut temporel n'a d'autre but que de sauver la vie de mon ami.

D'ailleurs, se dit-il encore, avec une bouffée d'amertume, *à quoi a abouti cette mission, sinon à faire revenir l'avenir sur lui-même pour créer son propre passé ? Sans nous, les Mongols auraient fort bien pu conquérir l'Amérique, et alors nous n'aurions jamais existé.*

Le ciel immense, d'un noir limpide, avait rarement été plus étoilé. La Grande Ourse étincelait au-dessus de la terre givrée ; les pas des deux chevaux résonnaient dans le silence. Everard ne s'était jamais senti si solitaire.

« Et qu'est-ce que je fais, là-bas en arrière ? » se demanda-t-il tout haut.

La réponse lui vint et, quelque peu soulagé, il se laissa emporter au rythme de ses chevaux et se mit à avaler les kilomètres. Il voulait en finir. Mais sa tâche se révéla moins pénible qu'il ne l'avait craint.

Toktai et Li Tai-Tsung ne regagnèrent jamais leur pays. Non parce qu'ils périrent en mer, mais parce qu'un sorcier descendit du ciel et, de sa foudre, tua tous leurs chevaux, fracassa et incendia leurs vaisseaux à l'embouchure de la rivière. Aucun marin chinois ne voulut se risquer sur ces mers perfides dans un mauvais navire construit sur place ; aucun Mongol ne crut possible de regagner son pays à pied. D'ailleurs, ça ne l'était sans doute pas. L'expédition resterait là, épouserait des Indiennes, adopterait le mode de vie indien. Et les Chinooks, les Tlingits, les Nootkas, toutes les tribus de la côte du nord-ouest, avec leurs grands canoës pouvant tenir la mer, leurs tentes, leur travail du cuivre, leurs fourrures, leurs tissus et leur air de supériorité, dériveraient d'eux. Un noyon mongol et même un érudit confucianiste auraient pu connaître un sort moins heureux et moins utile que de créer une telle vie pour une telle race.

Everard hocha la tête. Bien. Affaire classée. Il y avait plus difficile que de contrarier les ambitions sanguinaires de Toktai : c'était de faire face à la vérité sur son univers à soi, la Patrouille : sa propre famille, son pays, sa raison de vivre. Les lointains surhommes n'étaient pas des idéalistes, après tout. Ils ne se contentaient pas de préserver une histoire peut-être divinement ordonnée menant jusqu'à eux. Çà et là, ils intervenaient aussi pour créer leur propre passé… Ne nous demandons pas s'il y a jamais eu une ligne « originale ». À cela, gardons notre esprit fermé. Considérons la route creusée d'ornières offerte à l'humanité et disons-nous qu'elle pourrait être meilleure en certains endroits, mais qu'en d'autres elle pourrait être pire.

« C'est peut-être un jeu pipé, dit Everard, mais c'est le seul à jouer. »

Sa voix lui parut si forte, dans cet immense pays couvert de givre, qu'il ne parla plus. Stimulant son cheval d'un claquement de langue, il força quelque peu l'allure en direction du nord.

L'Autre univers

Nouvelle traduite de l'américain par Bruno Martin.
Traduction révisée par Pierre-Paul Durastanti.

1.

La chasse est bonne dans l'Europe d'il y a vingt mille ans, et pour les sports d'hiver on n'a jamais trouvé mieux comme époque. C'est pourquoi la Patrouille du temps, toujours pleine de sollicitude envers son personnel hautement spécialisé, maintient en permanence un chalet dans les Pyrénées du Pléistocène.

Manse Everard, debout dans la véranda, contemplait les lointains d'un bleu glacial vers les pentes septentrionales où les monts s'abîmaient dans les bois, les marais et la toundra. Il portait un pantalon et une tunique en isosynthétique vert du XXIIIe siècle, des bottes fabriquées par un Canadien français du XIXe siècle, et il fumait une détestable pipe en bruyère d'origine indéterminée. Quelque peu sur les nerfs, il ne prêtait aucune attention au raffut de la demi-douzaine d'agents qui buvaient, bavardaient et jouaient du piano à l'intérieur.

Un guide Cro-Magnon traversa la cour couverte de neige, un grand gaillard, vêtu à l'esquimau (pourquoi n'avait-on jamais crédité l'homme du paléolithique d'assez d'intelligence pour porter une veste, un pantalon et des bottes durant une ère glaciaire ?), le visage peint, et arborant à sa ceinture un des couteaux d'acier au moyen desquels on l'avait enrôlé. La Patrouille pouvait agir à sa guise en cette période reculée, sans danger de bouleverser le passé ; le métal serait vite rouillé et le passage des étrangers oublié en quelques siècles. Le gros point noir, c'étaient les agents féminins des époques libertines ultérieures qui n'arrêtaient pas d'avoir des liaisons avec les chasseurs indigènes.

Piet Van Sarawak (mélange de Hollandais, d'Indonésien et de Vénusien, début du XXIVe siècle après Jésus-Christ), jeune, mince, la peau foncée, assez beau et adroit pour soumettre les guides à rude concurrence, vint rejoindre Everard. Ils observèrent un moment d'amical silence. Piet était lui aussi un non-attaché, prêt à intervenir dans n'importe quel Milieu ; il avait déjà travaillé de concert avec l'Américain. Ils prenaient leurs vacances ensemble.

Il parla le premier, en temporel : « Il paraît qu'ils ont repéré quelques mammouths du côté de Toulouse. » La ville ne serait pas construite avant bien longtemps, mais grande est la force de l'habitude.

« J'en ai déjà tiré un, dit Everard d'un ton impatient. Et j'ai fait du ski et de l'escalade. J'ai aussi vu les danses indigènes. »

Van Sarawak hocha la tête et alluma une cigarette. L'ossature de son visage brun et maigre fit saillie quand il aspira la fumée. « Un intermède agréable, convint-il, mais, au bout d'un moment, la vie au grand air devient fastidieuse. »

Il leur restait deux semaines de vacances. En théorie — puisqu'il pouvait rentrer au moment même de son départ —, un Patrouilleur avait tout loisir de s'octroyer des vacances indéfinies. En pratique, pourtant, il devait consacrer à sa tâche un certain pourcentage de sa durée de vie probable. (Vous ne saviez jamais à quelle date vous mourriez, car on se gardait bien de vous le dire, et nul n'était assez bête pour tenter de le découvrir — de toute façon, la date n'aurait rien eu de garanti avec un temps susceptible d'altération. Un des avantages annexes du travail dans la Patrouille consistait à bénéficier, si on le désirait, du traitement de longévité instauré par les Danelliens, ces surhommes d'un million d'années après Jésus-Christ qui étaient les chefs secrets de la Patrouille.)

« Ce qui me plairait, reprit-il, ce serait des lampions, de la musique, des filles qui n'aient jamais entendu parler de voyages dans le temps…

– Marché conclu !

– La Rome impériale ? demanda l'autre avec vivacité. Je n'y ai jamais mis les pieds. Je pourrais maîtriser la langue et les coutumes par hypno.

– Trop surfait. Mais à moins de vouloir aller très en aval dans le temps, la décadence la plus magnifique à notre disposition, c'est celle de mon Milieu, à New York. À condition de connaître les bonnes adresses… et je les connais. »

Van Sarawak éclata de rire. « J'en connais quelques-unes dans mon propre secteur, mais, dans l'ensemble, une société de pionniers n'a que faire des distractions raffinées. Très bien, filons à New York, en… quelle date ?

– Disons 1960. La dernière année où ma personne publique y a séjourné, avant que je vienne ici et maintenant. »

Ils échangèrent un large sourire, puis allèrent faire leurs bagages. Everard, à tout hasard, avait apporté des tenues du XXe siècle à la taille de son ami.

Tout en fourrant ses vêtements et son rasoir dans une mallette, l'Américain se demandait s'il parviendrait à suivre Van Sarawak. Il n'avait jamais mené grand train et aurait eu du mal à le faire en n'importe quel point de l'espace-temps. Un bon livre, une réunion de copains, un pack de bière, telles étaient à peu près ses limites. Mais l'homme le plus sobre doit de temps à autre ruer dans les brancards.

Ou pire, s'il est agent non attaché de la Patrouille du temps et si son travail au Bureau d'Ingénierie n'est qu'une couverture pour des années de vagabondage de guerre dans le temps ; s'il a vu l'histoire récrite dans ses détails mineurs — non pas par Dieu, ce qui serait supportable, mais par des mortels faillibles… car même les Danelliens, malgré tout, restaient en deçà du divin ; et si la possibilité d'une altération majeure le hante, qui entraînerait sa disparition et celle de son monde. Son visage buriné et sans grâce afficha une grimace.

Everard se passa la main dans ses cheveux bruns coupés en brosse, comme pour chasser l'idée importune. Inutile d'y songer. Le langage et la logique se délitaient face à un tel paradoxe. Mieux valait jouir des bons moments tant qu'il le pouvait.

Il empoigna sa valise et alla rejoindre Van Sarawak.

Leur petit sauteur biplace à antigravité les attendait, bien campé sur ses patins, au garage. On n'imaginait pas, en le voyant, qu'il permettait d'atteindre n'importe quel endroit sur Terre à n'importe quelle période. Mais un avion est une chose merveilleuse, aussi ; et un bateau à voile ; et un incendie.

Auprès de ma blonde
Qu'il fait bon, fait bon, fait bon

Auprès de ma blonde
Qu'il fait bon dormir !

Van Sarawak, son haleine se condensant dans l'air glacé, chantait à tue-tête cette chanson française apprise alors qu'il accompagnait l'armée de Louis XIV. Il se jucha sur la selle arrière. Everard s'esclaffa : « On se calme !

– Allons ! rétorqua son compagnon. Le continuum est beau, le cosmos est merveilleux ! Démarre-moi cet engin, et vite ! »

Everard n'en était pas si sûr ; il avait vu suffisamment de misère humaine à travers les âges. On s'endurcit au bout d'un temps, mais quand un paysan vous fixe d'un regard de chien battu, qu'un soldat hurle, le corps percé d'une lance, ou qu'une ville disparaît dans une nuée de flammes radioactives, tout au fond de soi, on pleure. Il comprenait les fanatiques qui avaient tenté d'écrire une histoire nouvelle, mais il y avait si peu de chances que leurs efforts donnent mieux…

Il régla les commandes pour arriver au dépôt du Bureau d'Ingénierie, un bon endroit pour effectuer une entrée discrète. Ils se rendraient ensuite dans son appartement et les festivités pourraient commencer.

« J'espère que tu as fait tes adieux à toutes tes amies d'ici, murmura-t-il.

– Oh ! le plus galamment du monde, je t'assure, répondit Van Sarawak. Dépêche-toi. Tu es aussi mollasson que de la mélasse à la surface de Pluton. À titre d'indication, ce véhicule ne se manie pas à l'aviron. »

Everard haussa les épaules et mit le contact. Le garage disparut.

2.

Un instant, le choc les pétrifia.

Par bribes, ils découvrirent la scène. Ils s'étaient matérialisés à une dizaine de centimètres au-dessus du sol — Everard songea plus tard à ce qui serait arrivé s'ils avaient surgi au sein d'un objet solide — pour atterrir sur la chaussée avec une violence à leur déchausser les dents. Ils se trouvaient dans une sorte de square ; un jet d'eau jaillissait non loin d'eux. Autour de cette place irradiaient des rues flanquées d'immeubles de six à dix étages, en béton ou en brique, trop bariolés et décorés. On voyait des voitures, énormes, maladroites, qui ne ressemblaient à rien, et toute une foule.

Avec un juron, Everard consulta les cadrans : d'après leurs indications, le sauteur avait atteint Manhattan, le 23 octobre 1955, à 11 h 30 du matin. Un vent violent charriait de la poussière et de la suie, apportant une odeur de cheminées.

Van Sarawak dégaina soudain son paralyseur sonique. La foule s'écartait en désordre, vociférant dans un jargon qu'ils ne comprenaient pas. Il y avait des individus de toutes sortes : de grands blonds à tête ronde, beaucoup tirant sur le roux ; quantité d'Amérindiens ; des métis de tous les croisements possibles. Les hommes arboraient d'amples tuniques aux couleurs vives, des kilts, un genre de béret écossais, des chaussures et des bas montants. Ils avaient les cheveux longs et des moustaches à la gauloise. Les femmes portaient des jupes jusqu'aux chevilles et leurs cheveux roulés sous le capuchon de leur cape. Les deux sexes aimaient vraiment les bijoux : bracelets et colliers massifs.

« Que se passe-t-il ? murmura le Vénusien. Où sommes-nous ? »

Everard restait immobile. Son esprit s'activait, passant en revue toutes les époques qu'il avait visitées, les livres qu'il avait lus. Civilisation industrielle… les voitures paraissaient marcher à la vapeur — mais pourquoi les orner de proues pointues… et de figures de proue ? — et brûler du charbon… L'ère de la Reconstruction post-atomique ? Non, ils ne portaient pas de kilts à cette époque, et ils parlaient encore anglais…

Rien ne collait. Aucun Milieu de ce genre ne figurait dans les archives.

« On file d'ici ! »

Il avait déjà les mains sur les commandes quand un géant lui sauta dessus. Ils tombèrent à terre pieds et poings mêlés. Van Sarawak tira, assommant une tierce personne, puis on l'empoigna par derrière. La foule s'abattit sur eux ; tout devint flou.

Everard eut une vague vision d'hommes en cuirasse et casque de cuivre qui se frayaient un chemin à coups de matraque à travers la cohue. On le repêcha et on le soutint pendant qu'on lui bouclait des menottes autour des poignets. Puis on les fouilla et on les emmena jusqu'à un grand véhicule. Le panier à salade est le même partout.

Il ne reprit tout à fait conscience que dans une cellule humide et froide.

« Sacré tonnerre ! » Le Vénusien se laissa tomber sur le bat-flanc de bois et se prit la tête entre les mains.

Everard resta debout, près de la porte, regardant à travers les barreaux. Il ne voyait guère qu'une portion de couloir en ciment et la cellule en face de la sienne. À travers ces autres barreaux, une carte d'Irlande fixée au mur lui évoqua un sentiment troublant.

« Qu'est-ce qui nous arrive ? demanda Van Sarawak qui tremblait de tout son corps mince.

– Je ne sais pas, dit lentement Everard. Je n'en sais rien du tout. Le sauteur est réputé indéréglable, mais on est peut-être plus bêtes que prévu.

– Un endroit pareil, ça n'existe pas, fit Van Sarawak d'un ton désespéré. Un rêve ? » Il réussit à esquisser un pâle sourire. Il affichait une lèvre fendue et enflée, ainsi que les prémices d'un superbe coquard. « Logiquement, se pincer permet de mettre la réalité à l'épreuve et de se rassurer.

– Je ne me suis déjà que trop pincé. » Everard saisit les barreaux, et la chaîne unissant ses poignets tinta. « Est-ce que les commandes auraient pu se dérégler malgré tout ? Y a-t-il une ville à n'importe quelle époque sur Terre… car, bon sang ! on est bien sur Terre, aucun doute… une ville si peu connue soit-elle qui ait jamais ressemblé à celle-ci ?

– Pas à ma connaissance. »

Everard se cramponna à sa santé mentale et en appela à tout le bagage que lui avait fourni la Patrouille, dont une mémoire absolue ; et il avait étudié l'histoire, même celle des époques qu'il n'avait jamais visitées, avec une minutie qui aurait dû lui valoir plusieurs doctorats.

« Non, finit-il par déclarer, des Blancs brachycéphales portant le kilt, mêlés à des Indiens et utilisant des automobiles à vapeur, ça ne s'est jamais vu.

– Peut-être le Coordinateur Stantel V, dit Van Sarawak d'une voix étouffée. Au XXXVIIIe siècle. Le Grand Expérimentateur... les colonies reproduisant des sociétés des temps passés...

– Aucune ne ressemble à ce monde. »

La vérité naissait en lui comme un cancer et il aurait volontiers vendu son âme pour annuler l'existence de ce monde. Il lui fallait toute sa volonté pour se retenir de hurler et de se taper la tête contre le mur.

« Il faudra voir », dit-il d'une voix atone.

Un policier — Everard pensait qu'ils étaient entre les mains des forces de l'ordre — leur apporta leur repas et tenta de leur parler. Van Sarawak déclara que sa langue rappelait les dialectes celtes, mais ne put saisir que quelques mots. Le repas n'était pas mauvais.

Dans la soirée, on les emmena aux douches où ils purent se laver sous la menace des armes officielles. Everard les examina à la dérobée : des revolvers à huit coups et des fusils à canon long.

Il y avait des becs de gaz dont les appliques affectaient un dessin de feuilles et de serpents entrelacés de façon complexe. Ces installations, les armes à feu et l'odeur qui régnait partout suggéraient une technologie du début du XIXe siècle.

Au retour, il avisa des écriteaux sur les murs. L'écriture était visiblement sémitique, mais Van Sarawak, malgré une connaissance relative de l'hébreu acquise à l'occasion de ses rapports avec les colonies juives de Vénus, ne put la déchiffrer.

Une fois sous clé, ils virent qu'on menait les autres prisonniers effectuer eux aussi leur toilette — une foule étonnamment gaie de clochards, de durs et d'ivrognes. « On a droit au traitement de faveur, observa Van Sarawak.

– Guère surprenant. Tu réagirais comment, toi, vis-à-vis d'étrangers qui surgiraient du néant et brandiraient des armes inconnues ? »

Van Sarawak tourna vers lui un visage insolite dans la noirceur de son expression. « Tu as la même idée que moi ?

– Sans doute. »

La bouche du Vénusien se tordit. Sa voix se chargea d'horreur. « Une autre trame temporelle. Quelqu'un a bien réussi à changer le cours de l'histoire. »

Everard hocha la tête.

Ils passèrent une nuit pénible. Dormir leur aurait fait du bien, mais il y avait trop de bruit dans les autres cellules. La discipline paraissait assez lâche. Et des punaises infestaient les lits.

Après un petit déjeuner sinistre, on leur permit de nouveau de se laver et de se raser. Puis dix hommes les entraînèrent dans un bureau et se plantèrent contre les murs.

Ils s'assirent devant une table et attendirent l'arrivée des autorités. Celles-ci parurent : un homme aux cheveux blancs et au teint coloré, vêtu d'une tunique verte et d'une cuirasse, sans doute un commissaire de police ; et un métis maigre au visage dur, aux cheveux gris, à la moustache noire, portant une tunique bleue, un béret et l'insigne de son rang : une tête de taureau dorée. Il aurait eu une certaine dignité d'oiseau de proie sans les jambes maigres et poilues que son kilt laissait à découvert. Les hommes plus jeunes qui le suivaient, revêtus du même uniforme et en armes, prirent place derrière lui quand il s'assit.

Everard se pencha et murmura : « Ceux-là, c'est l'armée, je parie. De toute évidence, on les intéresse. »

Van Sarawak hocha la tête, l'air triste.

Le chef de la police toussota d'un air important et dit quelques mots au… général ? Ce dernier se détourna avec impatience et s'adressa aux prisonniers. Il aboyait ses paroles avec une netteté qui aidait Everard à en saisir les phonèmes, mais sur un ton assez peu rassurant.

Il faudrait bien finir par entrer en communication. Everard se désigna et dit : « Manse Everard. » Van Sarawak se présenta de même.

Le général sursauta et entra en conciliabule avec le commissaire. Puis il se retourna pour lancer d'un ton sec : « *Yrn Cimberland ?*

– Je ne comprends pas, dit Everard.

– *Gothland ? Svea ? Nairoin Teutonach ?*

– Ces noms… s'il s'agit bien de noms… ont une consonance germanique, n'est-ce pas ? murmura Van Sarawak.

– Les nôtres aussi, somme toute, dit Everard d'une voix tendue. Ils nous prennent peut-être pour des Allemands ? » Il s'adressa au général : « *Sprechen Sie deutsch ?* » Il n'obtint pas de réponse. « *Talar ni svenska ? Spreekt u nederlands ? Dönsk tunga ?* Enfin, Bon Dieu ! *Habla usted español ?* »

Le chef de la police toussota de nouveau et se désigna. « Cadwallader Mac Barca », dit-il. Quant au général, il s'appelait Cynyth ap Ceorn, ou du moins est-ce ainsi que l'esprit anglo-saxon d'Everard interpréta les sons qu'il entendit.

« Celtique, on dirait bien. » La sueur lui vint aux aisselles. « On va s'en assurer. » Il désigna plusieurs autres hommes d'un air interrogateur et obtint des noms comme Hamilcar ap Angus, Asshur yr Cathlann, Finn O'Carthia. « Non… il y a aussi un élément sémite. Ça concorde avec leur alphabet… »

Van Sarawak s'humecta les lèvres. « Essaye les langues classiques, suggéra-t-il tout à coup. Peut-être pourra-t-on apprendre *à partir d'où* ce temps s'est détraqué.

– *Loquerisne latine ?* » Aucune réaction. « Ελληνιξειζ *?* »

Le général ap Ceorn tressauta, souffla dans sa moustache et ferma à demi les paupières. « *Hellenach ? Yrn Parthia ?* » aboya-t-il.

Everard hocha la tête. « En tout cas, ils savent que le grec existe. »

Il essaya encore quelques mots, mais personne ne connaissait la langue. Ap Ceorn grommela quelque chose à l'un de ses hommes qui s'inclina et sortit. Un long silence s'ensuivit.

Everard s'aperçut qu'il n'éprouvait plus de craintes pour lui-même. Il était dans une mauvaise passe, il pouvait n'avoir plus longtemps à vivre, mais tout ce qui pouvait lui arriver pâlissait au regard du sort du monde entier.

Ciel ! De l'univers entier !

Il ne comprenait pas. Bien clairement dans sa mémoire se dessinèrent les vastes plaines, les hautes montagnes et les orgueilleuses cités du pays qu'il connaissait. Il y avait l'image grave de son père et le temps de son enfance quand il le levait dans ses bras vers le ciel, en riant. Et sa mère… ils avaient eu une vie agréable ensemble, ces deux-là.

La jeune fille qu'il avait aimée à l'université, la plus jolie nana qu'un gars pouvait avoir le privilège de promener sous la pluie ; Bernie Aaronson, et les longues nuits à boire de la bière, à fumer et à causer ; Phil Braxkey, qui l'avait ramassé dans la boue en France sous les rafales de mitrailleuses qui balayaient un champ ravagé ; Charlie et Mary Whitcomb, le thé au coin du feu en Angleterre victorienne ; Keith et Cynthia Denison dans leur nid d'aigle chromé haut dans le ciel de New York ; Jack Sandoval parmi les collines fauves de l'Arizona ; le chien qu'il avait eu un jour ; les poèmes austères de Dante et le tonnerre éclatant de Shakespeare ; la splendeur de York Minster et du Golden Bridge… Seigneur ! une vie d'homme, et des milliards de vies passées à peiner, à souffrir et à rire avant de mourir pour laisser la place aux jeunes… Tout cela n'avait jamais existé.

Il secoua la tête, abruti de chagrin, et resta hébété.

Le soldat revint avec une carte qu'il étala sur le bureau. Ap Ceorn fit un geste brusque. Everard et Van Sarawak se penchèrent.

Oui… c'était la Terre, une projection de Mercator, quoique assez grossière. Les continents et les îles y figuraient en couleurs vives. Mais pour les nations, c'était autre chose !

« Tu arrives à déchiffrer ces noms, Van ?

– Je peux essayer en me fondant sur l'alphabet hébraïque. » Il lut les mots étranges. Ap Ceorn grognait d'approbation ou corrigeait sa prononciation.

Du nord jusqu'aux environs de la Colombie, l'Amérique s'appelait Ynys yr Afallon et semblait un vaste pays divisé en États. Le reste de l'Amérique du Sud formait un grand royaume, Huy Braseal, avec quelques pays plus petits dont les noms sonnaient indiens. L'Australie, l'Indonésie, Bornéo, la Birmanie, l'Inde orientale et une bonne part du Pacifique appartenaient à l'Hinduraj. L'Inde occidentale et l'Afghanistan constituaient le Pundjab. Le Han comprenait la Chine, la Corée, le Japon, et la Sibérie orientale. Le Littorn possédait le reste de la Russie et s'avançait loin en Europe. Les îles Britanniques s'appelaient Brittys, la France et le Bénélux, Gallis, la péninsule Ibérique, Celtan. L'Europe centrale et les Balkans étaient divisés en de nombreux petits pays dont certains portaient des noms huns. La Suisse et l'Autriche composaient l'Helveti ; l'Italie était le Cimberland ; la péninsule Scandinave se partageait par le milieu, Svea au nord, Gothland au sud. L'Afrique du Nord paraissait former une confédération du Sénégal à Suez, et presque jusqu'à l'Équateur, sous le nom de Carthagalann ; le sud du continent se divisait en petits pays qui portaient pour la plupart des noms purement africains. Le Proche-Orient comprenait Parthia et Arabia.

Van Sarawak releva la tête, les yeux remplis de larmes. Ap Ceorn grogna une question et agita l'index. Il voulait savoir d'où ils venaient.

Everard haussa les épaules et montra le ciel. La seule chose qu'il ne pouvait avouer, c'était la vérité. Van Sarawak et lui avaient convenu prétendre qu'ils venaient d'une autre planète, puisque ce monde-ci ne pouvait guère maîtriser les voyages dans l'espace.

Ap Ceorn parla au commissaire qui acquiesça et répondit. On reconduisit les prisonniers dans leur cellule.

3.

« Et maintenant ? » Van Sarawak s'assit sur sa couchette et, les épaules voûtées, contempla le plancher.

« On joue le jeu, fit Everard. On fait tout ce qu'on peut pour récupérer le sauteur et vider les lieux. Une fois libres, on réfléchit.

– Mais que s'est-il passé ?

– Je te répète que je n'en sais rien ! À première vue, les Gréco-Romains ont perdu leur prédominance au profit des Celtes, mais où et quand, je l'ignore. » Il se mit à arpenter la pièce. Une décision amère s'imposait à lui.

« Rappelle-toi la théorie de base, reprit-il. Les événements résultent d'un complexe. C'est pourquoi il est si difficile de changer l'histoire. Si je retournais au Moyen Âge, par exemple, et que je tue un des ancêtres hollandais de Franklin Roosevelt, il n'en naîtra pas moins à la fin du XIXe siècle, parce que lui-même et ses gènes viennent de la somme totale de ses ancêtres et qu'une compensation aura joué. Mais de temps à autre, il doit y avoir un épisode essentiel, le nœud de tant de lignes événementielles que ses conséquences sont décisives pour le futur tout entier.

» D'une façon ou d'une autre, et pour une raison inconnue, quelqu'un a donné un coup de pouce à un tel événement dans le passé.

– Plus d'Hesperus City, murmura Sarawak. Plus de promenades le long des canaux sous le crépuscule bleu, plus de crus d'Aphrodite, plus de… tu savais que j'avais une sœur sur Vénus ?

– Tais-toi ! » Everard avait presque crié. « Je sais bien tout ça. L'important, c'est ce qu'on va faire. Écoute. La Patrouille et les Danelliens n'existent plus. Et ne demande pas comment ça se fait qu'ils aient existé "avant", pourquoi c'est la première fois qu'on revient du lointain passé pour trouver un avenir modifié. Je ne comprends pas les paradoxes d'un temps ductile. C'est comme ça, voilà tout. Mais, bref, les bureaux de la Patrouille et les centres de loisirs qui se situent à des dates antérieures au point d'altération n'auront pas été affectés. Il doit bien y avoir quelques centaines d'agents qu'on peut rassembler.

– Si on parvient à s'échapper.

– On pourra alors découvrir cet événement clé et annuler l'intervention, quelle qu'elle soit, qui l'a affecté. Il le faut !

– Une idée séduisante, mais… »

Il y eut un bruit de pas au-dehors. Une clé ferrailla dans la serrure. Les prisonniers reculèrent. Soudain, Van Sarawak s'inclinait, souriait, se répandait en salamalecs. Everard lui-même resta bouche bée.

La jeune fille qui entra, précédant trois soldats, était à couper le souffle. Grande, une crinière de feu descendant jusqu'à sa taille de guêpe, elle avait des yeux verts et animés, un visage issu de toutes les beautés d'Irlande depuis les origines, et sa longue robe blanche moulait une silhouette qu'on imaginait sans mal se profilant sur les murailles de Troie. Everard remarqua vaguement que cette époque employait les fards, mais la jeune fille n'en avait guère besoin. Il n'accorda pas la moindre attention à ses bijoux d'or et d'ambre, pas plus qu'aux armes braquées derrière elle.

Elle esquissa un sourire un peu timide. « Me comprenez-vous ? On pense que vous savez peut-être le grec… »

Sa langue était plus classique que moderne. Everard, qui avait travaillé à l'époque d'Alexandre, la comprenait, malgré un accent inaccoutumé, à force d'attention — une attention qu'elle méritait, de toute manière.

« Oui, je comprends, dit-il en bégayant un peu.

– Qu'est-ce que vous baragouinez ? s'enquit Van Sarawak en temporel.

– Du grec ancien, répondit Everard dans la même langue.

– C'est bien ma veine », geignit le Vénusien. Son désespoir semblait s'être dissipé, et il ouvrait les yeux ronds.

Everard se présenta ainsi que son camarade. La jeune fille leur déclara s'appeler Deirdre Mac Morn. « Non, c'en est trop, gémit Van Sarawak. Manse, apprends-moi le grec. Et vite.

– Boucle-la, il s'agit d'une affaire sérieuse.

– D'accord, mais pourquoi est-ce que tu t'en chargerais seul ? » Everard lui tourna le dos et pria leur visiteuse de s'asseoir. Il se plaça à côté d'elle sur la couchette, et son camarade resta debout à proximité, l'air sombre. Les gardiens avaient toujours l'arme au poing.

« Le grec est-il encore une langue vivante ? demanda Everard.

– Il ne survit qu'en Parthia, d'ailleurs très dégradé. Je suis une spécialiste des humanités, entre autres. Saorann ap Ceorn est mon oncle, c'est pourquoi il m'a demandé d'essayer d'entrer en rapport avec vous. Nous ne sommes pas nombreux en Afallon à connaître la langue attique.

– Eh bien… » Everard réprima un sourire idiot. « Je remercie votre oncle. »

Elle le regarda d'un air grave. « D'où venez-vous ? Et comment se fait-il que vous ne parliez que le grec, entre toutes les langues ?

– Je connais aussi le latin.

– Le latin ? » Elle fronça les sourcils. « Oh, la langue des Romains, n'est-ce pas ? J'ai peur que vous ne trouviez personne qui la parle.

– Le grec suffira.

– Mais vous ne m'avez toujours pas dit d'où vous venez. »

Il haussa les épaules. « On ne nous a guère témoigné de courtoisie.

– Vous m'en voyez navrée. » Elle paraissait sincère. « Notre peuple est si irritable… surtout en ce moment, avec la situation internationale. Et quand vous avez surgi tous les deux, comme du néant… »

Everard se présenta et nomma son compagnon. La situation internationale ? Voilà qui semblait familier. « Que voulez-vous dire, au juste ?

– Vous êtes sûrement au courant. Le Huy Braseal et l'Hinduraj s'apprêtent à se déclarer la guerre, et tout le monde se demande ce qui va arriver… Ce n'est pas facile pour un petit pays.

– Un petit pays ? On m'a montré une carte : l'Afallon m'a paru assez vaste.

– Nous avons laissé nos forces dans la grande guerre contre le Littorn, il y a deux cents ans. Maintenant, nos États confédérés ne tombent jamais d'accord sur la moindre politique. » Deirdre le regarda dans les yeux. « Comment se fait-il que vous soyez ignorants à ce point ? »

Everard avala sa salive. « Nous venons d'un autre monde.

– Quoi ?

– Oui. D'une planète... » *Non, ça signifie « vagabond » en grec.* « ... d'un orbe qui tourne autour de Sirius. C'est le nom que nous donnons à une certaine étoile.

– Mais... que voulez-vous dire ? Un monde qui accompagne une étoile ? Je ne comprends pas.

– Vous ne savez donc pas ? Une étoile, c'est un soleil comme... »

Deirdre se recula et, du doigt, traça un signe dans l'air. « Que le Grand Baal nous vienne en aide ! souffla-t-elle. Soit vous êtes fou, soit... Les étoiles sont fixées sur une sphère de cristal. »

Oh ! non, pas ça !

« Et les étoiles errantes que vous voyez ? demanda Everard d'une voix posée. Mars, Vénus...

– J'ignore ces noms. Si vous voulez parler de Moloch, Astarté et des autres, bien entendu, ce sont des mondes comme le nôtre, qui accompagnent eux aussi le soleil. L'un est habité par les esprits des morts, l'autre par les sorcières, un autre... »

Tout ce fatras et des autos à vapeur ! Everard esquissa un pâle sourire. « Si vous ne me croyez pas, qui pensez-vous que je sois ? »

Deirdre le dévisagea, les yeux écarquillés. « Vous devez être des sorciers. »

Il n'y avait rien à répondre. Everard posa encore quelques questions sans conviction ; il apprit seulement que cette ville (à l'emplacement du New York de son Milieu) était Catuvellaunan, un centre industriel et commercial ; Deirdre en évaluait la population à deux millions d'habitants, celle de l'Afallon à cinquante millions. Il s'agissait d'une approximation : ce monde ignorait les recensements.

Le sort des prisonniers n'était pas décidé. Les autorités militaires avaient mis la main sur leur engin et sur leurs autres biens, mais personne n'osait les manipuler, et le traitement à appliquer à ses propriétaires faisait l'objet de débats animés. Everard estima que le gouvernement, y compris l'autorité suprême sur les forces armées, s'organisait dans un beau désordre d'ambitions personnelles. L'Afallon même n'était qu'une confédération peu structurée formée d'anciennes nations éparses — les colonies brittiques et les Indiens qui avaient adopté la culture des Blancs — toutes fort jalouses de leurs droits. Le vieil Empire maya, détruit à la suite d'une guerre contre le Tehannach (le Texas) et annexé ensuite, n'avait pas oublié son passé glorieux, et c'était lui qui envoyait au Conseil des Suffètes les délégués les plus virulents.

Les Mayas désiraient une alliance avec le Huy Braseal, sans doute à cause de leurs affinités avec les autres Indiens. Les États de la côte Ouest, craignant l'Hinduraj, étaient les suppôts de l'empire du sud-est asien. Le Centre-Ouest — comme de juste — était isolationniste. Quant aux États de l'Est, quoique très divisés, ils inclinaient à suivre la politique de Brittys.

Stop ! Il devait avant tout penser à sauver sa peau et celle de Van Sarawak. « Nous sommes originaires de Sirius, reprit-il d'un ton altier. Vos idées sur les étoiles sont erronées. Nous sommes venus en explorateurs pacifiques, et si l'on nous maltraite, d'autres êtres de notre race viendront nous venger. »

Deirdre eut l'air si malheureux qu'il s'en trouva tout contrit. « Épargneront-ils les enfants ? demanda-t-elle d'une voix suppliante. Ils n'y sont pour rien. » Il n'avait pas de mal à imaginer les scènes effrayantes auxquelles elle pensait : les captifs désespérés et enchaînés, conduits au marché des esclaves dans un monde de sorciers.

« Il n'y aura aucun problème si on nous relâche et qu'on nous rend nos biens, dit-il.

– Je vais parler à mon oncle, mais même si je parviens à le convaincre, il n'est jamais qu'un des membres du Conseil. La pensée du pouvoir que nous donneraient vos armes si nous pouvions les fabriquer les a tous rendus fous. »

Elle se leva. Everard lui prit les mains ; elles étaient tièdes et douces ; il lui adressa un sourire torve. « Du cran, bébé », lui dit-il en anglais. Elle frissonna et refit le signe de protection.

« Bon, dit Van Sarawak lorsqu'ils se retrouvèrent seuls, qu'as-tu appris ? » Une fois informé, le Vénusien se massa le menton et murmura : « Bel ensemble de courbes, cette fille. Il doit y avoir des mondes pires que celui-ci.

– Ou meilleurs, rétorqua Everard. Ils n'ont pas la bombe atomique, mais ils ignorent aussi la pénicilline. Ce n'est pas à nous à jouer au bon Dieu.

– Non… Non, j'imagine. » Le Vénusien soupira.

4.

Ils passèrent une journée agitée. La nuit était tombée quand des lanternes scintillèrent dans le couloir et qu'un garde militaire ouvrit la cellule. On ôta aux prisonniers leurs menottes et on les conduisit en silence jusqu'à une entrée de service où deux voitures attendaient, qui démarrèrent après qu'on eut poussé les prisonniers dans l'une.

L'absence d'éclairage urbain et le peu de circulation nocturne donnaient un aspect irréel à la ville tentaculaire. Everard se concentra sur le fonctionnement du véhicule. Mû à la vapeur, comme il l'avait deviné, et brûlant de la poudre de charbon, des roues cerclées de bandes de caoutchouc, une carrosserie effilée, à l'avant pointu, à la figure de proue en forme de serpent, le tout d'un maniement simple, mais peu étudié. Ce monde semblait pratiquer des méthodes empiriques, sans disposer d'une véritable ingénierie.

Ils traversèrent un pont de fer mal construit pour passer sur une île qui était Long Island — comme dans leur monde antérieur, un quartier résidentiel réservé aux riches. En dépit de la faiblesse des phares à huile, ils allaient vite et frôlèrent par deux fois l'accident : il n'y avait pas de signalisation et les chauffeurs paraissaient tous mépriser la prudence.

Le gouvernement, la circulation... hum. Tout ça vous avait un air français, si on ignorait les rares intervalles pendant lesquels la France bénéficiait d'un Henri de Navarre ou d'un Charles de Gaulle. Et de fait, même au XXe siècle d'Everard, la France restait celte, dans une large mesure. Il ne croyait pas aux théories fumeuses des caractéristiques raciales innées, mais il pouvait admettre l'existence de traditions si anciennes et si bien ancrées qu'elles s'inscrivaient dans l'inconscient. Un monde occidental où les Celtes étaient devenus la race dominante, alors que les Germains étaient réduits à de petits postes avancés... Oui, il suffisait de voir l'Irlande de son monde ou de se rappeler que la politique tribale avait entravé la révolte de Vercingétorix... Mais comment expliquer le Littorn ?... Une minute ! Au début du Moyen Âge d'Everard, la Lituanie était un pays puissant ; elle avait longtemps résisté aux Germains, aux Polonais et aux Russes, et n'avait adopté le christianisme qu'au XVe siècle. Sans la concurrence des Germains, la Lituanie pouvait donc très bien s'être avancée vers l'est...

En dépit de l'instabilité politique des Celtes, c'était un monde composé de vastes États : les nations y étaient moins nombreuses que dans celui d'Everard. Cela indiquait une société plus ancienne. Sa propre civilisation occidentale avait grandi après la décadence de l'Empire romain, aux environs de 600 après Jésus-Christ — ces Celtes-ci avaient dû prendre le dessus à une date *antérieure*.

Everard commençait à imaginer ce qui était arrivé à Rome, mais préférait attendre avant de tirer des conclusions définitives.

Les véhicules s'arrêtèrent devant une porte monumentale dans un long mur de pierre. Les conducteurs échangèrent quelques mots avec deux gardes armés portant la livrée d'un domaine particulier et le fin collier en acier des esclaves. La grille s'ouvrit, et les voitures s'engagèrent dans une allée de gravier entre des rangées d'arbres, des pelouses et des haies. Au bout, presque sur la plage, se dressait une maison. On fit signe à Everard et à Van Sarawak de descendre et on les mena vers le bâtiment.

Il s'agissait d'une construction de bois aux vastes dimensions. Les becs de gaz du perron en montraient les rayures bariolées ; pignons et têtes de poutre étaient sculptés en forme de dragons. Derrière, la mer murmurait et la clarté des étoiles était suffisante pour qu'Everard distingue un navire assez proche — sans doute un cargo, avec une haute cheminée et une figure de proue.

Il y avait de la lumière aux fenêtres. Un esclave maître d'hôtel accueillit les visiteurs. L'intérieur était lambrissé de bois sombre, aussi sculpté, et le plancher recouvert d'épais tapis. Au bout du couloir s'ouvrait un salon : fauteuils rembourrés, quelques tableaux peints d'une manière conventionnelle et guindée, et un grand feu qui brillait gaiement dans une immense cheminée de pierre.

Saorann ap Ceorn était assis dans un fauteuil, Deirdre dans un autre. Elle posa son livre à leur entrée et se leva en souriant. L'officier, les traits durs, tirait sur un cigare. Quelques ordres brefs et les gardes disparurent.

Le maître d'hôtel apporta du vin sur un plateau. Deirdre invita les Patrouilleurs à s'asseoir.

Everard goûta son vin — une sorte de Bourgogne, excellent — et demanda sans ambages : « Que faisons-nous ici ? »

Deirdre sourit, éblouissante, cette fois. Puis elle eut un éclat de rire. « Vous préférez sûrement ceci à la prison.

– Bien sûr. Mais je désire quand même savoir. Va-t-on nous relâcher ?

– Vous êtes... » Elle chercha une réponse diplomatique, mais elle était trop franche. « Vous êtes les bienvenus ici, mais vous ne pouvez quitter la propriété. Nous avions l'espoir que vous consentiriez à nous venir en aide. La récompense serait de taille.

– Vous venir en aide ? Que voudriez-vous que nous fassions ?

– Enseigner à nos artisans et à nos sorciers les enchantements nécessaires à la fabrication d'autres machines et armes comme les vôtres. »

Il soupira. Inutile de tenter une explication. Ils ne possédaient même pas les outils indispensables pour usiner les machines à fabriquer le matériel nécessaire. Mais comment le faire comprendre à des gens qui croyaient encore à la magie ?

« C'est la demeure de votre oncle ?

– Non, la mienne. Je suis la fille unique de mes parents, des nobles très riches morts l'an passé. »

Ap Ceorn aboya quelque chose et Deirdre traduisit d'un air inquiet. « Tout Catuvellaunan est désormais au courant de votre arrivée magique, ce qui signifie que les espions étrangers le savent aussi. Nous espérons vous cacher ici. »

Everard eut un frisson en se remémorant les petits jeux auxquels l'Axe et les Alliés s'étaient livrés dans des pays neutres comme le Portugal. Selon toute vraisemblance, des hommes menacés par l'approche de la guerre se montreraient moins courtois que les Afalloniens.

« Quel est le sujet de ce conflit ? demanda-t-il.

– La domination de l'océan Icénien, bien sûr. Surtout de ces îles très riches que nous appelons Yyns yr Lyonnach. » Deirdre se leva d'un souple mouvement et montra Hawaii sur un globe. « Comme je vous l'ai dit, les pays occidentaux comme Brittys, Gallis et nous-mêmes, avons épuisé nos forces à lutter contre le Littorn. Nos domaines se sont réduits et les États jeunes comme le Huy Braseal et l'Hinduraj, en pleine expansion, se querellent. Ils vont attirer dans la bataille les nations moindres, car il ne s'agit pas seulement d'un conflit d'ambitions, mais de systèmes : entre la monarchie de l'Hinduraj et la théocratie solaire du Huy Braseal.

– Quelle est votre propre religion, si je puis me permettre ? »

Deirdre cilla. La question lui paraissait sans doute dépourvue de sens. « Les gens instruits pensent qu'il y a un Grand Baal qui a créé les dieux mineurs, finit-elle par répondre d'une voix lente, mais, bien sûr, nous rendons aussi hommage aux dieux étrangers, Perkunas et Czerneborg du Littorn, le soleil des sudistes, Wotan Amraon du Cimberland, et ainsi de suite. Ils sont très puissants.

– Je vois… »

Ap Ceorn offrit des cigares et des allumettes. Van Sarawak aspira la fumée et lança d'un ton querelleur :

« Bon sang, c'est bien ma veine de tomber dans un monde qui ne parle aucune langue que je connaisse. » Il s'anima. « Mais j'apprends vite, même sans hypno. Je demanderai à Deirdre d'être mon professeur.

– Toi, et moi, se hâta de répondre Everard. Mais écoute. » Il lui rapporta la teneur de leur conversation.

« Hum, dit le jeune homme en se frottant le menton. Décourageant, hein ? Bon, s'ils nous laissaient approcher du sauteur, on filerait tout de suite. Pourquoi ne pas faire semblant de jouer leur jeu ?

– Ne les prenons pas pour des imbéciles. Ils croient peut-être à la magie, mais pas à l'altruisme total.

– Curieux... un tel retard intellectuel, et le moteur à combustion.

– Non, ça se conçoit sans peine. C'est pourquoi j'ai interrogé Deirdre : sa religion n'a jamais été autre que païenne. Même le judaïsme paraît avoir disparu et le bouddhisme n'a guère exercé d'influence. Comme l'a souligné Whitehead, l'idée médiévale d'un dieu unique et tout-puissant était capitale pour la science, car elle supposait la notion de l'ordre de la nature. Et Mumford a ajouté que les premiers monastères ont sans doute eu la paternité de l'invention, essentielle, des horloges mécaniques, du fait qu'ils observaient des heures régulières pour la prière. Il semble que les horloges ne soient venues que tard dans ce monde-ci. Bizarre de parler comme ça. Whitehead et Mumford n'ont jamais existé. Et si Jésus a vécu, son message s'est perdu.

– Pourtant...

– Un instant. » Everard se tourna vers Deirdre. « Quand a-t-on découvert l'Afallon ?

– Les Blancs ? En l'an 4827.

– Et à quelle date remonte votre calendrier ? »

Deirdre paraissait à présent immunisée contre la surprise. « À la création du monde… tout au moins telle que déterminée par divers philosophes. Soit il y a 5964 ans.

Cela coïncidait avec le fameux 4004 avant Jésus-Christ de l'évêque Usser, peut-être par hasard, mais il y avait décidément un élément sémitique dans cette civilisation. Le mythe de la Création dans la Genèse était d'origine babylonienne, lui aussi.

« Quand a-t-on commencé d'utiliser la vapeur *(pneuma)* pour faire marcher les machines ?

– Il y a environ mille ans. Le grand Druide Boroihme O'Fiona…

– Peu importe. » Everard tira sur son cigare et réfléchit en silence. Puis il s'adressa à Van Sarawak : « Je commence à déchiffrer le puzzle. Les Gaulois étaient loin d'être les barbares que s'imaginent la plupart des gens. Ils avaient appris des tas de choses au contact des commerçants phéniciens et des colons grecs, aussi bien que des Étrusques en Gaule cisalpine. Une race très énergique et entreprenante. Par ailleurs, les Romains étaient une race assez terre à terre, sans grands appétits intellectuels. Il n'y a guère eu de progrès technologiques dans notre monde avant la dispersion de leur Empire et le début du Moyen Âge.

» Mais dans cette histoire-ci, les Romains ont disparu de bonne heure. Les Juifs aussi, je le parierais. J'imagine que, sans l'équilibre du pouvoir apporté par la présence de Rome, les Syriens ont bel et bien vaincu les Maccabées, supprimé le judaïsme et hellénisé le pays. Après tout, ils avaient failli y parvenir dans notre Antiquité à nous. Faute de judaïsme, le christianisme n'est jamais apparu. Et d'une manière ou d'une autre, en l'absence de Rome, ce sont les Gaulois qui ont prédominé. Ils ont entrepris diverses explorations, construit des navires plus perfectionnés, et ils ont découvert l'Amérique au IXe siècle. Mais ils n'étaient pas beaucoup plus avancés que les Indiens, de sorte que ces derniers ont pu les rattraper... et même bâtir des empires, comme le Huy Braseal d'aujourd'hui. Au XIe siècle, les Celtes ont commencé à mettre au point la machine à vapeur. Ils semblent avoir aussi connu la poudre, peut-être empruntée à la Chine, et effectué d'autres inventions ; mais tout ça par hasard, sans véritable assise scientifique.

– Tu as sans doute raison, dit le Vénusien. Mais qu'est devenue Rome ?

– Je n'en sais rien. Mais c'est vers cette époque que se situe notre événement clé. »

Everard reporta son attention sur Deirdre. « Ceci risque de vous étonner, mais notre peuple a visité votre monde il y a environ deux mille cinq cents ans. C'est pour cette raison que je parle grec, mais que j'ignore ce qui s'est passé depuis. J'aimerais que vous me renseigniez. Vous me paraissez fort érudite. »

Elle rougit et abaissa ses longs cils. « Je serai ravie de vous aider de mon mieux. » Elle prit soudain un ton implorant. « Nous aiderez-vous en retour ?

– Je ne sais pas, soupira Everard. Je le voudrais, mais je ne sais pas si je le peux. »

Après tout, mon rôle consiste à vous condamner au néant, toi et tout ton univers.

5.

Une fois dans sa chambre, Everard découvrit que l'hospitalité de ce monde était plus que généreuse. Mais il était trop fatigué et déprimé pour en profiter… En tout cas, songea-t-il avant de s'endormir, la belle esclave attribuée à Van ne serait sans doute pas déçue.

On se levait tôt, ici. De sa fenêtre à l'étage, Everard aperçut des gardes qui arpentaient la plage ; cependant, ils n'enlevaient rien à la beauté de la matinée. Il descendit déjeuner avec Van Sarawak : les œufs au bacon, les toasts et le café apportèrent la dernière touche d'onirisme. Ap Ceorn était reparti en ville pour un conciliabule, l'informa Deirdre ; quant à elle, ayant pour l'heure mis ses soucis de côté, elle devisait gaiement de choses insignifiantes. Everard apprit qu'elle faisait partie d'une troupe de théâtre amateur qui donnait parfois des pièces en grec original — de là sa facilité à parler la langue. Elle aimait monter à cheval, chasser, nager, faire de la voile… « Irons-nous ? demanda-t-elle.

– Quoi faire ?

– Nager, bien sûr ! » Elle se leva d'un bond du fauteuil où elle était assise sur la pelouse, sous les feuilles flambantes au pâle soleil d'automne, se défit en un tournemain, et en toute innocence, de ses vêtements. Everard crut entendre un choc sourd lorsque la mâchoire de Van Sarawak heurta le sol. « Venez ! dit-elle en riant. Le dernier à l'eau est un Sassenach ! »

Elle plongeait déjà dans les vagues grises et froides quand Everard et son ami arrivèrent, frissonnants, sur la plage. Le Vénusien gémit. « Je viens d'une planète chaude. Mes ancêtres étaient Indonésiens. Des oiseaux des Tropiques. »

Everard sourit. « Mais il y avait aussi des Hollandais parmi eux, non ?

– Ils avaient eu le bon goût d'aller s'établir en Indonésie !

– C'est bon, reste sur la plage.

– Rien à faire ! Si elle se baigne, moi aussi j'en suis capable ! » Il plongea un orteil dans l'eau et geignit de nouveau.

Everard en appela à toute sa volonté et prit son élan. Deirdre l'aspergea. Il plongea, empoigna une jambe mince, et tira la jeune fille sous l'eau. Pendant quelques minutes ils gambadèrent, avant de rentrer à la maison au pas de course pour prendre une douche brûlante. Van Sarawak les suivit, maussade.

« Parlons-en, du supplice de Tantale, marmonna-t-il. La plus belle fille de tout le continuum et je ne peux rien lui dire, et en plus elle est à moitié ourse blanche. »

Séché à l'aide de serviettes et habillé à la mode locale par les esclaves, Everard retourna devant le feu du salon. « Qu'est-ce que ce dessin ? » demanda-t-il en désignant l'écossais de son kilt.

Deirdre leva la tête. « Les couleurs de mon clan, répondit-elle. Les invités sont toujours membres du clan pendant leur séjour, même s'il y a une lutte en cours entre clans. » Elle esquissa un sourire timide. « Et il n'y en a pas en ce moment, Manslach. »

Ce qui le replongea dans ses mornes pensées. Il se souvint de son but.

« J'aimerais vous poser des questions sur l'histoire. Je m'y intéresse tout particulièrement. »

Elle hocha la tête, ajusta un filet doré sur ses cheveux et prit un livre sur une étagère encombrée. « Je pense que c'est la meilleure Histoire du monde. Je pourrai me documenter plus tard sur les détails que vous voudrez. »

Et me dire ce que je dois faire pour t'anéantir...

Il s'assit avec elle sur un divan. Le maître d'hôtel entra en poussant le chariot du déjeuner. Everard mangea sans appétit. La nourriture semblait dénuée de goût.

Puis il tâcha de vérifier son intuition. « Est-ce que Rome et Carthage se sont jamais fait la guerre ?

– Oui. Il y en a eu deux. Tout d'abord, elles étaient alliées contre l'Épire. Puis elles se sont séparées. Rome a gagné la première guerre et tenté de limiter l'expansion carthaginoise. La deuxième guerre a éclaté vingt-trois ans après et elle a duré… onze ans en tout, même si les trois dernières années n'ont été qu'un long nettoyage, après qu'Hannibal a pris et brûlé Rome. »

Ah!... Dans un sens, Everard se sentit malheureux d'avoir eu raison.

La Seconde Guerre punique (qu'on appelait la Guerre romaine ici), ou plutôt un incident clé concomitant constituait donc le point crucial. Mais — en partie par curiosité immédiate, en partie parce qu'il ne voulait pas se trahir — Everard ne demanda aucun détail. Il fallait d'abord qu'il sache ce qui s'était passé au juste. (Enfin, ce qui ne s'était *pas* passé. La réalité était là, bien vivante, penchée sur un manuel d'histoire ; c'était lui le fantôme.)

« Qu'est-il arrivé ensuite ? demanda-t-il d'une voix atone.

– L'Empire carthaginois finit par englober l'Hispanie, le sud de la Gaule et le pied de l'Italie. Le reste de la péninsule demeure en proie au chaos après l'éclatement de la confédération romaine. Mais le gouvernement carthaginois est trop vénal pour durer ; Hannibal lui-même meurt assassiné par des gens qui le trouvaient trop honnête. Pendant ce temps, les Syriens et les Parthes se disputent la Méditerranée orientale ; les Parthes finissent par l'emporter.

» Une centaine d'années après les guerres puniques, des tribus germaniques conquièrent l'Italie. » Il devait s'agir des Cimbres et de leurs alliés les Teutons et les Ambres, stoppés par Marius dans le monde d'Everard. « Leur passage destructeur en Gaule met à leur tour les Celtes en mouvement vers l'Hispanie et l'Afrique du Nord, cependant que Carthage décline ; et au contact de celle-ci les Celtes apprennent beaucoup.

» Une longue période de guerres s'ensuit, au cours de laquelle les Parthes s'affaiblissent et les États celtiques grandissent. Les Huns battent les Germains en Europe centrale, mais sont eux-mêmes dispersés par les Parthes ; aussi les Gaulois occupent le pays et les seuls Germains survivants sont ceux d'Italie et d'Hyperborée. » Ce devait être la péninsule Scandinave. « Avec les progrès des navires, le commerce s'établit avec l'Extrême-Orient, et depuis l'Arabie, et en contournant l'Afrique. » Dans l'histoire telle qu'Everard la connaissait, Jules César avait été stupéfait de constater que les Vénètes construi-

saient les meilleurs navires de toute la Méditerranée.
« Les Celtaniens découvrent l'Afallon du sud, qu'ils prennent pour une île… d'où cet "Ynys"… mais sont rejetés à la mer par les Mayas. Les colonies brittiques du nord connaissent un sort plus heureux et finissent par acquérir leur indépendance.

» Pendant ce temps, le Littorn grandit. Il englobe un temps le plus clair de l'Europe, et la partie occidentale du continent ne recouvre la liberté qu'après le traité de paix qui met fin à la guerre de Cent Ans dont je vous ai parlé. Les pays asiatiques se libèrent de leurs maîtres européens exsangues et se modernisent, tandis que les nations occidentales déclinent. » Deirdre leva les yeux du livre qu'elle parcourait en parlant. « Mais ce n'est qu'une esquisse, Manslach. Dois-je continuer ?

– Non, je vous remercie… Vous parlez bien franchement de la situation de votre propre pays.

– La plupart d'entre nous se refusent à l'admettre, mais je pense qu'il vaut mieux regarder la réalité en face. » Elle s'anima soudain : « Mais, parlez-moi de votre propre monde. C'est un miracle incroyable. »

Everard soupira, fit taire sa conscience et se mit à mentir.

L'attaque eut lieu l'après-midi même.

Van Sarawak avait repris courage et apprenait activement l'afallonien avec Deirdre. Ils se promenaient dans le jardin, la main dans la main, s'arrêtant pour nommer les objets et conjuguer les verbes. Everard les suivait en se demandant vaguement s'il n'était pas de trop, mais beaucoup plus intéressé par le problème de la récupération de son sauteur temporel.

Le ciel pâle et sans nuages répandait une brillante clarté. Un érable se dressait, écarlate, et les feuilles jaunies jonchaient la pelouse desséchée. Un vieil esclave ratissait la cour sans se fatiguer, un garde encore jeune, de race indienne, paressait, fusil en bandoulière, et une paire de chiens limiers sommeillaient en toute dignité sous une haie. Une scène paisible — il était difficile de croire que des hommes puissent penser à tuer, de l'autre côté des murs.

Mais l'homme reste l'homme, dans toutes les histoires. Cette civilisation n'avait peut-être pas la brutale volonté ni la cruauté raffinée de la civilisation occidentale ; par certains côtés, elle paraissait même singulièrement innocente. Pourtant, ce n'était pas faute d'essayer. Et, dans ce monde, il se pouvait que jamais science digne de ce nom ne prenne naissance et que l'homme répète sans cesse le cycle épuisant de la guerre, de l'empire, de la décadence et de la guerre encore. Dans le futur du monde d'Everard, la race avait fini par y échapper.

Avec quel profit ? Il ne pouvait affirmer que ce continuum était meilleur ou pire que le sien. Il était différent ; et ces gens n'avaient-ils pas droit à l'existence tout autant que ses congénères voués au néant éternel s'il échouait ?

Il serra les poings. Le problème était trop vaste. Aucun homme ne devrait se trouver devant un tel dilemme.

Il savait qu'en définitive, ce ne serait pas un sentiment abstrait du devoir qui le ferait agir, mais bien le souvenir des petites choses et des petites gens.

Ils contournèrent la maison et Deirdre montra la mer. « *Awarlann.* » Ses cheveux dénoués faisaient une longue flamme dans le vent.

« Est-ce que ça signifie “l'océan”, “l'Atlantique”, ou simplement “l'eau”? demanda Van Sarawak en riant. Allons voir. » Il l'entraîna vers la plage.

Everard les suivit. Une sorte de vedette à vapeur, longue, rapide, bondissait sur les vagues, à un kilomètre de la côte. Des mouettes volaient en un tourbillon d'ailes blanches et de cris aigus. Il songea que s'il avait occupé la position de responsabilité, il y aurait eu un navire de guerre posté là devant.

Était-il obligé de prendre une décision? Il y avait d'autres Patrouilleurs dans l'antiquité préromaine? Une fois rentrés eux aussi dans leur propre époque, ils...

Il se raidit. Un frisson le parcourut.

Ils reviendraient, s'apercevraient de ce qui était arrivé et s'efforceraient de corriger les événements. Si l'un d'entre eux réussissait, ce monde-ci disparaîtrait de l'espace-temps, *et lui-même par ricochet.*

Deirdre s'immobilisa. Everard, transi de sueur, remarqua à peine ce qu'elle fixait du regard, avant de l'entendre pousser un cri et de la voir lever la main. Alors il la rejoignit et scruta les flots.

La vedette approchait, crachant étincelles et fumée par sa haute cheminée, et le serpent doré de sa proue scintillait. Il distinguait les petites silhouettes des hommes à bord, et quelque chose de blanc, avec des ailes. L'objet s'éleva dans l'air au-dessus de la poupe et prit de l'altitude, tiré par un câble. Un planeur! L'aéronautique celtique avait au moins atteint ce point...

« Joli, dit Van Sarawak. Et j'imagine qu'ils connaissent la montgolfière. »

Le planeur lâcha sa remorque et descendit vers la côte. Un des gardes en faction sur la plage cria. Les autres accoururent de la maison, le soleil accrochant des éclairs aux canons de leurs armes. La vedette fonça vers la côte et le planeur atterrit, creusant un sillon dans le sable.

Un officier hurla et fit signe aux Patrouilleurs de reculer. Everard aperçut le visage de Deirdre, pâle et ahuri. Puis une tourelle pivota sur le planeur — un coin de son cerveau lui dit qu'elle devait être actionnée à la main — et un canon tonna.

Everard s'aplatit sur le sable. Van Sarawak fit de même, entraînant la jeune fille. La mitraille se fraya un chemin sanglant parmi les soldats afalloniens.

Puis il y eut une fusillade rageuse. Des hommes jaillissaient du planeur, des hommes au visage foncé, portant des turbans et des sarongs. *L'Hinduraj !* se dit Everard. Ils échangèrent des coups de feu avec les gardes survivants rassemblés autour de leur capitaine.

Ce dernier poussa un cri et partit à la charge. Everard leva la tête et le vit presque parvenu à la hauteur du planeur et de son équipage. Van Sarawak bondit pour se précipiter dans la bagarre. Everard le prit par la cheville et le tira au sol.

« *Lâche-moi !* » Le Vénusien se débattit. Il sanglotait presque. Les morts et les blessés laissés par le canon rougissaient la plage de leur sang en une vision de cauchemar. Le bruit de la bataille emplissait le ciel.

« Non, idiot ! C'est après nous qu'ils en ont. Et ce fou d'Irlandais qui sert de capitaine à la troupe a commis la pire erreur possible… » De nouvelles salves requirent son attention.

La vedette, à faible tirant d'eau et propulsée par hélice, avait abordé sur la plage et vomissait des hommes en armes. Les Afalloniens se rendirent compte un peu tard qu'ils avaient déchargé leurs armes et se trouvaient pris à revers.

« Venez ! » Everard hissa Deirdre et Van Sarawak sur leurs pieds. « Il faut partir… aller chez les voisins… »

Un détachement de l'équipage du bateau le vit et infléchit sa course dans leur direction. Une balle s'enfonça avec un bruit mat dans le sable. Les esclaves hurlaient dans la maison. Les deux chiens-loups se précipitèrent, vite fauchés par les balles.

Everard pivota pour s'enfuir. Accroupi et en zigzag, c'était le moyen… franchir le mur et sauter sur la route ! Il y serait peut-être parvenu, mais Deirdre trébucha et tomba. Van Sarawak s'arrêta et se planta devant elle en grondant. Everard s'arrêta aussi. Il était trop tard. Ils étaient sous la menace des armes.

Le chef des hommes sombres aboya quelque chose à l'adresse de la jeune fille. Elle s'assit et lui répondit d'un ton de défi. Il eut un rire bref et montra la vedette du pouce.

« Que se passe-t-il ? demanda en grec Everard.

– C'est vous qu'ils veulent. » Elle le regarda, horrifiée. « Vous deux… » L'officier reprit la parole. « Et moi, pour traduire… Non ! »

Elle se débattait entre les bras qui la maintenaient et griffa un homme au visage. Le poing d'Everard décrivit un arc court qui s'acheva sur un nez avec un bruit satisfaisant. Cela ne pouvait pas durer ; une crosse de fusil s'abattit sur son crâne. Il n'eut que vaguement conscience qu'on le traînait à bord de la vedette.

6.

L'équipage abandonna le planeur sur la plage, repoussa le bateau en eau profonde puis démarra à pleine vitesse. Ils laissèrent sur place les gardes morts et blessés, mais emmenèrent les leurs.

Everard, assis sur un banc du pont mouvant, regardait s'amincir la ligne côtière. Ses idées se clarifiaient. Deirdre pleurait sur l'épaule de Van Sarawak, qui s'efforçait de la consoler. Un vent bruyant et glacé soufflait en travers des vagues, les mouchetant d'embruns.

Lorsque deux Blancs sortirent de la cabine, Everard tressaillit. Ce n'étaient pas des Asiatiques, mais des Européens. Quant au reste de l'équipage… Tous des traits caucasiens… La peau brune, du maquillage !

Il se leva et toisa ses nouveaux geôliers avec circonspection. L'un était un homme d'âge mûr, de taille moyenne, replet, vêtu d'une blouse de soie rouge, de vastes pantalons blancs et d'une toque d'astrakan ; rasé de près, il arborait une queue-de-cheval. L'autre, un peu plus jeune, géant blond mal dégrossi, portait une tunique à crochets de cuivre, des culottes à guêtres, un manteau de cuir et un casque à cornes. Ils avaient l'un et l'autre des revolvers à la ceinture et on les traitait avec déférence.

Everard examina les alentours. La terre était déjà hors de vue ; on mettait le cap au nord. Le moteur faisait vibrer la coque et le bateau embarquait des paquets de mer quand la proue plongeait dans une vague.

L'homme le plus âgé parla tout d'abord en afallonien. Everard haussa les épaules. Le Nordique barbu essaya en premier lieu un dialecte totalement inconnu, puis dit ensuite : « *Taelan thu cimbric ?* »

Everard, qui connaissait plusieurs dialectes germaniques, courut sa chance, pendant que Van Sarawak tendait son oreille de Hollandais. Deirdre se tassa, les yeux grands ouverts, trop hébétée pour bouger.

« *Ja*, fit Everard, *ein wenig.* » Le blond semblant hésiter, il se reprit : « *A little.*

– *Ah ! aen litt. Gode !* » Le gros homme frotta ses mains poilues. « *Ik halt Boierik Wulfilasson ok main gefreond heer erran Boleslav Arkonsky.* »

Everard n'avait jamais entendu parler cette langue. Ça ne pouvait pas être du Cimbre ancien, après autant de siècles… mais le Patrouilleur parvenait à la comprendre à peu près. La difficulté serait de parler… Il ignorait son évolution.

« *What the hell erran thu maching, anyway ?* lâcha-t-il. *Ik bin aen man auf Sirius... the stern Sirius, mit planeten ok all. Set uns gebach or willen be der Teufel to pay !* »

Boierik Wulfilasson eut l'air peiné et suggéra de poursuivre la discussion à l'intérieur, avec la jeune fille pour interprète. Il les conduisit jusqu'à la cabine, petite mais bien meublée. La porte resta ouverte, avec un garde en armes aux aguets et d'autres à proximité.

Boleslav Arkonsky dit quelque chose à Deirdre en afallonien. Elle hocha la tête et il lui donna un verre de vin. Cela parut la réconforter, mais elle s'adressa à Everard d'une voix blanche : « Nous sommes pris, Manslach. Leurs espions ont découvert votre retraite. Un autre groupe doit s'emparer de votre machine... ils savent également où elle se trouve.

– Je m'en doutais. Mais qui sont-ils, au nom de Baal ? »

Boierik éclata de rire en entendant la question et exposa longuement la haute opinion qu'il avait de lui-même. Son idée était de convaincre les Suffètes d'Afallon de la responsabilité de l'Hinduraj. En fait, l'alliance secrète du Littorn et du Cimberland possédait un service d'espionnage efficace. Ils se dirigeaient vers la résidence de loisirs de l'ambassade du Littorn, à Ynys Llangollen (l'île de Nantucket), où on forcerait les sorciers à expliquer leurs enchantements, pour faire une surprise aux grandes puissances.

« Et si nous ne voulons pas... ? »

Deirdre traduisit mot pour mot la réponse d'Arkonsky. « J'en regretterai les conséquences pour vous. Nous sommes des civilisés et nous paierons largement, en or, votre collaboration volontaire ; mais l'existence de nos pays est en jeu. »

Everard les regarda. Boierik paraissait triste et gêné ; sa joie exubérante s'était évaporée. Boleslav Arkonsky tambourinait sur la table, les lèvres serrées, mais non sans une certaine prière dans le regard. *Ne nous forcez pas à agir ainsi. On doit vivre avec ça.*

Ils étaient sans doute pères et époux, ils devaient aimer boire un pot de bière en jouant aux dés, comme tout un chacun ; peut-être Boierik élevait-il des chevaux en Italie et Arkonsky cultivait-il des roses sur les côtes de la Baltique. Mais rien de tout cela ne profitait à leurs captifs quand la nation toute-puissante dictait sa loi à ses fils.

Everard prit le temps de considérer la machination et se demanda ce qu'il allait faire. La vedette était rapide, mais il lui faudrait une vingtaine d'heures pour atteindre Nantucket, s'il se souvenait bien des distances. Il avait au moins ce délai devant lui.

« Nous sommes fatigués, dit-il en anglais. Peut-on se reposer un moment ?

– *Ja deedly*, dit Boierik avec une grâce un peu lourde. *Ok wir skallen gode gefreonds bin, ni ?* »

Le soleil se coucha dans un enfer rouge. Deirdre et Van Sarawak, accoudés au bastingage, contemplaient la vaste étendue grise. Trois hommes d'équipage, débarrassés de leur maquillage et de leurs vêtements asiatiques, se tenaient en alerte sur la poupe ; un homme gouvernait à la boussole ; Boierik et Everard arpentaient le pont en devisant. Tous portaient de lourdes capes pour se protéger contre la brise rude et cinglante.

Everard commençait à se débrouiller en cimbrien ; il faisait encore des erreurs, mais arrivait à se faire comprendre. Toutefois, il laissait Boierik parler.

« Ainsi vous venez des étoiles ? Je ne comprends pas ces choses-là. Je suis un homme simple. Si j'étais libre, j'administrerais paisiblement ma propriété en Cimberland et je laisserais le monde devenir fou à sa guise. Mais nous, les Gens, nous avons nos obligations. » Les Teutons semblaient avoir totalement remplacé les Latins en Italie, comme les Saxons avaient pris la place des Bretons dans le monde d'Everard.

« Je comprends vos sentiments, dit le Patrouilleur, C'est étrange que tant d'hommes se battent alors que si peu le désirent.

– Mais c'est nécessaire. Vous ne comprenez pas. Carthagalann nous a volé l'Égypte, notre bien légitime.

– *Italia irredenta*, murmura Everard.

– Comment ?

– Peu importe. Donc, vous les Cimbres, vous êtes les alliés du Littorn, et vous espérez vous emparer de l'Europe et de l'Afrique pendant que les grandes puissances se battent en Orient.

– Pas du tout ! répliqua Boierik, indigné. Nous affirmons uniquement nos revendications territoriales, légitimes et historiques. Le roi lui-même a dit… » Et ainsi de suite.

Everard se campa pour résister au roulis. « J'ai l'impression que vous nous traitez assez mal, nous autres sorciers, déclara-t-il. Prenez garde que nous ne nous mettions pas vraiment en colère contre vous.

– Nous sommes tous protégés contre les malédictions et les sorts.

– Dans ce cas…

– Je voudrais que vous nous aidiez de votre propre gré, dit Boierik. Je serai heureux de vous démontrer la justesse de notre cause, si vous avez quelques heures à m'accorder. »

Everard hocha la tête, s'éloigna et s'arrêta près de Deirdre. Son visage était indistinct dans le crépuscule, mais il perçut un défi dans sa voix. « J'espère que vous lui dites ce qu'il peut faire de ses plans, Manslach.

– Non, dit Everard d'un ton lourd. *Nous allons les aider.* »

Elle en resta comme paralysée.

« Qu'est-ce que tu dis, Manse ? » s'enquit Van Sarawak.

Everard le lui traduisit.

« Non ! se récria le Vénusien.

– Si.

– Bon Dieu ! non ! Je vais… »

Everard lui prit le bras et lui dit froidement : « Tiens-toi tranquille. Je sais ce que je fais. On ne peut pas prendre parti, on est contre tout le monde, ici. Tâche de le comprendre. La seule chose à faire, c'est de feindre de marcher dans leur jeu pendant un temps. Et ne le répète pas à Deirdre. »

Van Sarawak baissa la tête et réfléchit un moment. « D'accord », convint-il sans enthousiasme.

7.

La résidence de loisirs littornienne se trouvait sur la côte sud de Nantucket, près d'un village de pêcheurs, mais derrière de hauts murs. L'ambassade avait bâti, à l'image de son pays, de longues maisons de rondins avec des toits arqués comme le dos d'un chat, une salle commune, et des communs autour d'une cour dallée. Après avoir dormi, puis déjeuné tristement sous le regard de Deirdre, Everard monta sur le pont tandis qu'ils abordaient au quai privé. Il y avait déjà là une vedette plus importante, et le coin fourmillait d'hommes à l'air dur. Les yeux d'Arkonsky s'illuminèrent; il dit en afallonien : « Je vois qu'on a amené la machine magique. Nous allons nous mettre au travail. »

Quand Boierik eut traduit, Everard eut froid au cœur.

On conduisit les invités — le Cimbre tenait à les désigner sous ce nom — dans une vaste salle où Arkonsky fit une génuflexion devant une idole à quatre visages, cette Svantevit que les Danois avaient réduite en bois de chauffage dans l'autre histoire. Il y avait un bon feu dans l'âtre, pour lutter contre la fraîcheur de l'automne, et des gardes postés le long des murs. Everard n'avait d'yeux que pour le sauteur temporel qui brillait là sur le plancher.

« Il paraît que le combat a été rude à Catuvellaunan, lui dit Boierik. Il y a eu de nombreux morts, mais les nôtres ont pu battre en retraite sans être suivis. » Il toucha une poignée de guidon avec prudence. « Et cette chose peut vraiment surgit du néant où son conducteur le souhaite ?

– Oui. »

Deirdre lança à Everard un regard de mépris comme il ne s'en était jamais attiré, puis s'écarta de lui et de Van Sarawak avec hauteur.

Arkonsky lui dit quelque chose pour qu'elle le traduise. Elle lui cracha aux pieds. Boierik soupira et s'adressa à Everard. « Nous désirons une démonstration de la machine. Vous et moi, nous allons partir dessus. Je vous préviens que mon arme sera dans vos reins ; vous me direz à l'avance tout ce que vous comptez faire, et s'il arrive quoi que ce soit d'anormal, je tire. Mais je suis sûr que nous resterons tous bons amis. »

Everard hocha la tête. Il se sentait les muscles noués, les paumes moites et froides. « Tout d'abord, je dois prononcer une formule magique. »

Il lança un coup d'œil. Il nota du premier regard les coordonnées spatiales des cadrans de position et l'heure indiquée par le chronomètre du sauteur. Un second lui montra Van Sarawak assis sur un banc, sous la menace du pistolet d'Arkonsky et des fusils des gardes ; Deirdre était aussi assise, toute droite, le plus loin possible de lui. Everard calcula au plus juste la position du banc par rapport au sauteur, leva les bras et, en temporel, psalmodia : « Sarawak, je vais essayer de te tirer d'ici.

Reste exactement où tu es ; au centimètre près, j'insiste. Je te prendrai au vol. Si tout va bien, ça se produira une minute après que j'aurai disparu d'ici avec notre camarade hirsute. »

Le Vénusien demeura impassible, mais une pellicule de sueur recouvrit son front.

« Très bien, reprit Everard en cimbrien approximatif. Enfourchez le siège arrière, Boierik, et nous allons mettre en marche ce cheval magique. »

Le blond obéit. Quand Everard se fut installé sur le siège avant, il sentit contre ses reins un canon de pistolet qui tremblait. « Dites à Arkonsky que nous serons de retour dans une demi-heure », ajouta-t-il. On employait à peu près le même système horaire que dans le monde d'Everard ; l'un et l'autre dérivaient du système babylonien. Cela fait, Everard dit : « D'abord, nous allons apparaître au-dessus de l'océan en vol stationnaire.

– T-t-très bien », dit Boierik, d'un ton peu assuré.

Everard régla les coordonnées spatiales sur quinze kilomètres à l'est et trois cents mètres d'altitude, puis il mit le contact.

Ils étaient à califourchon, comme des sorcières sur un balai, au-dessus de l'étendue verte des eaux ; au loin, une vague tache signalait la terre. Un vent violent les souffletait et Everard serra les genoux. Il entendit Boierik pousser un juron, ce qui lui arracha un sourire.

« Alors, cela vous plaît ? demanda-t-il.

– C'est... merveilleux. » Le Cimbre, qui s'habituait à l'idée, commençait à s'enthousiasmer. « Les ballons ne sont rien à côté. Avec des machines pareilles, nous pouvons survoler les villes ennemies dans une pluie de feu ! »

Dans une certaine mesure, cela conforta Everard dans ce qu'il devait faire.

« On avance », dit-il en mettant le sauteur en mouvement. Boierik poussa un cri de joie. « Et maintenant, on saute jusqu'à votre pays natal. »

En fait, il effectua un looping, puis l'engin plongea avec une accélération de trois G.

Quoique averti, le Patrouilleur lui-même eut du mal à tenir bon. Il ne sut jamais si c'était la boucle ou le piqué qui avait projeté Boierik dans le vide ; il entrevit l'homme qui tombait dans le vent, vers la mer, et il le regretta.

Pendant un court instant, Everard plana au-dessus des vagues. Sa première réaction fut d'angoisse rétrospective — et si Boierik avait eu le temps de tirer ? — et la seconde, de remords. Il les chassa toutes les deux et se concentra sur le problème du sauvetage de Van Sarawak.

Il régla les verniers spatiaux à trente centimètres du banc des captifs, les coordonnées temporelles à une minute après son départ. Il garda une main à proximité des commandes — il allait devoir faire vite — et l'autre libre.

La machine se matérialisa presque devant le Vénusien. Everard le crocheta par sa tunique de la main gauche et l'attira dans le champ spatio-temporel, tandis que, de la main droite, il lançait à revers le volant chronométrique et remettait le contact.

Une balle ricocha sur du métal. Everard aperçut Arkonsky qui criait. Puis tout disparut ; ils se retrouvèrent deux mille ans plus tôt sur une colline herbeuse qui descendait à la mer.

Everard se laissa choir en avant sur son guidon, le corps secoué de frissons.

Un cri le ramena à lui. Il se tourna et vit Van Sarawak étendu sur la colline. Le Vénusien avait encore le bras passé autour de la taille de Deirdre.

Le vent s'était apaisé ; la mer roulait son écume et des nuages passaient très haut dans le ciel.

« Je me vois mal te le reprocher, Van. » Everard, le regard rivé par terre, faisait les cent pas devant le sauteur. « Mais voilà qui complique singulièrement les choses.

– Qu'est-ce que je devais faire ? demanda le Vénusien avec du défi dans la voix. La laisser pour que ces salauds la tuent… ou qu'elle disparaisse avec tout son univers ?

– Rappelle-toi, on est conditionnés. Sans autorisation, on ne pourra pas lui dire la vérité, même si on en a envie… et moi, du moins, je ne le souhaite pas. »

Il regarda la jeune fille qui respirait profondément, le regard vague. Le vent caressait ses longs cheveux et sa robe mince.

Elle secoua la tête comme pour s'éclaircir les idées, accourut à eux et les prit chacun par une main. « Pardonnez-moi, Manslach, murmura-t-elle. J'aurais dû savoir que vous ne nous trahiriez pas. »

Elle leur donna un baiser. Van Sarawak y répondit, mais Everard ne trouva pas la force de le faire. Cela lui aurait rappelé Judas.

« Où sommes-nous ? reprit-elle. On dirait Llangollen, mais sans hommes… Nous auriez-vous emmenés aux îles Heureuses ? » Elle pivota sur un pied et gambada parmi les fleurs de l'été. « Pouvons-nous nous reposer ici un moment avant de rentrer ? »

Everard prit une profonde inspiration. « J'ai de mauvaises nouvelles pour vous, Deirdre. » Elle se tut. Il la vit se crisper. « Nous ne pouvons pas rentrer. »

Elle attendit, muette.

« Les enchantements auxquels j'ai dû recourir pour sauver vos vies… je n'avais pas le choix, mais ils nous empêchent de retourner chez vous.

– Il n'y a aucun espoir ? » Il l'entendit à peine.

« Non », dit-il avec un picotement sous les paupières.

Elle s'éloigna. Van Sarawak voulut la suivre, se ravisa et s'assit près de son ami. « Qu'est-ce que tu lui as dit ? »

Everard répéta ses propres paroles. « Ça m'a paru le compromis le plus acceptable. Je ne peux pas la renvoyer au sort qui attend son monde.

– Non. » Le Vénusien contempla la mer pendant un instant, sans mot dire. « On est en quelle année ? demanda-t-il ensuite. À peu près l'époque du Christ ? En deçà du point crucial, donc.

– Oui. Et il nous reste à le trouver.

– Remontons encore. Il y aura des bureaux de la Patrouille. On y trouvera de l'aide.

– Peut-être. Pourtant, je me crois capable de localiser l'événement clé ici même, avec l'aide de Deirdre. Réveille-moi quand elle reviendra. »

Et il s'allongea dans l'herbe pour dormir.

Elle revint, les yeux secs, avec une expression de calme désespoir. Quand Everard lui demanda son assistance, elle opina du chef. « Bien sûr. Ma vie vous appartient puisque vous l'avez sauvée. »

Après t'avoir entraînée dans cette aventure, pour commencer...

Il expliqua avec circonspection : « Tout ce que je vous demande, c'est un renseignement. Connaissez-vous... une façon d'endormir les gens d'un sommeil pendant lequel ils croient tout ce qu'on leur dit ? »

Elle hocha la tête, non sans hésiter. « J'ai vu des Druides médecins le faire.

– Ne craignez rien. Il s'agit seulement que vous vous rappeliez tout ce que vous savez, même ce que vous croyez avoir oublié. Cela ira vite. »

La confiance qu'elle lui accordait le troublait. Grâce aux méthodes de la Patrouille, Everard la mit en état hypnotique de mémoire absolue et tira d'elle tout ce qu'elle avait jamais lu et entendu au sujet de la Seconde Guerre punique. Cela lui fournit tout le nécessaire pour le but qu'il poursuivait.

L'ingérence de Rome dans une entreprise carthaginoise au sud de l'Ebre, en violation flagrante des traités, allume l'étincelle. En 219 avant Jésus-Christ, Hannibal Barca, gouverneur de l'Espagne carthaginoise, met le siège devant Sagonte. Il la prend au bout de huit mois, provoquant la guerre qu'il a préparée de longue date. Au début de mai 218, il franchit les Pyrénées avec une armée de quatre-vingt-dix mille fantassins, douze mille cavaliers et trente-sept éléphants, il traverse la Gaule et franchit les Alpes. Il essuie des pertes terribles en cours de route : à la fin de l'année, seuls vingt mille fantassins et six mille cavaliers entrent en Italie. Pourtant, près du fleuve Ticinus, il rencontre et met en déroute une armée romaine supérieure en nombre. Au cours de l'année suivante, il livre plusieurs batailles victorieuses mais sanglantes, et avance jusqu'en Apulie et en Campanie.

Les Apuliens, les Lucaniens, les Brutiens et les Samnites passent dans son camp. Quintus Fabius Maximus mène une guérilla atroce qui ravage l'Italie sans emporter la décision. Entre-temps, Hasdrubal Barca organise l'Espagne et, en 211, il amène des renforts. En 210, Hannibal prend et brûle Rome. En 207, les dernières villes de la confédération romaine se rendent à lui.

« Voilà. » Everard caressa les cheveux cuivrés de la jeune fille étendue près de lui. « Dormez, à présent. Dormez bien et éveillez-vous le cœur léger.

– Qu'est-ce qu'elle t'a dit ? s'enquit Van.

– Tout, et en détail. » Le récit entier avait pris plus d'une heure. « Le point crucial, c'est qu'elle connaît bien l'histoire, mais ne parle jamais des Scipion.

– Qui ?

– Publius Cornélius Scipion commandait l'armée romaine à Ticinus et il a perdu. Mais, par la suite, il a eu l'excellente idée de se tourner vers l'ouest et de saper les bases carthaginoises d'Espagne. Hannibal a fini par se retrouver isolé en Italie et les renforts ibériques envoyés à son secours ont été anéantis. Le fils de Scipion, qui portait le même nom, a fini par vaincre Hannibal à Zama. C'est lui qu'on appelle Scipion l'Africain, l'aîné.

» Le père et le fils étaient, et de loin, les meilleurs chefs romains… mais Deirdre n'en a jamais entendu parler.

– Tiens… » Le Vénusien regarda vers l'est, de l'autre côté de la mer, là où Gaulois, Cimbres et Parthes s'ébattaient parmi les ruines du monde antique. « Que leur est-il donc arrivé dans cette trame temporelle ?

– Ma propre mémoire absolue me dit que les deux Scipion étaient à Ticinus et ont *failli* y être tués ; le fils a sauvé la vie du père pendant la retraite qui, à mon avis, a dû être une vraie débandade. Je te parie à dix contre un que, dans cette histoire-*ci*, les Scipion y sont morts.

– On a dû les assassiner. » La voix du Vénusien se durcit. « Un voyageur temporel. Il n'y a pas d'autre explication.

– En tout cas, ça paraît probable. On verra. » Everard détourna son regard du visage de Deirdre endormie. « On verra. »

8.

Revenus à la base de loisirs du Pléistocène une demi-heure après avoir cru la quitter pour New York, les Patrouilleurs remirent la jeune fille aux bons soins d'une aimable matrone qui parlait grec, puis convoquèrent tous leurs collègues. Alors, les capsules de message se mirent à pulluler dans l'espace-temps.

Tous les bureaux antérieurs à 218 avant Jésus-Christ — le plus proche étant celui d'Alexandrie, 250-230 — étaient « *encore* » là, soit deux cents agents au total, environ. Le contact par écrit avec le futur s'avéra impossible et quelques brèves incursions dans l'avenir apportèrent les preuves voulues. Une conférence angoissée se tint à l'Académie, dans l'Oligocène. Les non-attachés avaient un grade supérieur aux agents à poste fixe, mais ils étaient égaux entre eux ; sur la base de son expérience personnelle, Everard se retrouva président d'un comité d'officiers supérieurs.

Il s'agissait d'une tâche frustrante. Ces hommes et ces femmes avaient parcouru les siècles et manié les armes des dieux, mais c'étaient néanmoins des humains, avec tous les défauts inhérents à leur nature.

Chacun s'accordait à penser qu'il fallait réparer le dommage. Mais on éprouvait des craintes pour ceux des agents partis plus avant dans le temps sans avoir été prévenus, comme les deux amis ; s'ils n'étaient pas de retour quand on referait l'histoire, on ne les reverrait jamais. Everard envoya des groupes à leur recherche, mais il doutait de leur réussite. Il leur ordonna de revenir avant une journée ou d'en subir les conséquences.

Un homme de la Renaissance scientifique souligna un autre aspect. Oui, les survivants avaient le devoir de remettre en place le cours « original » du temps. Mais ils avaient aussi un devoir envers la connaissance. Il y avait là une chance unique d'étudier toute une phase nouvelle de l'humanité ; on devrait se livrer à plusieurs années de travaux anthropologiques avant de... Everard eut du mal à le faire taire. Il ne restait pas assez de Patrouilleurs pour courir un tel risque.

Les groupes d'étude devaient fixer le moment exact et les circonstances du changement. Les discussions sur les méthodes à appliquer furent interminables. Everard scrutait furieusement la nuit préhumaine par la fenêtre et se demandait si, en définitive, les tigres à dents de sabre ne se débrouillaient pas mieux que leurs successeurs simiesques.

Quand il eut enfin dépêché ses divers émissaires, il ouvrit une bouteille et s'enivra en compagnie de Van Sarawak.

Réuni de nouveau le lendemain, le comité directeur entendit les rapports de ses envoyés, qui avaient parcouru un total impressionnant d'années dans le futur. On avait sauvé une douzaine de Patrouilleurs dans des situations plus ou moins embarrassantes ; une vingtaine avaient tout bonnement disparu et il n'en serait plus question.

Le rapport du groupe d'espionnage était plus intéressant. Il semblait que deux mercenaires helvètes aient rejoint Hannibal dans les Alpes et gagné sa confiance. Après la guerre, ils avaient occupé de hautes situations à Carthage ; sous les noms de Phrontes et Himilco, ils avaient dirigé — plus ou moins — le gouvernement, organisé l'assassinat d'Hannibal et établi de nouveaux records de débauche. Un Patrouilleur avait vu leurs demeures et les hommes eux-mêmes. « Une quantité d'améliorations auxquelles on n'avait pas pensé dans l'Antiquité. Ces hommes m'ont paru être des Neldoriens du 205e millénaire. »

Everard hocha la tête. Une époque de banditisme qui avait « déjà » donné du fil à retordre à la Patrouille... « Je pense que l'affaire est claire. Peu importe qu'ils aient été avec Hannibal avant Ticinus ou non. On aurait un mal de tous les diables à les arrêter dans les Alpes sans nous trahir et transformer à notre tour l'avenir. Ce qui compte, c'est qu'ils paraissaient avoir supprimé les Scipion et c'est à ce point qu'il nous faut intervenir. »

Un Britannique du XIXe siècle, capable, mais très « colonel de l'armée des Indes », déroula une carte et fit un exposé de ses observations aériennes de la bataille de Ticinus. Il s'était servi d'un télescope à infrarouge pour suivre les opérations à travers les nuages.

« Et ici se trouvaient les Romains...

– Je sais, dit Everard. Il s'en est fallu de peu. C'est le moment où ils ont pris la fuite qui est crucial, mais la confusion à cet instant nous fournit notre opportunité. Bon, on encercle le terrain en catimini, mais je doute qu'on puisse envoyer plus de deux agents sur les lieux mêmes. Le bureau d'Alexandrie peut nous fournir les costumes, à Van Sarawak et à moi.

– Je pensais que ce privilège me serait réservé, dit l'Anglais.

– Non, je regrette, dit Everard avec un demi-sourire. Ce n'est d'ailleurs pas un privilège. Il s'agit de risquer sa peau, et pour effacer tout un monde peuplé de vos propres semblables…

– Mais, bon sang… »

Everard se leva. « Il faut que j'y aille. Je me demande bien pourquoi, mais il faut que j'y aille. »

Van Sarawak hocha la tête.

Ils laissèrent leur sauteur dans un bouquet d'arbres et se mirent en marche à travers le champ de bataille.

Autour de l'horizon et dans le ciel, une centaine de Patrouilleurs en armes attendaient, mais au milieu des javelots et des flèches, ce n'était qu'une faible consolation. Des nuages menaçants fuyaient devant un vent aigre et sifflant, il y avait des averses ; l'Italie ensoleillée était à la fin de son automne.

La cuirasse pesait aux épaules d'Everard qui trottait dans la boue. Il avait un casque, des jambières, un bouclier romain au bras gauche et un glaive à la ceinture ; mais il tenait de la main droite un paralyseur. Van Sarawak le suivait, pareillement équipé, le regard alerte sous son panache d'officier qui dansait dans la bise.

Les trompettes mugissaient et les tambours battaient. Leur bruit se perdait presque dans les hurlements et les piétinements des hommes, les hennissements des montures sans cavalier et le sifflement des flèches. Seuls quelques capitaines et de rares éclaireurs chevauchaient encore; comme souvent, avant l'invention de l'étrier, ce qui avait commencé comme une bataille de cavalerie se terminait en combat à pied une fois les lanciers jetés bas de leurs montures. La légion de Carthage avançait, donnait du glaive contre les lignes romaines qui fléchissaient. Çà et là, la bataille se divisait déjà en petits nœuds de combattants qui portaient au hasard des coups sans conviction.

Le combat avait dépassé cette zone et se poursuivait au-delà. La mort était tout autour d'eux. Everard contourna en hâte les forces romaines, vers les aigles étincelantes au loin. Par-dessus les casques et les cadavres, il distingua une bannière qui flottait, triomphale, rouge vif et pourpre sur le fond tourmenté du ciel. Masse grise monstrueuse, trompe levée, barrissant, un escadron d'éléphants chargeait.

Il avait déjà vu la guerre. C'était toujours la même chose — non pas un dessin bien net de lignes sur une carte, ni un concert de clameurs courageuses, mais des individus perplexes qui haletaient, suaient et saignaient.

Un jeune homme mince au visage sombre se tortillait non loin de là pour s'efforcer d'arracher la javeline qui lui avait transpercé l'estomac. C'était un cavalier carthaginois, mais le paysan romain assis près de lui, à regarder sans y croire le moignon de son bras, ne lui accordait aucune attention.

Un vol de corbeaux planait au-dessus d'eux, dans le vent, en attente.

« Par ici, marmonna Everard. Et vite ! La ligne va céder d'un moment à l'autre. »

Sa respiration lui irritait la gorge tandis qu'il se traînait vers les étendards de la République. Il se rappela avoir toujours souhaité qu'Hannibal l'emporte. Il y avait un aspect répugnant dans l'avidité froide et pragmatique de Rome. Et voilà qu'il était en train d'essayer de sauver la Cité. Après tout, la vie était le plus souvent une drôle d'affaire.

C'était une consolation de savoir que Scipion l'Africain devait être l'un des rares honnêtes hommes à survivre à la guerre.

Les clameurs et les bruits s'amplifièrent et les Romains reculèrent. Everard crut voir dans les mouvements de foule une vague se briser contre un roc. Mais c'était le roc qui avançait, en barrissant, et qui frappait, frappait sans cesse, de ses lances d'ivoire.

Il se mit à courir. Un légionnaire le dépassa, criant de terreur. Un vétéran romain aux cheveux gris cracha à terre, se campa sur ses jambes et resta sur place jusqu'à ce qu'il eût été taillé en pièces. Les éléphants d'Hannibal levèrent leurs défenses courbes. Les rangs carthaginois restaient serrés, avançant sous l'impulsion inhumaine des tambours. La cavalerie se livrait à des escarmouches sur les flancs dans un flamboiement de lances.

En avant ! Everard vit des cavaliers, des officiers romains. Ils brandissaient leurs aigles en hurlant, mais personne ne les entendait dans le tumulte.

Un petit groupe de légionnaires s'arrêta. Leur chef héla les Patrouilleurs : « Venez ici ! Nous allons leur faire voir, par le ventre de Vénus ! »

Everard secoua la tête et voulut passer outre. Le Romain gronda et bondit vers lui. « Arrive, capon… »

Un rayon de paralyseur lui coupa la parole et il s'abattit dans la boue. Ses hommes frémirent, quelqu'un cria et tout le groupe détala.

Les Carthaginois étaient tout près, bouclier contre bouclier, épées rougies de sang. Everard distinguait une cicatrice livide sur la joue d'un homme, le grand nez busqué d'un autre. Un javelot lancé rebondit sur son casque ; il baissa la tête et se mit à courir.

Il y avait un nœud de combattants devant lui. Il voulut le contourner et trébucha sur un cadavre tailladé. Un Romain trébucha sur lui, à son tour. Van Sarawak poussa un juron et l'entraîna. Une épée traça un sillon dans le bras du Vénusien.

Plus loin, les hommes de Scipion, encerclés, se battaient sans espoir. Everard s'arrêta, aspirant l'air dans ses poumons desséchés, et tenta d'y voir à travers le mince rideau de pluie. Des armures mouillées brillaient, des cavaliers romains galopaient, de la boue jusqu'aux naseaux de leurs chevaux. Ce devait être le fils, le futur Scipion l'Africain, qui accourait au secours de son père. Le bruit des sabots sur le sol évoquait le tonnerre.

« Là-bas ! »

Van Sarawak tendit le bras, le doit pointé. Everard s'accroupit, la pluie dégoulinant de son casque sur son visage. Une petite troupe de Carthaginois avançait à cheval vers la bataille qui se livrait autour des aigles ; à leur tête se trouvaient deux hommes à la stature et aux traits grossiers des Neldoriens. Ils portaient la cuirasse d'ordonnance, mais chacun d'eux était armé d'un fusil à mince canon.

« Par ici ! » Everard pivota sur les talons et fonça vers eux. Le cuir de son armure grinçait pendant qu'il courait.

Ils étaient tout près des nouveaux venus quand on les aperçut. Un visage carthaginois se tourna vers eux et lança un avertissement. Everard le vit rire dans sa barbe. Un des Neldoriens fronça les sourcils et braqua son désintégrateur.

Everard se plaqua au sol et le rayon blanc-bleu brûla l'endroit où il se tenait l'instant d'avant. Il lâcha une décharge et un des chevaux africains tomba dans un fracas métallique. Van Sarawak resta sur place et tira posément. Deux fois, trois fois, quatre — et un Neldorien se retrouva dans la boue !

On s'entretuait autour des Scipion. Les gardes du corps des Neldoriens hurlaient de terreur. On avait dû leur faire la démonstration des désintégrateurs, mais ces coups invisibles, c'était autre chose. Ils prirent la fuite. Le second des bandits maîtrisa son cheval et voulut s'échapper.

« Occupe-toi de celui que tu as descendu, Van, haleta Everard. Emmène-le à l'écart du champ de bataille… il faudra le questionner… »

Il se remit debout tant bien que mal et se dirigea vers un cheval sans cavalier… Avant même de s'en apercevoir, il était en selle et aux trousses du Neldorien.

Ils foncèrent à travers le chaos. Everard poussait sa monture, mais gardait ses distances. Une fois qu'ils seraient hors de vue, un sauteur pourrait descendre et n'aurait pas de mal à arrêter sa proie.

Le vagabond du temps dut avoir la même pensée, car il freina sa monture et visa. Everard vit l'éclair éblouissant et sentit un picotement à la joue ; il avait été manqué de peu. Il régla son pistolet sur large champ et continua d'avancer en tirant.

Une autre boule de feu atteignit son cheval en plein poitrail. La bête tomba, entraînant Everard. Ses réflexes amortirent la chute ; il se retrouva sur ses pieds, un peu étourdi, et se rua vers son ennemi. Il avait perdu son paralyseur ; pas le temps de le chercher. Peu importait ; il le retrouverait plus tard, s'il survivait. Le faisceau élargi n'avait pas manqué la cible ; il n'était pas assez puissant pour assommer un homme, mais le Neldorien avait lâché son arme et sa monture vacillait sur ses jambes, les yeux clos.

La pluie battait le visage d'Everard. Il pataugea jusqu'au cheval. Le bandit sauta à terre et tira une épée. La lame d'Everard jaillit également.

« Comme tu voudras, dit-il en latin. L'un de nous restera sur le terrain… »

9.

La lune s'éleva au-dessus des montagnes et prêta soudain une pâle lueur à la neige. Loin au nord, un glacier fragmentait les rayons lumineux et un loup hurlait. Les hommes de Cro-Magnon chantaient dans leur caverne et leurs voix parvenaient affaiblies jusqu'à la véranda.

Deirdre, debout dans l'ombre, regardait dehors. La lune éclairait en partie son visage, révélant ses larmes. Elle sursauta quand Everard et Van Sarawak se présentèrent derrière elle.

« Vous êtes déjà de retour ? demanda-t-elle. Vous n'êtes arrivés ici pour m'y laisser que ce matin.

– Il n'a pas fallu longtemps », dit le Vénusien. Il avait appris le grec attique par hypno.

« J'espère… » Elle tâcha de sourire. « J'espère que vous avez accompli votre tâche et que vous pouvez vous reposer de vos efforts.

– Oui, dit Everard. Oui, nous avons fini. »

Ils se tinrent côte à côte un instant, regardant le monde hivernal.

« C'est vrai, ce que vous avez dit ? Que je ne pourrai jamais rentrer chez moi ? demanda Deirdre.

– J'en ai peur. Les sorts… »

Everard haussa les épaules et échangea un coup d'œil avec Van Sarawak.

Ils avaient obtenu l'autorisation officielle de dire à la jeune fille tout ce qu'ils voudraient et de l'emmener où ils pensaient qu'elle vivrait le mieux. Van Sarawak soutenait que c'était sur Vénus, à son époque, et Everard était trop las pour discuter.

Deirdre prit une profonde inspiration. « Ainsi soit-il, donc. Je ne vais pas gâcher ma vie à pleurer pour cela… mais Baal fasse que les miens vivent en paix, chez moi.

– Je suis sûr que cela sera le cas », dit Everard.

Soudain, il n'en pouvait plus. Il ne souhaitait que dormir. À Van Sarawak de la mettre au courant comme il le fallait et de recueillir les éventuels lauriers.

Il adressa un signe de tête à son compagnon. « Je vais me coucher. Bon courage, Van. »

Le Vénusien prit la jeune fille par le bras. Everard gagna sa chambre d'un pas lent.

Sommaire

PAPIER À BASE DE FIBRES CERTIFIÉES

Le Livre de Poche s'engage pour l'environnement en réduisant l'empreinte carbone de ses livres.
Celle de cet exemplaire est de :
500 g éq. CO_2
Rendez-vous sur www.livredepoche-durable.fr

Composition réalisée par Asiatype

Imprimé en France par CPI
en avril 2017
N° d'impression : 2029068
Dépôt légal 1re publication : novembre 2014
Édition 06 - avril 2017
LIBRAIRIE GÉNÉRALE FRANÇAISE
21, rue du Montparnasse - 75298 Paris Cedex 06

31/1877/5